KB023376

유
괴

유괴

로버트 루이스 스티븐슨 지음 · 박미경 옮김

유괴가 당신을 아찔한 모험의 세계로 초대한다

『보물섬』과 『지킬 박사와 하이드』를 잇는 3대 걸작 『유괴』의 작가 로버트 루이스 스티븐슨은 헨리 제임스, 조지프 콘래드와 함께 당대 영국 소설계의 삼두마차로 꼽힌다. 『유괴』는 스코틀랜드를 배경으로 씌어진 스릴 만점의 모험 소설이자 문학적 완성도 또한 높은 소설이다. 게다가 최초의 한글 번역서라는 데 그 의미가 크다.

주인공 데이비드는 17세 때 고아가 되어 아버지의 유언에 따라 큰아버지의 대저택을 찾아가지만 놀랍게도 큰아버지는 조카 데이비드를 죽이려고 갖은 방법을 다 동원한다. 결국 데이비드는 배로 유괴(誘拐 사람을 속여서 꾀어냄) 되어 험난한 모험을 하게 된다. 온갖 어려움을 견뎌낸 그는 결국 살아남아 조력자 앨런과 함께 큰아버지를 물리치고 정당한 유산 상속자가 된다는 것이 주요 내용이다.

소설 속의 주요 사건은 큰아버지를 찾아간 주인공이 짓다 만 층계에서 떨어져 죽을 뻔한 아슬아슬한 고비, 바다에서 선장을 비롯한 뱃사람들과 대항해 목숨을 건 싸움의 승리, 그리고 하일랜드 출신의 탈영자인 앨런과의 나이와 이념을 초월한 우정 등이다.

이런 다양한 극적 장치들 중에서 이 작품을 모험 소설로 가장 돋보이게 하는 것은 주인공 데이비드가 커버넌트호를 타고 나간 바다이다. 그 바다는 단순히 해상 항로로서의 바다가 아니라 탈출이 불가능한 극한적 환경이기에 목숨을 거는 모험을 할 수밖에 없다. 다시 말해 데이비드가 떠난 바다는 보물섬의 바다이며 캐러비안의 해적의 바다이다. 그런 험난한 바다에서 데이비드는 성격과 출신, 정치 성향이 다르지만 신념이 강하고 열정적인 투사인 앨런을 만나 목숨을 건 모험을 한다. 그의 적은 배의 선장과 앨런을 정치적인 방랑자로 만든 자들, 그리고 데이비드의 큰아버지(처음에는 큰아버지인 줄 알았으나 나중에 작은아버지로 밝혀진 인물)이다.

그러나 『유괴』를 단순한 모험 소설로 치부해버릴 수 없게 만드는 특징이 있다. 그것은 스릴러물의 스토리 라인 속에 인간의 철학적 성찰을 맛깔나게 담았다는 점이다. 이것은 문학 속에서 철학적 성찰을 엿보게 한다는 점에서 돋보이며, 이미 출간되어 갈채를 받았던 다소 공상적인 모험 소설 『보물섬』과 분명한 선을 긋고 있기도 하다. 결국 이런 요소로 인해 이 작품은 모험 소설이면서 성장 소설의 일면을 강하게 지니고 있다.

그러나 역자가 『유괴』에 매혹된 이유는 이 작품이 극단적인 선악구도를 형성하지 않고 중용의 미덕을 가지고 있기 때문이었다. 작가는 악덕의 상징이라고 할 수 있는 선장과 뱃사람들의 인간적인 면모를 자연스럽게 찾아 보여줌으로써 인간의 양면성을 부각시키고 있다. 데이비드의 작은 아버지인 에베네저는 악을 대변하는 인물이지만 극악을 치닫는 캐릭터는 아니다. 오히려 악인에 어울리지 않을 정도로 방어적이고 소심하며 괴팍한 면을 가지고 있다. 뿐만 아니라 작가가 최종적으로 랜케일러 변호사를 통해 그에게 내리는 벌 역시 작품 속의 당사자에게는 가혹할지 몰라도 읽는 사람을 미소 짓게 할 정도로 온건하고 따뜻하다. 그것은 인간에 대한 작가의 애정이 진하게 묻어나는 부분이라고 해도 과언이 아니다.

상상력과 호기심으로 가득 찬 모험 소설의 바다에 빠지고 싶고, 해피엔드로 끝나는 결말의 통쾌함을 만끽하고 싶고, 나이를 초월한 우정과 따뜻한 인간애가 그립고 스코틀랜드의 독특함과 고단한 반란의 역사에 호기심을 가진 사람들에게 이 작품은 더없이 매력적일 것이다.

이 소설의 역사적 배경

스코틀랜드의 북쪽에 위치한 하일랜드는 개간되지 않은 황무지, 울퉁불퉁한 거대한 바위산과 히스 숲이 끝없이 펼쳐져 있다. 그곳은 폭포수처럼 시원하게 흘러내리는 시내며 계곡, 그리고 얼음 같이 차가운 물로 채워진 호수 등으로 유명한 곳이다. 험하고 거칠지만 아름다운 자연 경관은 이곳 사람들의 성격에 그대로 반영되어 독립 지향적이고 자부심이 강하며, 다소 다혈질적인 부분이 있다.

스코틀랜드인 중에서도 특히 하일랜드인들은 아래쪽 지방인 로랜드인과는 달리 조국 스코틀랜드의 독립에 헌신적이었고, 이를 위해 몸을 바쳐 싸웠다.

17세기, 하일랜드인들이 적법한 왕으로 여긴 스코틀랜드 출신의 가톨릭 신자인 제임스 2세를 영국 왕좌에서 끌어내리고 프로테스탄트인 윌리엄을 왕으로 즉위시켰을 때 자부심이 강했던 하일랜드인들은 이에 저항하여 무기를 들었다. 그들은 제임스왕의 후손을 왕좌에 복위시키기 위해 반역을 일으킨 것이다.

1745년, 제임스2세의 손자인 찰스 에드워드 스튜어트 왕자가 프랑스에서 돌아와 스튜어트 왕조의 왕위 복권을 위한 반역을 주도하기로 결정했다. 수많은 일족과 스코틀랜드인들은(이들은 '제임스'를 뜻하는 라틴어에서 온 자코바이트라는 이름으로 불리었다.) 보니 프린스 찰리(아름다운 왕자 찰리라는 뜻)라는 예명을 가진 찰스 에드워드 왕자를 지지했다. 그러나 영국 군대와 목숨을 건 싸움을 했던 그들은 영국 왕의 군대와 맞서기에는 역부족이었다. 1746년 4월 16일, 영국 군대와 목숨을 건 싸움을 했던 그들은 스코틀랜드의 쿨로덴 전투에서 패배하고 만다.

이 소설 속에 나오는 주인공 데이비드는 로랜드인으로 영국의 조지왕을 따르는 휘그인데 반해 앨런은 전형적인 스코틀랜드 하일랜드 출신의 자코바이트이다.

스티븐슨의 생애

로버트 루이스 스티븐슨은 1850년 스코틀랜드의 에든버러에서 태어났다. 그는 대대로 등대 건축 기사 일을 했던 집안에서 태어났는데 이 집안은 국제적으로도 널리 알려진 집안이다. 대서양 연안의 대부분의 등대가 그들 혈족의 손으로 건축되었다.

등대 기술자의 가계에서 태어났다는 것은 스티븐슨의 생애와 문학을 이해하는 데 아주 중요하다. 그의 피에는 세심한 실무가로서의 일면과 거친 바다를 상대로 어떤 위험에도 굴하지 않는 과감한 용기가 흐르고 있었다. 어렸을 때부터 아버지에게 늘 들어온 모험에 찬 바다 이야기는 스티븐슨으로 하여금 바다의 여행자가 되게 한 모티프가 되었다.

그는 폐를 앓고 있던 어머니의 체질을 닮아 선천적으로 몸이 약했기 때문에 유모의 손에서 키워졌는데, 이 활달한 여인은 소년 스티븐슨에게 『로빈슨 크루소』『천로역정』등을 소재로 한 갖가지 이야기를 재미있게 들려주었다.

이후 성장한 스티븐슨은 에든버러 대학의 토목공학과에 입학했지만 강의가 너무 따분해서 공부에 의욕을 잃은 후 작가의 길을 선언했다. 아들을 사랑했던 아버지는 작가로서 실패했을 경우에 대비해 변호사가 될 것을 권유했다. 스티븐슨은 아버지의 권유에 따라 변호사 자격증을 취득하게 된다.

그리고 1873년 알게 된 미술평론가 시드니 콜빈과의 만남은 그가 작가로서 출발할 수 있는 결정적 계기가 되었다. 이후 파리 등 각지에서 유명 작가와 편집자들과 깊은 교류를 갖게 된다.

1876년, 그는 두 아이의 엄마인 패니 오즈본이라는 아름다운 미국 부인을 알게 되어 사랑에 빠지게 된다. 그녀는 지적 수준은 그리 뛰어난 편은 아니었으나 매우 로맨틱한 구석이 있었다. 이후 그녀는 경제적으로 몰락한 남편 곁을 떠나 스티븐슨과 결혼을 한다. 하지만 경제적 사정은 몹시 어려웠다. 힘든 상황에서도 그는 부인이 데리고 온 아들을 위해 『보물섬』을 썼는데, 이를 계기로 그는 작가로서의 입지를 굳히게 되었다. 이어 발표한 『유괴』는 작가 자신이 쓴 작품 중 가장 완성도가 높은 작품이라고 자부할 만큼 세상의 평가도 좋았으며, 문학적 지위도 확고하게 해주었다. 이후 발표한 『지킬 박사와 하이드』는 〈타임〉지가 소개할 정도로 놀라운 반응이 일어났다. 연이어 『오토 왕자』『심술궂은 자넷』『검은 화살』 등을 발표했다.

이후 가족과 뉴욕을 거쳐 누쿠 히바섬, 타이티, 하와이,

길버트 제도, 마셜 군도, 사모아 제도 등에 머물면서 연달아 장편을 구상했다. 『남태평양에서』『카트리오나』『역사에 대한 각주』『섬의 밤놀이』『허미스턴의 독』 등을 써냈는데, 이는 아내의 성화와 격려 덕분이었다.

1894년 몸이 쇠약해진 그는 작품 구술을 끝내고 갑자기 정신을 잃고 쓰러졌다. 그러고는 영영 눈을 감고 말았다.

차례

모험의 시작 1

나의 모험 이야기는 1751년 6월의 이른 아침, 아버지의 집을 떠나면서부터 시작된다.

마지막으로 문을 잠그고 길을 따라 내려가고 있을 때 태양이 언덕배기를 비추었다. 그러자 동틀 무렵이면 늘 그렇듯이 계곡 주위로 자욱했던 안개가 서서히 걷히기 시작했다.

이때 에센딘의 목사인 사람 좋은 캠벨 씨가 정원 문 옆에서 나를 기다리고 있었다. 그는 아침은 먹었는지 물어보고는 내 두 손을 꼭 잡았다.

"데이비, 이제 집을 떠나는 거냐? 개울 저쪽까지 바래다주마."

우리는 한동안 아무 말 없이 걸었다.

"여길 떠나기 싫지?" 잠시 후 그가 물었다.

"글쎄요, 목사님." 내가 말했다. "제가 어디로 가야 할지, 앞으로 무얼 할 것인지 알고 있다면 목사님께 모든 걸 말씀 드릴 수 있을 거예요. 에센딘은 정말 좋은 곳이고, 전 이곳에서 정말 행복했어요. 저는 여길 떠나 다른 곳엔 한 번도 가본 적이 없어요. 하지만 이제 여기 남은 건 부모님의 무덤뿐이에요. 목사님, 이제 더 넓은 세상으로 나가게 됐으니, 기분 좋게 떠날래요."

"그래, 아주 잘 생각했다. 데이비!" 그가 말했다. "데이비, 네 어머니가 죽은 뒤 네 아버지가 앓아누워 있을 때 내게 편지 한 장을 맡겨놓았단다. 네 아버지는 당신이 세상을 떠나게 되면 너에게 그 편지를 줘서 쇼스 저택으로 보내라고 하더구나. 그곳은 아버지의 고향이니 아들이 돌아가야 할 곳이라고 했어."

"쇼스 저택?" 내가 놀라서 소리쳤다. "가난한 저희 아버지가 쇼스 저택과 관련이 있다고요?"

"글쎄다, 난들 뭐 확실히 알겠니?" 캠벨 씨가 말했다. "하지만 듣기로는 데이비, 너의 성이 벨포 오브 쇼스라고 하더구나. 그 집안은 옛날부터 깔끔하고 정직하여 평판이 아주 좋았는데, 최근에 몰락했다는 이야기가 있어. 네 아버지도 누구 못지 않게 높은 학문을 쌓은 신사였지. 누구보다도 내가 그걸 잘 안다. 자, 여기 있다. 네 아버지가 직접 서명한 유언장이."

그는 나에게 편지 한 장을 주었는데, 겉봉에 이렇게 씌어 있었다.

「이 편지는 내 아들 데이비드 벨포가 쇼스 가문의 에베네저 벨포에게 가지고 갈 것임.」

그것을 읽는 순간 내 심장은 세차게 고동치기 시작했다. 가난한 시골 교사의 아들인 16세의 남자아이의 앞날에 엄청난 미래가 펼쳐지려 했기 때문이다.

"캠벨 목사님!" 나는 뻣뻣하게 긴장되어 더듬거리며 말했다. "만약 목사님이 저 같으면 가시겠어요?"

"당연하지." 목사님이 말했다. "한데 너 같은 아이가 크레먼드에 가려면 걸어서 이틀은 걸려. 그곳은 에든버러에서 별로 멀지 않다. 최악의 경우 다시 이틀 정도 걸어서 돌아오면 된다. 그런데 너의 아버지의 바람대로 환대를 받았으면 좋겠구나."

이 말을 하면서 그는 앉을 만한 곳이 없는지 주위를 둘러보다가 박달나무 아래에 있는 뭉우리돌을 발견하고는 그곳에 앉았다. 그때쯤 두 산봉우리 사이에서 내리쬐는 햇살이 너무 따가워 손수건을 모자 위에 얹어야만 했다. 그는 내게 이단에 대한 경계를 늦추지 말아야 한다며 여러 가지 주의를 주면서 서둘러 기도를 하고는 성경을 읽었다. 이런 의식이 끝나자 그는 내가 가야 할 대저택의 약도를 그려주며, 그곳에 사는 사람들에게 행동해야 할 지침을 설명했다.

"항상 행동을 조심해라. 데이비!" 그가 말했다. "비록 너는 좋은 집안에서 태어나긴 했지만 시골에서 교육을 받고 자랐다. 언제나 공손하고 신중하게 행동하고, 남의 말에 귀를 잘 기울여야 한다. 그리고 절대 경솔하게 행동해서는 안 된다. 명심해라, 누가 뭐래도 그는 지주다. 지주는 늘 공경해야 한다. 공경하는 것 이상의 특효약은 없지."

"알겠어요." 내가 말했다. "목사님 말씀 명심할게요."

"자, 이 꾸러미를 받아라. 세무서류랑 집사람과 내가 마련한 선물이 있다. 언젠가 꼭 필요할 때가 있을 거다."

그는 다정한 작별의 말과 함께 몸을 일으켜 세우며 모자를 벗고는 세상을 향해 나아가려는 작은 아이를 위하여 애정 어린 목소리로 기도했다. 그러고는 갑자기 으스러질 정도로 꼭 껴안았다. 내 어깨를 두 팔로 감싸안은 그는 슬픔으로 가득 찬 얼굴로 나를 지그시 바라보았다. 잠시 후 그는 물기 젖은 목소리로 잘 가라는 인사를 하고는 달음질치듯이 왔던 길로 되돌아갔다. 아마 모르는 사람들이 이 상황을 봤다면 다소 웃음이 나올 만한 장면이었지만 나는 그렇지 않았다. 내 몸의 한 조각이 빠져나갈 정도로 상실감이 컸기 때문이다. 그가 내 시야에서 사라질 때까지 가만히 지켜보았다. 그는 걸음을 늦추지도, 뒤돌아보지도 않았다. 그제야 나는 그것이 그가 슬픔을 표현하는 하나의 방법임을 깨달았다. 그때야 나는 다시 정신을 차렸고, 조용한 시골 마을을 떠나 크고 북적이는 대저택의 존경받는 혈육들을 만나러 간다는 사실에 마음이 들뜨기 시작했다.

2 기괴한 쇼스 저택

이튿날 정오가 되기 전에 나는 작은 언덕에 올랐다. 그곳에서 멀리 바다 쪽을 내려다보니 오밀조밀한 시골 마을이 펼쳐져 있었다. 언덕을 내려가는 긴 능선의 중간 지점에서 다시 주위를 둘러보자 연기가 피어오르는 거대한 에든버러 시가 한눈에 들어왔다. 성채에는 깃발이 걸려 있었고, 배들은 항구에 정박해 있기도 하기도 하고 유유히 움직이기도 했다. 그것은 매우 멋진 광경이었으므로, 좀 더 어린 시절에 동경하던 꿈을 불러일으켰다.

얼마 후 나는 양치기 한 사람과 마주쳤다. 내가 크레먼드로 가는 길을 묻자, 그가 방향을 알려주었다. 나는 그가 가르쳐준 대로 부지런히 발걸음을 재촉했다. 한참을 걷다가 다시 사람들에게 길을 물어보고 나서야 내가 크레먼드에 이미 왔음을 깨닫게 되었다.

그때부터 나는 질문을 바꾸어 쇼스 저택으로 가는 길을 물어보았다. 나의 질문은 사람들을 놀라게 한 것이 분명했다. 그 반응을 보고 언뜻 떠오른 생각은 행색이 초라한 내가 대단한 저택에 대해 물었기 때문이라고 생각했다. 그러나 한 사람도 아닌 두세 사람이 똑같은 표정으로 똑같은 대답을 하는 것을 보고는 뭐라고 설명할 수 없는 이상한 느낌이 들기 시작했다.

나는 그 기묘한 느낌에서 확실하게 벗어나려고 좁은 길을 따라 말이 끄는 수레를 몰고 오는 한 남자에게 쇼스 저택에 대해 물어보았다. 그는 비교적 정직해보이는 얼굴을 하고 있었기 때문이다.

그는 수레를 세우고 다른 사람들이 그렇게 했던 것처럼 나를 바라보았다.

"그런데 그곳에는 무슨 일로 가려는가?"

"대저택인 건 맞죠?"

"당연하지." 그가 말했다. "대저택이긴 하지……."

"그곳 사람들은요?"

"사람들?" 그가 소리쳤다. "사람들? 그곳에 사람들이라고 할 만한 사람은 없는데……."

"사람들이 없다니요? 그게 무슨 뜻이죠? 에베네저 씨가 살고 있지 않나요?"

"아, 그야 물론 살지. 지준지 뭐라고 하긴 하더라만……, 아마 바로 그자가 에베네저일 거야. 그런데 무슨 일로 그러지?"

"그냥 볼일이 좀 있어서요." 나는 가능한 한 겸손하게 보이려고 애쓰며 말했다.

"뭐 볼일이라고?" 그가 너무나 날카롭게 소리치는 바람에 나도 모르게 움찔했다. "글쎄! 무슨 일로 그러는지 모르지만, 반듯한 아이 같아서 내 충고한다만 그 근처엔 얼씬도 하지 마라."

두 번째로 마주친 사람은 아름다운 하얀 장식 가발을 쓴 말쑥한 차림새의 키가 작은 남자였는데, 이발사가 분명했다. 이발사란 마을의 이런저런 소문을 다 들어 알고 있는 사람들이다. 나는 그에게 쇼스 저택의 벨포 씨가 어떤 사람인지 물었다.

"쯧쯧……." 이발사가 말했다. "인간이 아냐. 인간이라고 할 수가 없지."

그러고는 내게 무슨 일로 그곳에 가려는지 꼬치꼬치 캐묻기 시작했다.

순간 나는 뒤통수를 한 대 세게 얻어맞은 기분이었다. 도대체 벨포가 어떤 사람이길래 그곳으로 가는 길을 묻는 내게 이토록 놀라운 얼굴로 바라본단 말인가! 분명 악명이 높은 사람임에 틀림없었다. 한 시간가량 걸어서 에센딘으로 돌아갈 수만 있다면 모험이고 뭐고 다 집어치우고 캠벨 목사님에게 돌아갔을 것이다. 그러나 이제 다시 되돌아가기에는 너무 멀리 와 있었다. 뿐만 아니라 확실한 증거를 확보하기 전까지는 내 자존심이 허락하지 않았다. 나는 계속 걸음을 재촉했다.

땅거미가 질 무렵, 나는 언덕을 따라 내려오고 있는 거무스름한 피부를 가진 건강한 시골 아낙과 마주쳤다. 나는 또다시 그녀에게 같은 질문을 했다.

그러자 그녀는 나를 이끌고 자신이 방금 내려온 언덕 위로 다시 오르는 것이었다. 그리고 손가락으로 계곡 아래에 있는 거대한 집 한 채를 가리켰다. 그것을 보는 순간 내 마음에 기묘한 파장이 일어났다. 그녀가 가리킨 시골은 낮은 언덕과 시냇물과 숲과 농지로 이루어진 곳으로, 참으로 아늑하고 평화롭게 보였으나 오직 그 집만 유난히 큰 덩치를 하고 있었으나 폐가나 다름이 없어보였다. 게다가 그곳으로 통하는 길 하나 제대로 보이지 않았다. 굴뚝에서는 연기가 피어오르는 흔적도 없었고, 정원은 고사하고 그와 비슷해보이는 것조차 찾을 수가 없었다. 그 순간 나의 마음은 무겁게 가라앉았다.

"저게 그 집인가요?"

그 여자의 얼굴에는 반감과 분노가 서려 있었다.

"그래, 쇼스 저택이지!" 그녀가 소리쳤다. "피로 세워진 곳이야. 결국은 피로 짓다 말았다고 할 수 있어. 내가 언젠 가 땅바닥에 침을 뱉고 손가락으로 비볐지. 제발 폭삭 무너 져 버리라고 저주를 하면서. 애야, 만약 그 늙은이를 보거든 들은 대로 전하거라. 제닛 클라우스턴이 당신 집에 저주를 내렸다고! 아주 무너져 버리라고 말이야!"

그러고는 또다시 알 수 없는 저주의 말을 퍼붓고는 가버 렸다. 나는 그녀가 떠난 자리에 잠시 우두커니 서 있었다. 그 당시만 해도 사람들이 마녀의 존재를 믿고 저주를 두려 워하던 시절이었다.

나는 쇼스 저택을 뚫어지게 내려다보았다. 그곳을 바라 보면 볼수록 주위의 시골 경관은 점점 더 유쾌한 모습으로 다가왔다. 꽃들이 만발한 산사나무 덤불, 들판을 점점이 수 놓은 양떼들, 까마귀들의 우아한 비상, 시골냄새 나는 토양 과 기후…… 그러나 그 중심부에 자리잡고 있는 폐가 같은 건물은 나의 환상을 아프게 찔렀다.

그곳에 멍하니 앉아 있던 나는 들판에서 막 일을 끝내고 돌아오는 사람들에게 말을 걸 만한 용기가 생기지 않았다.

마침내 날이 어두워지면서 저택이 있는 쪽에서 노란 석양을 가로질러 올라오는 가느다란 실같은 물체가 보였다. 연기였다. 마치 촛불에서 나는 연기처럼 미약한 것이었지만 아무튼 연기란 불을 의미했다. 따라서 누군가가 불을 피워 요리를 한다는 것이 틀림없었다. 그것을 확인한 순간 나는 엄청난 위안을 받았다.

나는 저택 방향으로 나 있는 풀숲의 어슴푸레한 길을 따라 발걸음을 옮겼다. 그것은 생기다 만 것 같은 길이었지만 유일하게 그곳으로 통해 있었다. 물론 왕래하는 사람이라곤 한 사람도 보이지 않았다.

얼마 후 돌담이 보였다. 돌담을 따라가자 지붕이 없는 작은 부속 건물이 나타났다. 건물의 위쪽에는 문장 같은 것이 새겨져 있었고, 정문은 짓다 만 것 같았다. 저택의 입구는 철문 대신 한 쌍의 장대가 밧줄에 묶여 있었다. 분명하게 길이 나 있지 않았기 때문에 나는 계속 기둥 오른쪽을 따라 힘겹게 저택 건물이 있는 쪽을 향해 걸어갔다.

한데 그쪽으로 가면 갈수록 더 황량한 광경이 나타났다. 본채의 부속건물처럼 보이는 건물이 나타났는데, 그 건물은 채 완성이 되지 않아 내부의 층계며 계단이 그대로 밖으로 노출되어 있었다. 건물에 붙어 있는 수많은 창문들 중 어느 곳에서도 불빛이라고는 없었고, 박쥐들만이 신나게 날아다니고 있었다.

내가 건물의 본채에 좀 더 가까이 다가갔을 때 주변은 이미 깊은 어둠에 잠긴 후였다. 잘 살펴보니 그 건물의 조금 높은 곳에 있던 세 개의 낮은 창문 중 한 곳에서 미약한 불빛이 새어나오고 있었다.

'이것이 내가 그토록 찾아 헤맸던 궁전이란 말인가! 이 건물벽 안에 낯선 친척들과 많은 돈이 있기나 할까? 에센딘의 가난한 우리 집조차도 어둠이 내리면 빛이 1마일까지 비쳐 지나가는 거지에게도 문을 열어주지 않았던가?'

나는 조심스럽게 저택으로 다가갔다. 그리고 안에서 무슨 소리가 나는지 귀를 곤두세우고 들었다. 접시가 달그락거리는 소리와 마른기침 소리가 나는 듯했지만 사람의 말소리는 물론 개 짖는 소리도 들리지 않았다.

희미한 불빛 속에서 아스라이 출입문이 보였다. 나는 두근거리는 가슴을 간신히 진정시키며 가볍게 노크를 했다. 한 번. 그리고 잠시 기다렸다. 주위는 고요한 정적 속에 잠겨 있었다. 1분가량이 지났을까? 여전히 박쥐의 소란스런 소리만 들릴 뿐 아무런 인기척이 없었다. 다시 한 번 노크를 했다. 그리고 또다시 기다렸다. 내 귀가 정적에 완전히 익숙해졌을 때 안에서 들려온 것은 시계소리뿐이었다. 분명히 집 안에는 누군가가 있는 것이 분명한데, 상대는 죽은 듯이 숨을 죽이고 있었다. 어쩌면 숨조차 쉬지 않고 있는 것이 분명했다.

나는 순간적으로 도망을 쳐버릴까 생각했다. 알 수 없는 분노가 내 오른손을 타고 흘렀다. 나는 도망을 치는 대신 발과 손으로 세차게 문을 두드렸다. 그리고 "벨포 씨" 하고 소리쳐 불렀다. 마침내 머리 위에서 기침소리 같은 것이 들렸다. 나는 몇 걸음 뒤로 물러나 머리 위를 바라보았다. 창문 중 한 곳에서 나이트캡을 쓴 한 사내가 내게 총구를 겨냥하고 있는 것이 보였다.

"장전되어 있다." 목소리의 주인공이 말했다.

"편지를 가지고 왔어요. 에베네저 벨포 오브 쇼스 씨께 드리려고요. 그분 여기 살지 않나요?"

"누구에게서 온 편지냐?" 총을 쥔 사내가 물었다.

"보시면 알아요."

"으음…… 문간에 놓고 꺼져버려!"

"그렇게는 할 수 없어요. 제가 직접 전해줘야 해요."

"왜 이렇게 시끄럽게 지저귀는 거냐?" 그 남자가 날카롭게 소리쳤다.

그리고는 한동안 침묵을 지킨 후에 물었다.

"너…… 넌 누구냐?"

"제 이름은 데이비드 벨포예요."

이 말에 그 남자는 소스라치게 놀란 것처럼 보였다. 창문 틀에 닿은 총이 흔들리는 소리가 났기 때문이었다. 한동안 정적이 흐른 후 어조가 변한 목소리가 내게 이런 질문을 던졌다.

"……아버지는……죽었냐?"

나는 이 말에 너무나 놀라 대답할 말을 찾지 못했다. 나는 그저 그를 바라보며 서 있었다.

"음…… 여길 온 걸 보니 죽은 게 틀림없군!"

그리고 다시 정적이 흘렀다. 그는 마침내 도전적인 목소리로 말했다.

"……들어오게는 해주지."

그러고는 창문에서 멀어져갔다.

무시무시한 큰아버지 3

 잠시 후 사슬과 자물쇠가 철거덕거리는 소리가 나더니 문이 조심스럽게 열렸다. 내가 안으로 들어가자 문이 닫혔다.

 "부엌으로 가거라. 하지만 어떤 것에도 손을 대서는 안 된다."

 사내가 다시 자물쇠를 걸어 잠그는 동안 나는 곧장 부엌으로 갔다.

 부엌에는 불이 제법 밝게 타오르고 있었는데, 나는 세상에 태어나 그렇게 초라한 부엌을 본 것은 처음이었다. 선반 위에는 대여섯 개의 식기가 놓여 있었고, 식탁 테이블에는 죽그릇 하나와 스푼, 그리고 조그만 맥주컵 하나가 놓여 있었다.

사내는 모든 사슬을 채우고 난 후 내가 있는 곳으로 왔다. 그제야 나는 그를 자세히 살펴볼 수 있었다. 구부정한 좁은 어깨에 흙빛 안색이 심술궂은 느낌을 더욱 강렬하게 했다. 나이는 오십대에서 칠십대 사이의 어느 쪽이라 해도 곧이들을 수 있는 얼굴이었다. 머리에 쓴 나이트캡과 입고 있는 잠옷은 허름한 플란넬로 만들어진 것이었다. 얼굴은 오랫동안 면도를 하지 않은 것 같았다. 그러나 나를 가장 괴롭힌 것은, 아니 두렵게 만든 것은 그가 나로부터 시선을 떼지는 않았지만 정면으로 바라보지도 않는다는 사실이었다.

"편지를 꺼내봐라." 불현듯 그가 손을 내밀면서 말했다.

나는 벨포 씨에게 직접 전해야 한다고 말했다.

"내가 누굴 것 같니? 내가 그 사람이라면 어쩔래? 어서 알렉산더의 편지를 다오!"

"제 아버지 이름을 아세요?"

"모른다면 더 이상하지, 나와 혈육지간인데⋯⋯. 난 그와 형제지간이다. 데이비드, 넌 내 조카야. 그러니 편지를 주고 자리에 앉거라."

아, 그때 내가 몇 살만 더 어렸더라도 수치심과 피곤함과 실망감으로 왈칵 눈물을 쏟았을 것이다. 나는 꿀 먹은 벙어리마냥 할 말을 잊은 채 그에게 편지를 건네주고는 식탁의 죽그릇 앞에 앉았다.

그러자 그는 몸을 숙이고 편지를 불 앞에 바짝 갖다대고는 반복해서 읽었다.

"넌 편지에 무슨 내용이 씌어 있는지 아느냐?" 그가 물었다.

"보시다시피 전 열어보지 않았어요. 편지는 봉해진 그대로예요."

"그렇다면 여기 온 목적이 뭐냐?"

"편지를 전해드리려고요."

"아니겠지." 그가 교묘한 느낌이 드는 미소를 지었다. "뭔가 바라는 게 있었겠지, 그렇지 않냐?"

"고백하건데 이렇게 잘 사는 친척이 있다는 말을 들었을 때, 뭔가 좀 도움을 받을 수 있지 않을까 하는 희망을 가졌던 것은 사실이에요. 하지만 전 거지가 아닙니다. 부탁 같은 건 드리지 않겠어요. 그리고 공짜는 바라지도 않아요. 가난해도 절 도와줄 사람은 있으니까요."

"네 아버지는 죽은 지 얼마나 되냐?"

"3주 정도 되었어요."

"그는 늘 비밀스러웠지. 네 아버지 말이다. 항상 조용하고 음침한 사람이었어. 어렸을 때도 말이 없었단다. 네 아버지가 내 얘길 하더냐?"

"아뇨. 여기 오기 전까지 아버지의 형제가 있다는 사실도 몰랐어요."

"쇼스 가문에 대한 건?"

"그것도 몰랐어요." 내가 말했다.

"정말 네 아버진 성격 한번 이상하구나."

말은 그렇게 했지만 그는 매우 만족스러운 것처럼 보였다. 자기 자신 때문인지 나 때문인지 아니면 내 아버지의 이해 못할 행동 때문인지 알 순 없었지만. 적어도 처음에 내게 품었던 악의나 적의는 떨쳐버린 것처럼 보였다. 왜냐하면 곧 벌떡 일어나 방을 가로질러 내 등 뒤로 걸어오더니 어깨를 찰싹 쳤기 때문이다.

"우린 말이 통할 것 같구나. 널 집 안으로 들인 건 잘한 것 같다. 자, 이제 네가 묵을 방으로 가자."

한데 놀랍게도 그는 램프불이나 촛불도 없이 어두운 통로를 날렵하게 지나가 계단을 성큼성큼 걸어 올라가더니 한 방문 앞에 섰다. 나는 넘어지지 않으려고 애를 쓰며 그에게 바싹 붙어 걸어갔다. 그는 잠겨 있지 않은 방문을 열어주며 들어가라고 했다. 나는 그가 시키는 대로 했지만 몇 발짝 못 가서 걸음을 멈추었다. 그리고 그에게 침대로 갈 수 있도록 불을 좀 켜달라고 했다.

"쯧쯧쯧!" 큰아버지인 에베네저가 말했다. "달빛이 얼마나 밝은데 불타령이냐?"

"여기는 너무 어두워요. 어두워서 침대가 보이지도 않는걸요."

"쯧쯧쯧! 우리 집엔 불 같은 건 허락하지 않는다. 나는 불이 싫다. 잘 자거라. 데이비드."

그리고 그는 내가 항의할 틈도 주지 않고 문을 닫아버렸다. 이어서 밖에서 자물쇠를 잠그는 소리가 들렸다.

나는 웃어야 할지 울어야 할지 알 수가 없었다. 방은 냉기가 감돌았고, 주변을 더듬어 발견한 침대는 탄광 안처럼 축축했다. 하지만 다행히 숄이 있어 나는 그것을 풀어 몸에 둘둘 감고 침대 옆 바닥에 누웠다. 그리고 순식간에 곯아떨어지고 말았다.

다음날 눈을 떠보니 나는 세 개의 큰 창문에서 한껏 빛이 들어오는 넓은 방 안에 누워 있었다. 벽에는 가죽 같은 것이 걸려 있고, 장식 가구도 있었다. 십 년이나 혹은 이십 년 전이었다면 그 방은 사람이 누릴 수 있는 최고로 쾌적한 방이었을 것임에 틀림없었다. 그러나 오랫동안 사용하지 않은 그 방은 습기와 먼지 위로 쥐와 거미들이 맘껏 활약하고 있어 사람이 살 수 있는 방이 아니었다. 게다가 창문의 유리도 여기저기 금이 가거나 깨어져 있었다.

밖에서 햇살이 들어왔지만 황량한 방 안에는 심한 냉기가 감돌았기 때문에 그가 나를 내보내줄 때까지 소리쳐 불렀다. 한참 후 그는 방문을 열어주고는 나를 데리고 집 뒤편으로 갔다. 그곳에는 우물이 있었다. 그는 내게 세수를 하고 싶으면 하라고 했다. 나는 세수를 하고 그를 따라 부엌으로 갔다. 그는 불을 피워 죽을 끓이던 중이었다. 식탁에는 그릇 두 개, 스푼 두 개 그리고 맥주가 담긴 컵 하나가 놓여 있었다. 나는 조금 당혹스럽게 그 풍경을 바라보았다. 그는 마치 내 생각을 읽기라도 한 듯 내게 맥주를 마시고 싶은지 물었다. 나는 맥주를 마시는 것이 습관이라고 대답했다.

그러자 그는 놀랍게도 맥주를 한 병 더 가져오는 것이 아니라 선반에서 컵 하나를 내려 자신의 맥주를 정확하게 반으로 나누었다. 그 모든 행동은 상대방으로 하여금 찬탄의 시선으로 숨을 죽이며 지켜보게 만드는 데가 있었다. 그가 수전노가 분명하다면 악덕을 존경스럽게 보이게 할 정도로 빵부스러기 하나 남기지 않고 철저히 먹어치웠다.

우리가 식사를 끝마쳤을 때, 그는 서랍을 열고 파이프와 담배를 꺼내 어느 정도 자른 다음 그것을 다시 서랍에 넣었다. 그리고 햇살이 비치는 창문 중 한 곳에 자리를 잡고 앉아 말없이 담배를 피웠다.

잠시 후 그가 불현듯 내뱉었다.

"네 엄마는?"

나는 어머니 역시 세상을 떠났다고 말했다. 다시 우리 둘

사이에 침묵이 찾아왔다.

"한데 네가 안다는 사람들은 어디에 사느냐?"

나는 캠벨 가문의 신사들에 대한 이야기를 했다. 비록 아는 사람이라곤 캠벨 목사님뿐이었지만. 큰아버지가 나를 업신여긴다는 생각이 들기 시작하자 의지할 데 없는 사람으로 비춰지는 게 싫었다.

"데이비드, 나를 찾은 건 정말 잘한 일이야. 난 우리 가문에 대한 자부심이 대단한 사람이다. 난 벨포 가문이 하일랜드의 캠벨 집안 앞에서 비굴해지는 것은 원치 않는다. 그리고 앞으로도 주의해야 할 것은 입조심이다. 어떤 경우에도 편지 같은 걸 통해 사람들에게 우리 이야기를 해서는 안 된다."

"큰아버지, 저는 절대로 그런 가벼운 사람이 아닙니다. 저는 제 자신에 대한 자부심이 있습니다. 큰아버지를 찾아온 것은 온전히 저의 뜻입니다. 여기에서 나가라고 하시면 그렇게 하겠습니다."

그는 한동안 굉장히 혼란스러운 얼굴을 하고 있었다.

"……시간을 하루 이틀만 다오. 나는 어느 때고 돈을 만들어낼 수 있는 마술사가 아니다. 그리고 다른 사람에게는 아무 말 하지 마라. 내가 다 알아서 해주마."

"알았습니다. 저를 도와주신다니, 정말 감사하게 생각할

따름입니다."

순간 나는 큰아버지와 혈육의 정 같은 것이 통하기 시작했다는 생각이 들었다. 그래서 그에게 내가 사용하는 침대와 침대보를 통풍시키고 햇볕에 말려야겠다고 조심스럽게 말했다.

"이 집이 내 집이냐, 네 집이냐?" 그가 갑자기 날카로운 어조로 물었다.

그러고는 잠시 후 이렇게 말했다.

"아니, 아니다. 달리 듣지 마라. 내 것이 네 것이고, 네 것이 내 것이지. 피는 물보다 진한 법이니까. 이제 벨포 가문에 남은 사람이라곤 너하고 나밖에 없으니까."

그리고 그는 벨포 가문이 예전에 얼마나 대단했는지 이야기하기 시작했다. 이 저택의 확장 공사를 시작한 것은 자신의 아버지였고, 어떤 성격의 소비도 죄악임에 틀림없으므로 공사를 중단시킨 것은 자신이었다고 말했다. 나는 문득 제닛 글라우스턴이라는 여자의 저주가 생각나서 그녀의 말을 전했다.

"통구이를 해먹어도 시원치 않을 여자야. 그 여자는 마녀지, 마녀! 공인된 마녀!"

그 말과 함께 그는 상자 하나를 열었고, 매우 오래 되었지만 보관 상태가 좋은 블루 코트와 웨이스트 코트, 그리고 비버 모자를 꺼냈다. 그때 뭔가 생각이 그를 스쳐간 것 같았다.

"이 집에 널 혼자 내버려둘 순 없다." 그가 문득 말했다. "문을 잠글 거야."

순간 나는 얼굴이 확 달아올랐다. "문을 잠근다는 말은 저를 우호적으로 받아들이지 않겠다는 뜻인가요?"

그는 얼굴이 창백해졌다. 그리고 입술을 깨물었다. "안 돼!" 그는 사악한 시선으로 마룻바닥을 응시하며 계속했다. "내 뜻을 거역해선 안 돼."

"큰아버지, 연장자에 대한 존중과 혈육지간의 정을 가지고 드리는 말씀인데, 제가 그런 물건에 가치를 두고 있다고 생각지는 말아주십시오. 저는 어떤 상황에서도 자존감을 잃지 않도록 교육을 받았습니다. 만약 큰아버지께서 저의 유일한 혈육이고 가족이라면 저는 큰아버지가 사랑하는 것들을 돈으로 환산하지는 않을 것입니다."

큰아버지는 한동안 창문 밖을 내다보고 있었는데, 마치 중풍이 걸린 사람처럼 사지를 떨고 있었다. 그러나 그가 몸을 돌렸을 때는 얼굴에 하나 가득 미소가 떠올라 있었다.

"큰아버지는 저를 도둑 취급하시는군요. 제가 이 집에 머무는 것이 탐탁지 않으신 거죠? 지금까지 계속 그런 생각이셨죠? 그런 생각이시라면 왜 저를 도와주려고 하시는 건가요? 돌려보내면 그만 아닌가요?"

"아니, 아니다. 절대로!" 그는 재빨리 말했다. "네가 있는 것이 싫은 건 아니란다. 그리고 우리 가문의 명예를 위해서도 너를 돌려보낼 수는 없다. 여기서 조용히 기다려라. 우리는 생각이 통하는 부분을 찾을 수 있을 거다."

공포의 쇼스 저택 *4*

　출발이 좋지 않았던 하루가 금세 지나갔다. 우리는 점심으로 다시 차가운 죽을 먹었다. 그러나 저녁에는 따뜻한 죽을 먹었다. 죽과 작은 맥주 한 컵이 큰아버지 식단의 전부였다. 그는 오랫동안 입을 다물고 있다가 불쑥 질문을 던지는 식으로 내게 말을 걸었다.

　내가 미래에 대한 이야기를 하려고 하자 그는 슬그머니 방을 빠져나갔다. 그가 무엇 때문에 나를 곤혹스러워하는지 알 수 없었다. 얼마 후 그가 내게 부엌의 옆방으로 가보게 했다. 나는 그곳에서 라틴어와 영어로 된 수많은 책들을 발견했다. 그 책들은 오후 내내 내게 엄청난 즐거움을 주었다. 그곳에서 머무르는 시간이 너무나 빨리 지나가는 바람에 나는 잠깐 쇼스 저택에 머무르는 것이 즐겁다고 생각할 뻔했다. 그런데 큰아버지의 모습이 보이고, 나의 시선과 숨바꼭질을 한다는 사실을 알아차리자 평화는 순식간에 사라지고 불신감이 다시 되살아났다.

책 속에서 발견한 어떤 것이 내게 알 듯 모를 듯한 의구심을 던졌다. 패트릭 워크의 책 표지 안쪽에 내 아버지가 직접 쓴 것이 분명한 글귀 하나가 눈에 들어왔다.

「에베네저의 다섯 번째 생일을 축하하며…….」

그것은 잠시 나를 혼란에 빠뜨렸다. 내 아버지가 그의 동생이 맞다면 다섯 살이 되기 전에 쓴 것이 분명한데, 어린아이가 쓴 글씨치고는 매우 반듯하고 정확했다.

처음에는 애써 편지에 대한 것을 잊어버리려고 했다. 그러나 역사, 시, 소설 스토리북 등의 수많은 흥미로운 책들이 주는 즐거움에도 불구하고 필체에 관한 의문이 계속 내 머릿속을 맴돌았다. 부엌으로 돌아가 다시 식탁 앞에 앉게 되었을 때, 나는 큰아버지에게 궁금했던 질문을 던졌다. 내 아버지가 어렸을 때 글을 얼마나 빨리 깨우쳤는지를!

"알렉산더가 글을 빨리 깨우쳤다고? 아니지!" 그가 대답했다. "내가 훨씬 빨리 깨우쳤지. 어렸을 때는 내가 훨씬 총명했어. 책 읽는 것도 그에게 뒤지지 않았지."

그의 대답은 나를 한층 혼란스럽게 했다. 문득 어떤 생각이 내 머리를 스쳤고, 나는 그에게 혹시 내 아버지와 쌍둥이가 아닌지 물어보았다.

순간 그는 의자에서 벌떡 일어났다. 그리고 스푼이 그의 손에서 떨어졌다.

"도대체 무슨 말을 하려는 게냐?" 말이 그의 입에서 떨어지는 순간 그의 손이 내 재킷의 가슴팍을 꽉 움켜잡았다. 그리고 작은 새처럼 눈을 껌벅이며 뚫어지게 노려보았다.

"도대체 왜 이러시는 거예요?" 나는 차분하게 물어보았다. 힘이라면 그에 못지않을 뿐 아니라 전혀 두렵지가 않았기 때문이다.

"내 옷에서 손을 떼십시오. 이런 식으로 행동하시면 곤란합니다."

그는 감정을 누르려고 안간힘을 쓰는 것처럼 보였다.

"너희 아버지에 대한 말은 묻지 마라. 실수를 할 수야 있겠지만. 그와 나는 둘도 없는 형제지간이야."

그리고 그는 다시 숟가락을 잡고 식사를 하기 시작했다. 그러나 그의 몸은 여전히 떨리고 있었다.

그의 마지막 말에 나는 그의 형제애가 이해되지 않아 희망과 동시에 두려움이 느껴졌다. 이때 나는 큰아버지가 정신 이상자일지도, 위험인물일지도 모른다는 생각이 들었다. 그리고 다른 한편으로는 옛날 민담 속에 나오는 정당한 권리를 가진 어린 상속자로부터 재산을 뺏으려는 사악한 친척과 관련된 이야기가 떠오르기도 했다.

이렇게 불길한 생각에 사로잡히자 나는 그의 은밀한 시선을 나도 모르게 흉내 내기 시작했다. 우리는 탁자 맞은편에서 앉아 쥐와 고양이처럼 서로를 힐끗거리며 훔쳐보면서 시간을 보냈다.

그는 내게 말을 시키지는 않았지만 비밀스러운 혼자만의 생각을 하느라 분주한 것처럼 보였다. 시간이 흐르면 흐를수록 내가 그를 훔쳐보는 횟수가 많아졌다. 결국 나는 그의 태도에는 비우호적인 뭔가가 있다는 확신을 점점 더 강하게 갖게 되었다.

그는 죽그릇을 깨끗이 비우자 아침에 그랬던 것처럼 파이프 담배를 가볍게 피우며 내게 등을 보이고 앉아 있었다.

"데이비드," 그가 마침내 입을 열기 시작했다. "내가 하고 싶은 이야기는……." 그는 말을 잠깐 멈추었다. "네가 태어나기 전에 네게 주기로 약속했던 돈이 조금 있다. 네 아버지와 약속했었지. 법적인 건 아냐. 단지 와인 한 잔을 하며 신사로서 한 약속이지. 나는 그 돈을 별도로 보관했다. 하지만 그걸 보관하느라 내 개인적 경비도 제법 들었다. 그러나 약속은 약속이야. 지금 그 돈이 정확히 얼마가 되었냐고 하면……." 그는 여기서 말을 멈추고 더듬거렸다. "정확하게

40파운드!" 그리고 그는 어깨 너머로 나를 힐끗 보면서 외치듯이 덧붙였다. "＊스캇!"

파운드와 파운드 스캇의 차이는 상당했다. 파운드 스캇은 영국의 실링과 같은 것이었다.

나는 그의 태도와 어조로 보아 그 말이 나를 떠보기 위한 것임을 알아차렸다.

나는 모든 걸 알고 있는 것처럼 말했다.

"잘 생각해보시죠. 스캇이 아니라 ＊파운드 스털링이겠죠."

"내 말이 바로 그거야." 큰아버지가 대답했다. "파운드 스털링."

"지금 잠시 밖에 나가서 오늘 밤 날씨가 어떤지 보고 온다면 내가 그걸 가져와서 너를 부르마."

나는 그의 말에 순순히 따랐다. 그리고 나를 속여먹기 쉬운 아이라고 생각하는 듯한 그에게 말없는 조소를 보냈다. 바깥은 한두 개의 별만이 낮게 깔려 있는 깜깜한 밤이었다. 내가 잠시 서 있는 사이 저 멀리 언덕에서 바람 소리가 들려왔다.

날씨는 심한 변덕을 부릴 듯한 태세였는데, 당장이라도

스캇(Scots) 스코틀랜드 파운드로, 영국 파운드 스털링의 1/20임.
파운드 스털링 영국 파운드를 말함.

천둥번개가 내리칠 것만 같았다. 나중에 알게 되었지만, 그 날 밤의 날씨는 내게 의미심장한 미래를 암시했다.

그가 다시 나를 불러들였을 때, 그는 금화를 세어 내 손에 한 움큼 쥐어주었다. 그리고 작은 금화와 은화는 자신의 호주머니 속에 집어넣었다.

"자, 똑똑히 보았겠지. 나는 괴팍한 사람이긴 해도 약속은 반드시 지키는 사람이다. 이게 바로 그 증거 아니겠니?"

나는 인색하기 짝이 없어보이는 그가 갑작스럽게 관대함을 보이자 놀라 말문이 막히고 말았다. 게다가 나는 그에게 어떻게 감사의 말을 해야 할지 알 수가 없었다.

"감사의 말을 할 것까지 없다!" 그가 말했다. "감사의 말 같은 건 듣고 싶지 않단 말이다. 난 내 의무를 다한 것뿐이니까. 한데 명심할 건 이 세상사람 모두가 그렇게 하는 건 아니라는 거다. 그러나 나는 나와 피를 나눈 형제의 아들에게 형제로서의 의무를 다한 것이 기쁘다. 그리고 우리가 친구처럼 말이 통할 것 같아서 기분이 좋아."

그러자 나는 가능한 한 정중하게 응대했다. 그러나 나의 머릿속에서는 그 다음에 무슨 일이 생길지, 왜 그가 자신의 귀한 금화를 내게 나누어주었는지 곰곰이 생각했다. 혹시 내가 거절하리라고 생각한 건 아니었을까?

얼마 후 그가 나를 힐끗거리며 바라보았다.

"자, 이제……." 그가 말했다. "가는 게 있으면 오는 게 있어야지."

나는 감사의 마음을 보여줄 준비가 되어 있다고 말했다. 그리고 그가 뭔가 터무니없는 요구를 하지나 않을지 조바심을 치며 기다리고 있었다. 그러나 그가 입을 열어 한 말은 자신이 나이가 들고 몸이 편치 않으니, 집과 정원 일을 좀 도와주었으면 한다는 것뿐이었다.

나는 즉시 그렇게 할 준비가 되어 있다고 대답했다.

"그럼, 시작하자." 그는 호주머니에서 녹슨 열쇠 하나를 꺼냈다.

"이건 저쪽 끝에 있는 옥상 탑문의 열쇠다. 집 바깥쪽에서만 그곳에 올라갈 수가 있지. 한데 그 부분이 아직 다 완성되지 않았어. 그곳 층계로 올라가면 꼭대기에 상자가 있다. 그걸 좀 가져다 다오. 그 안에 필요한 서류가 있으니까."

"불을 들고 가도 되죠?" 내가 물었다.

"안 돼." 그가 간결하게 말했다. "이 집에서 불은 절대 용납할 수 없어."

"그렇다면 층계는 튼튼한가요?"

"튼튼하지. 벽 쪽으로 붙어서 올라가거라. 난간은 없다. 그러나 발을 디딜 곳은 튼튼하다."

나는 밖으로 나갔다. 칠흑 같은 밤이었다. 맞바람이 불고 있지는 않았지만 바람은 멀리서부터 기분 나쁜 신음소리를 내고 있었다. 날은 여느 때보다 더 어두웠다. 나는 가벼운 마음으로 벽을 따라 미완성된 부속건물의 한쪽 끝에 있는 계단탑문에 도달했다. 그러고는 열쇠를 구멍 속에 넣고 돌렸다. 바로 그 순간 갑자기 소리 없는 번개가 후려쳤다. 온 하늘을 번쩍 하고 비추더니 순식간에 다시 깜깜해졌다.

나는 어둠에 빨리 익숙해질 수 있도록 손으로 두 눈을 잠시 가렸다. 내가 탑 안으로 걸음을 옮겼을 때, 온 세상은 완전히 검은 흙빛이었다.

탑 안은 몹시 어두웠다. 나는 손과 발을 더듬거리며 앞으로 나아갔고, 곧 벽에 부딪히고 말았다. 그 벽은 감기듯이 나선형으로 올라가는 계단의 제일 밑바닥의 벽이었다. 손으로 만져보자 벽은 잘 잘라서 다듬어진 돌로 만들어진 것 같았다. 비록 가파르고 폭이 좁긴 했지만 계단은 석조 건축이 가진 일정한 간격을 유지하고 있었고 단단했다. 난관과 관련하여 조언을 한 큰아버지의 말을 기억하며 탑 쪽으로 몸을 꼭 붙여 더듬어 나아갔다. 심장의 고동 소리를 생생히 느끼며……

쇼스 저택은 5층 높이였다. 계속 계단을 올라가자 바람은 점점 강해지면서 어딘가에서 빛이 들어오고 있는 것 같은 느낌이 들었다.

내가 불길하기 짝이 없는 바람과 빛에 대해 곰곰이 생각하고 있었을 때, 두 번째 번개가 쳤다. 만약 이 순간 내가 비명을 지르지 않았다면 두려움이 내 목구멍에 걸려서 나오지 않았기 때문일 것이다. 그리고 내가 추락하지 않은 것은 나 자신의 힘 때문이 아니라 하늘의 은총 때문이었을 것이다. 번쩍거리는 번갯불은 벽의 갈라진 틈을 통하여 일순간 사방을 비추었다. 순간의 빛으로 보여진 계단은 높이가 일정하지 않았을 뿐만 아니라 사이사이에 뚫린 공간까지 있었다. 어느 한 순간 나의 한쪽 발이 뻥 뚫린 공간으로 빠질 위험이 있었다.

분노가 질풍처럼 일어났다. 그는 내가 위험한 상황에 빠질 것을 미리 알고 있었던 것이 분명했다. 아니, 어쩌면 사고로 떨어져 죽을 수 있다는 것을 알고 보낸 것이 틀림없었다. 나는 몸서리를 치며 그 자리에 털썩 주저앉고 말았다. 그리고 손과 발로 주변을 꼼꼼히 더듬어가며 달팽이처럼 엉금엉금 기어 올라갔다.

빛이 번쩍이고 난 후 어둠은 더욱 짙어졌다. 뿐만 아니라 탑 꼭대기에서 흘러나오는 박쥐 떼의 음산한 소리가 나를 소름끼치게 했다. 그 역겨운 짐승들은 날아내려 오면서 내 얼굴과 몸을 사정없이 후려쳤다.

탑은 정방형이었다. 코너마다 계단이 다른 형태의 돌로 만들어져 층계참으로 합류하고 있었다. 조심스럽게 앞을 더듬어 돌던 중 어느 한 지점에 이르렀을 때, 갑자기 내 손이 허공에 떠 있었다. 내 앞에는 아무것도 없는 텅 빈 공간이었고, 계단은 더 이상 발판이 없었다. 조심성이 없는 사람이 한밤중에 올라갔더라면 곧바로 추락사할 위험한 상황이었다. 나는 번갯불을 이용하며 사방을 봐두었던 덕분에 목숨은 부지할 수 있었다.

내 앞에 놓인 아찔한 위험에 잠시라도 정신을 놓았다면 곧바로 추락했을지도 모른다고 생각하자 몸에서 식은땀이 나면서 두 다리에 힘이 쭉 빠졌다.

하지만 나는 마음속에서 일어나는 엄청난 분노에서 헤어나 아래로 내려가기 시작했다. 내가 내려가는 도중에 바람이 불기 시작하면서 빗방울이 떨어지기 시작했다. 빗방울은 내가 바닥에 내려서기 직전에 폭우로 돌변했다. 나는 비바람 속을 뚫고 출입문으로 달려갔다. 내가 나오면서 닫아놓았던 문이 열리며 희미한 불빛이 새어나오고 있었다.

이때 쏟아지는 빗속에서 마치 송장처럼 서 있는 사람의 형체가 보였다. 그 송장 같은 형체는 마치 뭔가에 귀를 곤두세우고 있는 것 같았다. 그때 또다시 한 차례 번개가 쳤다. 빛을 통해 그 형체의 주인공이 큰아버지임을 분명히 알 수 있었다.

　내가 구르듯 내려오는 소리를 들었는지 아니면 살인에 분노하는 신의 음성을 들었는지 모르지만 적어도 그가 공포에 사로잡혀 있었던 것은 분명했다. 그는 곧 집 안으로 뛰어들어갔는데, 그때만은 문을 닫는 것도 잊은 것 같았다. 나는 조용히 그를 따라 들어가 소리 없이 서서 그를 지켜보았다.

　그는 한구석에 놓인 찬장 문을 열고 술병을 꺼내 내 쪽으로 등을 보이며 식탁에 앉았다. 그는 눈에 띌 정도로 격렬하게 몸서리를 치면서 신음 소리를 내더니 독한 술을 병째 입으로 가져가 벌컥벌컥 들이켰다.

　나는 그가 앉아 있는 등 뒤로 다가갔다. 그리고 두 손으로 그의 어깨를 치면서 소리쳤다.

　"에에에엣!"

　그는 양의 울음소리 같은 자지러지는 비명 소리를 냈다. 그러고는 죽은 사람처럼 팔을 뻗으며 마룻바닥에 쓰러졌다. 가히 충격적인 모습이었다. 나는 무엇보다도 나 자신의 주인으로, 위험으로부터 벗어나야 했다. 그래서 위급한 상황을 지켜보고 있지만은 않았다. 눈을 들어보니 찬장 열쇠가 찬장에 매달려 있었다.

　나는 그가 의식을 차리고 사악한 힘을 되찾기 전에 무기를 손에 넣어야겠다고 생각했다. 찬장 안에는 술이 두어 병 있었고, 약처럼 보이는 것과 엄청나게 많은 지폐와 각종 문서가 있었다. 시간이 충분했다면 샅샅이 훑어봤을 것이다. 그러나 시간이 없었다. 몇 가지 물건이 더 있었지만 내가 찾는 것은 아니었다. 그래서 벽장으로 갔다.

첫 번째 벽장은 곡물로 가득 차 있었고, 두 번째 벽장은 돈주머니와 이런저런 서류들로, 세 번째 벽장은 주로 옷가지들이 있었는데, 그곳에서 칼집 없는 녹슨 단도 하나를 발견했다. 나는 그것을 허리에 숨기고 큰아버지가 있는 곳으로 갔다.

그는 여전히 처음 쓰러졌을 때의 모습 그대로 있었다. 한쪽 무릎이 올라가고 한쪽 팔을 뻗은 채 웅크린 모습 그대로 말이다. 그의 얼굴은 창백한 푸른빛을 띠고 있어 마치 죽은 사람처럼 보였다. 불현듯 그가 죽었을지도 모른다는 두려움이 엄습했다. 나는 물을 가지고 와 그의 얼굴에 뿌렸다. 그러자 그는 천천히 의식을 되찾은 것 같았다. 입술이 움직이고 눈꺼풀이 경련을 일으키면서 마침내 눈을 뜨더니 나를 보았다. 그 순간 그의 눈에는 이 세상 사람의 것이 아닌 공포가 서려 있었다.

"정신 차리고 일어나 앉으세요." 내가 말했다.

"너…… 살아…… 있었냐?" 그가 소리쳤다. "너 살……아…… 있는 거냐?"

"…… 덕택에요."

그는 깊은 한숨과 함께 숨을 몰아쉬려고 애를 썼다.

"……푸른 알약 좀…… 찬장에……." 그의 숨소리는 여전히 거칠었다.

나는 찬장으로 달려갔고, 그곳에서 푸른 알약을 찾아 그에게 다가갔다.

"데이비드…… 난." 그가 조금 안정을 되찾은 목소리로 말했다. "심장병이 있다."

나는 그를 부축하여 의자에 앉혀놓고 바라보았다. 아픈 환자인 그에게 다소 연민을 느낀 것은 사실이었지만 마음 한쪽에서는 여전히 분노가 타오르고 있었다. 나는 그가 내게 설명해주어야 할 것에 하나씩 번호를 붙였다.

첫째, 왜 내게 그렇게 많은 거짓말을 했는지.

둘째, 나를 혼자 내버려두는 것을 왜 그렇게 두려워하는지.

셋째, 내 아버지와 쌍둥이냐고 물어보았을 때 왜 그토록 대답하는 것을 꺼렸는지. 그것이 사실이기 때문이었을까?

넷째, 왜 내가 요구하지도 않은 돈을 주었는지.

다섯 번째, 왜 나를 죽이려고 했는지.

그는 침묵 속에서 내 말을 듣고 있었다. 그리고 갈라지는 음성으로 자신을 침대로 데려다달라고 간청했다.

너무 힘이 없어 보여 나는 그의 말을 들어주지 않을 수가 없었다. 그러나 나는 그를 방으로 데려다준 후 밖에서 문을 잠그고 열쇠를 호주머니 속에 넣었다.

　그리고 다시 부엌으로 돌아와 숄로 몸을 감싸고 자리에 누워 그대로 잠이 들었다.

퀸스페리를 향해 5

다음날 아침, 나는 세수를 한 후 불이 활활 타오르는 화덕 옆에 앉아 장작개비를 넣으면서 내가 처한 상황에 대해 다시 한 번 진지하게 생각했다. 나에 대한 큰아버지의 적개심은 쉽사리 가라앉힐 수가 없었다. 내 목숨을 지킬 사람은 오직 나밖에 없다는 것도 더없이 분명해졌다. 그는 자나 깨나 나를 없앨 궁리만 하고 있는 것 같았다. 그러나 나는 젊고 혈기 왕성했으며, 대부분의 시골 출신들이 그렇듯 눈치가 빠르고 꾀가 있었다.

나는 미소를 띠며 불 옆에 무릎을 끌어안고 앉아서 그의 비밀을 하나씩 벗겨내 결국 그를 내 손에 넣게 되는 상상 속에 빠져들었다. 자부심으로 충만해진 나는 2층으로 올라가

잡아놓은 포로에게 자유를 주었다. 그는 내게 공손하게 아침 인사를 했다. 나 역시 예절을 갖춰 인사를 하고 한층 우월한 높이에서 그를 내려다보며 미소를 지었다. 곧 우리는 이전처럼 식사 테이블 앞에 앉았다.

"그런데……," 내가 다소 빈정거리는 투로 물었다. "저에게 하실 말씀은 없으신가요?"

그가 즉시 대답을 하지 않았기 때문에 나는 다음 말을 이었다.

"우리가 서로를 이해하려면 시간이 좀 걸리겠죠? 큰아버지께선 저를 정말 시골 촌뜨기로 알고 계신 것 같은데요……. 사실 저도 큰아버지를 좋은 사람으로 착각했어요. 큰아버지가 적어도 나쁜 사람은 아닐 것이라고 생각했지요. 둘 다 상대에 대해 잘못 생각한 것 같군요. 도대체 저를 두려워하고, 속이고, 제 목숨까지 노리고 계신 이유가 뭔가요?"

그러자 그는 알아들을 수 없는 말을 중얼거렸다. 그리고 내 얼굴을 바라보며 어조를 바꾸어 식사 후에 모든 것을 사실대로 밝히겠다고 약속했다.

그의 얼굴을 보니 거짓말을 하는 것 같지는 않았다.

바로 그때 출입문에서 노크 소리가 났다. 우리는 말을 중단해야 했다.

나는 그를 자리에 그대로 앉아 있게 하고 문을 열어주러

갔다. 출입문 앞에는 뱃사람 차림을 한 소년이 서 있었다. 그는 나를 보자마자 춤곡의 스텝으로 발을 구르듯 하며 손뼉을 치면서 다가왔다. 나로선 이전에 들은 적도 본 적도 없는 광경이었다.

그는 그런 요란스런 행위를 하는데도 불구하고 추위로 얼굴은 사색이 되어 있었다.

나는 무슨 일인지 물어보았다.

"벨플라우어 씨에게 보내는 늙은 히지오지의 편진데……." 그는 말을 하면서 내게 편지를 보여주었다. 그리고 이렇게 덧붙였다. "젠장, 배고파 죽겠어……."

"일단 안으로 들어오세요." 내가 말했다. "괜찮다면 이거라도 드세요."

나는 그를 안으로 들어오도록 하여 내 자리에 앉게 했다. 그는 자리에 앉아 남아 있는 음식들을 게걸스럽게 먹어치웠다. 그는 식사 중에 시선을 일사불란하게 움직였다. 그는 흔히 밑바닥 생활을 하는 사람들이 남자답다고 여기는 그런 제스처를 취했다.

그동안 큰아버지는 편지를 읽고 생각에 잠겨 있었다. 그리고 갑자기 무서울 정도로 힘차게 자리에서 벌떡 일어나더니 나를 데리고 방의 한쪽 모퉁이로 갔다.

"읽어봐라." 그는 그 말과 함께 내게 편지를 보여주었다.

배가 잠깐 정박해 있는 동안 급사를 통해 전갈을 보냅니다. 출항 전에 지시할 것이 있다면 오늘이 마지막 기회입니다. 님의 대리인인 랜케일러 씨와 엇갈린 것 같습니다. 빨리 어떻게 손을 쓰지 않으면 손해를 보게 될지도 모르겠습니다.

퀸스페리의 호스 여인숙에서 엘리어스 호지슨

"봐서 알겠지만 난 커버넌트호의 호지슨 선장과 사업을 하고 있다." 내가 편지를 읽자마자 그가 말했다.

"지금 나하고 저 아이를 따라 가면 호스 여인숙에서 커버넌트호 선장을 만날 수가 있어. 사인해야 할 서류가 있는데, 시간이 많이 걸리지 않을 거야. 그러고 나서 나하고 같이 랜케일러 변호사를 만나자. 내 말은 믿지 못하겠지만 랜케일러 변호사 말은 믿게 될 거야. 그는 이 지역에서 매우 존경 받는 신사일 뿐만 아니라 너의 아버지도 잘 아는 사람이니까."

나는 잠시 생각했다. 배가 있는 곳은 분명히 사람들로 붐빌 것이었으므로 큰아버지가 함부로 흉계를 꾸밀 수는 없을 것이었다. 그리고 최악의 경우 선실 급사도 보호막이 될 수 있었다. 그리고 일단 그곳에 가면 큰아버지가 계략을 꾸민다고 할지라도 무슨 수를 써서라도 변호사를 찾아갈 수 있는 길이 있을 것 같았다. 게다가 바다와 배를 보고 싶은 마음이 간절하여 당장 달려가고 싶었다. 며칠 전 언덕에서 보았던 장난감만한 배들이 다시 눈앞에 아른거렸기 때문이다. 나는 결심했다. 그곳으로 가기로.

"좋아요." 내가 말했다. "페리로 가요."

그는 옷을 갈아입고 모자를 쓴 후 오래 된 녹슨 단도를 찼다. 그리고 우리는 불을 끄고 나와 문을 잠그고 걷기 시작했다.

우리가 길을 걸어가고 있을 때 차가운 북서풍이 우리의 안면을 강타했다. 때는 6월이어서 하얀 데이지 꽃들이 만개했을 뿐 아니라 갖가지 꽃들로 온통 장식한 나무들이 사방에 줄지어 있었음에도 불구하고 시퍼런 손톱과 시린 손목의 느낌으로 판단해보면 마치 초겨울의 서리 속을 걷는 것 같았다.

큰아버지는 걸어가는 내내 내게 한 마디도 하지 않았다. 그는 나를 선실 급사와 이야기하도록 내버려두었다. 선실 급사는 자신의 이름이 랜섬이라는 것과 아홉 살 이후 계속 배를 탔는데, 지금은 몇 살인지 모른다고 했다. 그는 매서운 바람을 맨가슴으로 맞으며 문신 자국을 보여주었다. 그러나 그가 제아무리 남자다움을 과시한다고 해봤자 내 눈에는 남자라기보다는 차라리 여느 초등학교에서나 쉽게 맞닥뜨릴 수 있는 어리숙하기 짝이 없는 남자아이에 불과했다. 그는 그동안 자신이 행한 수많은 거친 악행들을 우쭐대며 늘어놓았다. 비밀스런 도둑질, 무고, 그리고 살인…… 등을. 그러나 그가 아무리 자신을 멋지게 포장하여 말을 하긴 했지만 그에 대한 연민을 감출 수가 없었다.

나는 그에게 범선과(그의 말에 따르면 자신이 타본 배 중에서 제일 멋진 배라고 했다.) 호지손 선장에 대해 물어보자 그는 선장에 대한 찬사로 열을 올렸다. 그의 말에 따르면 호이지(호지손 선장을 일컫는 말.)는 이 세상에서 둘도 없는 남자다운 남자로, 거칠고 난폭하고 사악한 사나이 중의 사나이라고 말했다. 그가 바로 이 불쌍한 선실 아이가 이상적인 미래상으로 꿈꾸는 존재였던 것이다.

랜섬이 인정하는 그의 유일한 결점은 그가 항해사 출신이 아니라는 것뿐이었다.

"그는 항해사가 아니야. 배를 조종하는 사람은 슈안이라고 따로 있지. 그는 대단한 항해사야. 여길 한번 볼래?" 그러고는 스타킹을 끌어내린 후 아직 아물지 않아 흉찍해보이는 붉은 상처를 보여주었다. 나는 소름이 쫙 돋았다.

"그 사람이 한 거야. 슈안이." 그는 자랑스러운 기색으로 말했다.

"뭐라고?" 나는 놀라서 소리쳤다. "이런 야만적인 짓을 당해도 넌 가만히 있었단 말이야? 너는 그런 취급을 받아도 되는 노예가 아니야."

"……그건 그래." 그가 즉시 어조를 바꾸어 말했다. "그 자식도 알게 될 거야! 보라고." 그는 내게 단도 케이스를 보여주었다. "나도 벼르고 있어. 그 자식에게 그대로 갚아줄 날을!"

여인숙은 퀸스페리 읍의 훨씬 더 서쪽에 있었는데, 그 시간에 여인숙은 매우 한적했다. 보트가 승객들을 싣고 막 북쪽으로 떠난 뒤였기 때문이었다. 이때 작은 보트 한 대가 선창에 묶여 있었고, 선원들 몇몇이 그 위에서 잠을 자고 있었다. 랜섬의 말에 의하면 그 보트는 선장을 기다리는 중이라고 했다. 랜섬이 가리키는 쪽을 보니 보트의 모선인 커버넌트호가 반 마일 정도 떨어진 곳에 정박해 있었다.

바람이 불어오자 그쪽에서 줄을 당기면서 부르는 뱃사람들의 노랫소리가 들려왔다.

그 소리가 들려오자 나는 극도의 혐오감을 담은 눈으로 배를 바라보았다. 그리고 마음속 깊은 곳에서 그것을 타고 먼 타국에 가서 노예가 될 운명인 불쌍한 영혼들에게 깊은 연민을 느꼈다.

우리 세 사람은 언덕 꼭대기에 서 있었다. 그제야 나는 길을 가로질러 큰아버지를 불렀다.

"미리 말을 해두는 것이 좋겠어요." 내가 말했다. "어떤 일이 있어도 나는 절대로 커버넌트호를 타지는 않을 거예요."

　순간 그는 꿈을 꾸다가 깬 사람 같은 표정으로 나를 바라
보았다.

쿤스페리에서 생긴 일 **6**

여인숙에 도착했을 때 랜섬은 계단을 올라가 석탄을 많이 때 오븐처럼 달구어진 작은 방으로 우리를 안내했다. 방안의 침대 옆 테이블에는 큰 키에 거무스레한 피부를 가진 냉철한 성격이 그대로 드러나는 얼굴을 한 남자가 글을 쓰고 있었다. 방 안이 열기로 후끈거렸음에도 불구하고 그 남자는 두터운 항해용 재킷을 입고 목까지 단추를 채우고 있었다. 그는 내가 이제까지 본 어떤 남자보다 냉철하고 지적이며 침착해보였다.

그는 우리를 보자 곧장 일어나 큰아버지에게 큰 손을 내밀며 이렇게 말했다.

"이렇게 만나 뵙게 되어 영광이군요, 벨포 씨. 더구나 때

맞추어 이렇게 오시다니, 정말이지 감사합니다. 바람은 적당하고, 조류는 바뀌고 있습니다. 오늘 밤이 되기 전에 메이의 섬에서 출항하는 것을 보게 될 것 같군요."

"호지슨 선장, 방을 너무 덥게 해놓는 것 아니오?"

"습관입니다. 벨포 씨." 그가 말했다. "저는 천성적으로 피가 찹니다. 두꺼운 털도 플란넬도 럼주도 저의 체온을 올리는 데는 그다지 효과가 없더군요."

"으음…… 그렇다면 어쩔 수 없지…… 선장. 지금부터 우리가 일을 좀 같이 해야 할 것 같소."

나는 큰아버지를 시야에서 절대로 놓치지 않겠다고 다짐하고 다짐하고 또 다짐했음에도 불구하고 바다를 좀 더 가까이에서 보고 싶은 마음과 밀폐된 방의 갑갑함 때문에, 그가 잠시 아래층에 내려가서 놀라고 했을 때, 바보처럼 그 말에 따르고 말았다.

나는 두 사람이 술잔과 엄청난 서류 더미 속에 파묻혀 있는 것을 보고 여인숙 앞의 도로를 가로질러 해안으로 걸어갔다. 바람이 불자 해안에는 호수에서 본 것보다 크지 않은 잔물결이 일어났다. 그때 해초 같은 것이 밀려와 있었는데, 나로서는 생전 처음 보는 것이라 마냥 신기하기만 했다. 바로 옆에 강어귀가 있었음에도 불구하고 바닷물 냄새에는 소금기가 많이 묻어났다. 이때 커버넌트호가 돛을 펼치기 시작했다. 이 모든 것은 내게 여행과 이국적인 것들에 대한 향수를 강렬히 불러일으켰다.

나는 보트에 탄 선원들을 바라보았다. 그들은 햇볕에 검게 그은 검은 피부에 건장한 체격을 하고 있었다. 몇몇은 재킷을 입고 있었고, 또 다른 몇몇은 목에 울긋불긋한 스카프를 두르고 있었다. 그들은 하나같이 단도를 차고 있었다. 나는 그들 중 사악한 분위기가 조금 덜 느껴지는 뱃사람 하나와 잠시 시간을 보냈다. 그리고 그에게 범선을 타고 항해하는 것에 대해서 물어보았다. 그는 선술집이 없는 항구를 빨리 벗어나고 싶다고 했다. 그러나 그가 말을 한 마디 한 마디 할 때마다 끔찍한 욕지거리를 내뱉는 바람에 나는 서둘러 그에게서 벗어났다.

나는 여인숙의 랜섬에게 다시 돌아왔다. 갱단 무리 중에서 그나마 그가 사악함과는 조금 거리가 있었기 때문이다. 그는 펀치 한 사발을 들고 내게 달려왔다. 나는 우리가 아직 그런 것을 마실 나이가 아니라고 말했다. 그러나 진저에일 (가벼운 알코올) 음료만은 환영이라는 말에 그는 내게 인상을 찌푸리는 등 야단법석을 떨며 욕지거리를 퍼부어댔다. 그러나 결국 그는 내 말에 따랐고, 우리는 진저에일을 마셨다. 우리는 곧 여인숙의 테이블에서 마주앉아 왕성한 식욕을 자랑하며 음식을 먹어댔다.

여인숙 주인이 그 지역 사람이었으므로, 나는 그와 안면을 익히게 되었다. 나는 그런 상황에서 사람들이 늘 그렇게 하듯이 그에게 음식을 권했다. 그는 랜섬이나 나 같은 아이들이 감히 상대할 수 있는 사람은 아니었지만, 그가 방을 떠나려는 순간 그에게 랜케일러 씨를 아는지 물어보았다.

"랜케일러 씨라…… 매우 정직한 사람이지. 그런데 에베네저와 같이 왔다는 사람이 너냐? 설마 네가 그의 친척은 아니겠지?" 그가 물었다.

나는 아니라고 대답했다.

"그렇겠지. 하지만 알렉산더를 좀 닮은 것 같아서……."

나는 에베네저가 마을에서 평판이 좋은 것 같지는 않다고 말했다.

"그걸 말이라고 하나? 그는 사악하기 그지없는 노인네야. 사람들에게 얼마나 못할 짓을 많이 했는데. 제닛 클라우스턴 같은 여자의 집을 빼앗은 뒤 쫓아내버리기까지 했지…… 하지만 한때는 꽤 괜찮은 젊은이였지. 알렉산더를 쫓아내고 나서 많이 변했어. 그를 죽인 거나 마찬가지야."

"그게 무슨 뜻인가요?"

"죽이려고 했다는 뜻이야. 넌 아무 소문도 못 들었어?"

"네? 한데 뭣 때문에 그를 죽이려고 했나요?" 내가 말했다.

"뭣 때문이냐고? 그 집에 가보면 알게 될 게다." 그가 말했다.

"그 집이라면 쇼스 저택 말인가요?"

"그래."

"네? ……그렇다면 혹시 ……알렉산더 씨가 장남이었나
요?"

"두말 하면 잔소리지. 안 그러면 무엇 때문에 그를 죽이
려 했겠니?"

그 말을 마치고 그는 가버렸다.

순간 섬뜩한 그 무엇이 내 몸을 스치고 지나갔다. 그러나
추측한다는 것과 안다는 것은 완전히 달랐다. 나는 내게 엄
청난 재산이 남겨졌음을 알고 전율을 느꼈다. 겨우 며칠 전,
아무 희망도 없이 먼지투성이의 길을 걸어온 불쌍한 아이가
세상에서 제일 가는 갑부 중 하나이며, 큰 집과 넓은 땅을
가졌다고 생각하니 거짓말인 것만 같았다.

나는 앞날에 펼쳐질 수백 가지 즐거운 공상에 사로잡혀
여인숙 창밖을 멍하니 바라보았다. 그 순간만큼은 내 시야
에 들어오는 것은 무엇이든 안중에 없었다. 어렴풋이 기억
나는 것은 호지손 선장이 보트에 가서 뱃사람들을 불러놓고
무언가를 지시하는 모습이었다. 잠시 후 그는 다시 여인숙
으로 걸어 올라왔는데, 그는 뱃사람들의 구차한 행색과는
달리 당당한 풍채에 어울리는 진지한 위엄이 있었다. 나는

랜섬이 그에 대해 말해준 '남자다운 악독함'이 사실인지 아닌지 알 수가 없었다. 어쩌면 선량한 면은 그가 뒤에 감추고 있거나 배에 탔을 때만 나타날 수 있을지도 몰랐다. 적어도 그는 랜섬이 말한 것보다는 나쁜 사람이 아니고, 내가 생각하는 것보다는 좋은 사람이 아닐 가능성이 높았다. 그때 큰아버지…… 아니 작은아버지가 나를 부르는 소리가 들렸고, 이어서 여인숙으로 돌아온 선장이 내게 정중하게 말을 건넸다.

"데이비드 군," 그가 말했다. "벨포 씨에게 많은 이야기를 들었네. 이곳에 좀 더 머물면 좋은 친구가 될 수 있을지도 모르는데 아쉽군. 하지만 새로운 구경거리를 보는 것도 나쁘진 않겠지? 간조가 되려면 좀 있어야 하는데, 배나 구경하게. 한 삼십 분 정도면 될 거야. 배에서 나랑 술이나 한잔 하자고!"

그 순간 나는 말할 수 없을 정도로 배 안의 풍경이 궁금해졌다. 하지만 위험에 빠지고 싶지는 않았다. 그래서 큰아버지와 함께 변호사를 만나기로 약속이 되어 있다고 말했다.

"으음…… 그 말이라면 이미 들었네. 보트가 그곳에 내려줄 거야. 랜케일러 씨 집은 읍의 해안 부두에서 별로 멀지 않거든." 그러고는 갑자기 고개를 숙여 내게 속삭이듯 말했다. "늙은 여우를 조심하게."

"네?"

"일단 배에 타서 나머지 이야기를 들려주지." 그리고 그는 내 팔을 잡아 끌고 보트로 가면서 큰 소리로 이야기를 계속했다.

"캐롤라인에 가면 뭘 사다줄까? 벨포 씨 친구라면 그 정도는 요구할 수 있네. 담배? 인디언 깃털로 만든 물건? 아니면 야생 짐승 가죽? 파이프? 박제새? 앵무새? 어떤 것이 좋겠나?"

이때 우리는 부두의 보트 바로 옆까지 왔고, 그는 내 손을 보트 안으로 끌어당겼다. 그 순간 나는 아무 생각도 없었다. 단지 좋은 친구이자 조력자를 얻었다는 것만 머릿속에 가득했을 뿐이었다. 그리고 배를 보는 것이 매우 즐거웠다. 우리가 자리를 잡기가 무섭게 보트가 쏜살같이 물을 가르며 부두를 벗어나기 시작했다. 보트의 역동적인 움직임에 나는 부르르 몸이 떨릴 정도로 기분이 좋았다. 그리고 멀어져가는 해안의 모습과 함께 점점 범선에 가까워지면서 범선이 모습을 드러내기 시작했을 때, 나는 그 광경에 넋이 빠져 선장의 말을 거의 건성으로 듣고 대답했다.

범선에 가까이 다가갔을 때 호지손은 자신과 내가 먼저 타야 한다면서 선원들에게 삭구(도르레)를 내리라고 지시했다. 나는 공중으로 들어올려져 갑판 위에 내려졌다. 선장은 갑판에서 나를 기다리고 있다가 나의 팔짱을 끼었다. 나는 사방이 흔들리자 잠시 어지러움을 느끼며 서 있었다. 완전한 평화를 느낀 것은 아니었지만 낯선 광경에 짜릿한 기쁨을 느낀 것은 사실이었다. 그동안 선장은 내게 범선의 이런저런 낯선 것들의 명칭을 설명해주었다.

"그런데 작은아버지는 어디 있나요?" 불현듯 정신을 차린 내가 물었다.

"으음……." 그가 갑자기 냉정한 어조로 바뀌어 말했다. "바로 그게 문제야."

나는 당황했다. 나는 놀라 어쩔 줄을 몰라 하며 온힘을 다해 그의 팔에서 벗어나 배의 맞은편으로 달려갔다. 아, 그때 보트는 이미 떠나 읍을 향해 달려가고 있었다. 큰아버지는 보트의 끝부분에 앉아 있었다. 나는 있는 힘을 다해 날카로운 비명을 질렀다. "도와주세요! 도와주세요! 사람 살려……!"

이때 작은아버지(이젠 작은아버지란 사실을 알았기 때문에)가 앉아 있던 곳에서 내 쪽으로 몸을 살짝 돌렸다. 그런데 그때 보인 그의 얼굴에는 잔인함과 공포가 또렷이 서려 있었다.

그때 강인한 손이 나를 잡아 끄는 것과 동시에 누군가가 내 머리를 탁 쳤고, 나는 번쩍 하는 느낌과 함께 순식간에 정신을 잃었다.

커버넌트호에 갇히고 7

한참이 지난 후 나는 어둠 속에서 심한 통증을 느끼며 깨어났다. 이때 내 손과 발은 단단히 결박되어 있었고, 낯설고 시끄러운 소리에 귀가 먹먹했다. 그것은 틀림없이 거대한 물레방아 둑에서 나는 것 같은 물살 소리였다. 물결을 헤치고 나아가는 소리, 돛이 나부끼는 엄청난 괴성, 뱃사람들이 외치는 날카로운 소리 같은 것이 어우러져 들렸다.

그러다가 온 세상이 아찔하게 위로 솟구치는 것 같다가 순식간에 아래로 떨어졌다. 순간 통증과 함께 구토증이 났고, 내 정신은 완전히 혼란에 빠졌다. 정신이 아뜩해지면서 잠시 정신을 차렸다가 잃기를 반복하는 가운데 내가 한 낯선 배의 바닥에 누워 있다는 것을 깨달았다. 내가 어떤 위기에 처해 있는지, 어쩌다가 이런 상태에 빠지게 되었는지 조금씩 기억을 하게 되자 끝없는 절망감이 내 온몸을 휩싸안았고, 바보 같았던 나의 행동에 대한 후회와 작은아버지에 대한 격렬한 분노를 느꼈다. 그 후 나는 다시 한 번 의식을 잃고 잠에 빠져들었다.

한참 후 내가 정신을 차렸을 때, 또다시 요란한 소음과 배의 격렬한 요동이 정신을 혼란하게 하면서 귀를 먹먹하게 만들었다. 이때는 총소리 같은 것이 들리는 듯했다. 나는 폭풍이 너무 심해서 배가 주위에 조난 신호를 보내는 것이 아닐까 하는 헛된 희망을 품기도 했다.

시간은 전혀 예측할 수 없었다. 내가 누워 있는 곳은 배의 깊숙한 곳의 활용 가치가 없는 공간으로, 악취가 진동하고 있었고, 햇빛이 전혀 들지 않아 밤이나 낮이나 별반 다를 것이 없었다. 내가 처한 비참한 상황은 시간이 가는 것을 두 배로 더디게 만들었다. 단지 수면만이 잠시나마 나를 절망에서 해방시켰다.

시간이 얼마나 지났을까? 나는 얼굴을 비추는 손전등 불빛에 잠시 의식을 되찾았다. 눈을 들어 보니 서른 살 정도의 푸른 눈의 작은 남자가 나를 내려다보며 서 있었다.

"이봐, 정신 차려!" 그가 말했다.

그러나 내 입에서는 흐느낌밖에 나오지 않았다.

그는 내 맥박과 관자놀이를 만져본 후 상처를 붕대로 감아주고는 가버렸다.

잠시 후 그가 다시 왔을 때 나는 비몽사몽간을 헤매고 있었다. 눈이 어둠에 익숙해지고, 매스꺼움은 줄어들었지만 여전히 공포에 찬 현기증은 떨쳐버릴 수가 없었다. 게다가 팔다리에 격렬한 통증이 찾아오면서 나를 결박한 끈이 닿은 곳이 불이 붙은 것처럼 화끈거렸다. 게다가 내가 누워 있는 배바닥의 끈적끈적한 악취가 내 몸의 일부가 된 것 같았다. 또한 사그락거리면서 사방으로 돌아다니는 쥐들이 내 얼굴 위로 기어오르는 바람에 혼비백산하기도 했다.

얼마가 지나자 벙커 입구가 열리면서 랜턴의 희미한 불빛이 햇살처럼 내가 갇혀 있는 소굴을 다시 한 번 비추었다. 그 빛이 내가 갇혀 있는 소굴의 끔찍함을 스치듯 보여주었을 때 내 입에서는 반가움의 작은 탄성이 흘러나왔다.

잠시 후, 눈이 푸른 한 남자가 사다리를 타고 내려왔다. 나는 그가 뒤뚱거리며 다소 불안하게 걸어오는 것을 알아차렸다. 뒤이어 누군가가 따라왔는데, 그가 바로 선장이었다. 두 사람은 아무 말을 하지 않았다. 눈이 푸른 남자가 나를 다시 한 번 아래위로 살펴본 후 말없이 먼젓번처럼 붕대를 감아주었다. 그러자 선장은 그의 뒤에 서서 묘한 눈빛으로 나를 내려다보고 있었다.

"직접 보시지요. 열도 높고, 제대로 먹지도 못해서……
무슨 말인지 아시지요?"

"리아치…… 나는 마술쟁이가 아니야."

"아이를 선실로 옮기는 게 어떨까요?"

"이 아이 일엔 자네 말고는 아무도 관심 없어." 선장이 말
했다. "다시 한 번 말해주지. 여기에 그대로 둬. 애가 있을
곳은 여기야."

"한몫 챙겼다는 것은 인정하지만……." 그 남자가 말했
다. "감히 말하지만 저는 아닙니다. 여기서 잔돈푼이나 받
으면서 이등 항해사로 일하고 있지만, 진실을 위해 최선을
다한다는 것쯤은 선장님도 알고 있을 겁니다. 전 마땅히 해
야 할 일이야 분명히 하지만…… 이런 일까지 감당해야 한
하는 건 좀……."

"만약 자네가 하잘 것 없는 일에 더 이상 신경만 쓰지 않
는다면 불만은 없을 것 같은데." 선장이 되받았다. "부탁하
겠는데, 자넨 그냥 보고 있기만 하면 돼. 갑판에서 곧 우리
를 찾을 거야. 나가자고!"

그러나 리아치는 그의 소매를 붙잡았다.

"살인의 대가를 받았다는 것을 인정한다는 것은……."
그가 말했다.

호지손이 플래시로 그를 비추었다.

"그게 무슨 소리야? 도대체 무슨 소릴 하는 거야?"

"알아들었을 거라고 생각하는데요?"

"리아치, 난 자네하고 항해를 세 번이나 했어." 선장이 말했다. "그동안 자넨 날 좀 더 잘 알았어야 하는데……. 난 독하고 완고한 데가 있다는 것은 인정해. 하지만 지금 자네는 나더러 양심이 없고 사악하다는 말을 하는 건가? 아니면 저아이가 죽을 거라는 말인가?"

"죽을 겁니다!" 리아치가 말했다.

"됐어. 이제 그만해. 옮기고 싶으면 옮기라고!"

말을 끝낸 선장은 사다리를 타고 올라가버렸다. 침묵 속에서 알 듯 모를 듯한 그들의 대화를 처음부터 끝까지 듣고 있던 나의 눈에 리아치가 몸을 돌려 무릎까지 상체를 굽혀 인사를 하는 모습이 보였다.

그런 상황 속에서도 나는 두 가지만은 분명히 알 수 있었다. 선장이 암시한 대로 그 남자는 술을 마시면 말이 많아진다는 것과 적어도 술이 취하거나 취하지 않은 상태 중 어느한 가지의 상태에 있을 때는 나쁜 사람이 아니라는 사실이었다.

5분 후에 나를 결박한 줄이 잘리면서 나는 그 남자의 등에 업혀 선원실의 벙크 같은 곳으로 옮겨졌다. 그리고 나는 다시 정신을 잃었다.

한참 후 눈을 뜨자, 그곳은 따스한 햇살이 들어오는 선원실이었다. 선원실은 침대가 여러 개 붙어 있어 앉아서 담배를 피울 수도, 누워서 잘 수 있을 만큼 공간이 넓었다. 내가 기운을 회복하자마자 뱃사람 중 하나가 마실 걸 들고 와서, 리아치가 만든 약이라고 했다. 그는 내가 회복될 때까지 그곳에 누워 있어도 된다는 것과 뼈가 부러진 곳이 없음을 알려주었다. 그리고 덧붙여서 배에서 머리를 한 대 친 사람이 자신이라며, 별것 아니니 신경 쓰지 말라고 했다.

얼마 후 마흔 살 정도 되어보이는 뱃사람 하나가 몇 시간 동안 내 옆에 붙어 앉아 자신의 아내와 아이 이야기를 해주었다. 그는 원래 어부였는데, 보트를 잃어버린 후 망망대해로 나오게 되었다고 했다. 이 배의 행선지는 캐롤라인라고 했다. 그 당시 행선지가 의미하는 것은 더없이 분명했다. 내가 추방이나 망명이 아니라는 것이. 그 당시는 식민지의 저항이 심했고, 미합중국이 세워질 시기였다.

그러나 얼마 안 가 나는 새로운 사실을 알게 되었다. 내가 몇 명의 백인들과 함께 플랜테이션 농장에 노예로 팔려가고 있다는 사실을. 그것은 나의 사악한 작은아버지가 내게 선고한 운명이었다.

선실 급사인 랜섬이 이따금 내가 있는 곳에 들러서 멍이 든 팔다리를 간호해주면서 슈안의 잔인성을 털어놓았다. 그의 말을 듣고 있노라니 나의 심장에서 피 같은 눈물이 흐르는 것 같았다. 그러나 슈안에 대한 뱃사람들의 존경심은 대단했다. 그를 두고 사람들은 "술을 마시지 않을 때는 이 세상의 둘도 없는 유일한 악당 뱃사람 슈안"이라고 말하곤 했다. 정말이지 리아치와 슈안은 성격이 독특했다. 리아치는 술만 마시면 말할 수 없이 온순하고 친절해졌다. 반대로 슈안은 술에 취해 있을 때는 난폭했지만 보통 때에는 파리 한 마리 죽이지 못할 정도로 연약했다. 나는 선장에 대해서도 물어보았다. 그러나 그는 철가면 같은 인간이라 별로 달라지는 것이 없다고 했다.

나는 생존을 위해 할 수 있는 한 기회를 최대한 이용하여 뱃사람들에 대한 다양한 정보를 얻었다. 알고 보니 그들 중에서 가장 불쌍한 사람은 어린 랜섬이었다. 그러나 랜섬은 비인간적인데다가 전혀 진실성이 없었다. 그는 바다에 나오기 전의 기억을 거의 가지고 있지 않았다. 기억하는 것이라고는 자신의 아버지가 시계 만드는 사람이라는 것뿐이었다. 그가 과거사를 모두 잊어버린 것은 바다 생활의 고난과 뱃사람들의 잔혹성 때문이었는지도 모른다. 뿐만 아니라 그는 육지에 대해 왜곡된 개념을 가지고 있었다. 어쩌면 험난한 생활을 해오면서 주워 들은 것이라곤 뱃사람들 이야기뿐이었기 때문이었는지도 모른다. 읍에 있을 때, 그는 두 사람 중

한 사람은 자신을 유인하는 사람으로 알았고, 세 집 중 한 곳은 뱃사람들을 유인해서 살해하는 곳으로 알고 있었다.

나는 그에게 육지가 그렇게 두려운 곳이 아니라는 것과 가족과 친구들로부터 살아가는 데 필요한 것들을 배울 수 있다고 말해주었다. 만약에 그가 그즈음에 괴롭힘을 당했다면 울면서 도망가겠다고 맹세했을 것이다. 그러나 선실에서 술을 마셨다면 내가 말한 친구나 가족의 개념을 비웃었을 것이다.

그에게 술을 주는 사람은 리아치였다. 처음에 술을 권했을 때는 좋은 의미로 그랬을 것이다. 그러나 이 불쌍한 소년이 술을 마신 후 비틀거리고 춤을 추면서 무슨 뜻인지도 모르는 말을 내뱉었다. 나는 그가 그 때문에 주위 뱃사람들의 비웃음과 조롱의 대상이 되는 것을 지켜보는 것은 여간 고역이 아니었다.

랜섬의 죽음 8

밤 아홉 시경에 리아치의 부하인 뱃사람 한 명이 자신의
재킷을 가지러 내려왔다. 이때 선원실에는 불길한 술렁임이
일기 시작했다.

"슈안이 마침내 일을 저질렀대."

이름은 물어볼 필요조차 없는 것처럼 보였다. 그곳에 있
는 사람이라면 누구나 아는 사실이었다. 그러나 그것이 무
슨 일인지 생각할 틈도 없었고, 말할 틈은 더더구나 없었다.
바로 승강구 문이 덜컹 열리면서 호지손 선장이 사다리를
타고 내려왔다. 그는 랜턴 불빛을 이리저리 비추면서 내 앞
으로 걸어왔다. 나는 깜짝 놀랐다. 그는 손가락으로 나를 지
목하며 소리쳤다.

"이봐, 선실로 가. 랜섬과 위치 교대야. 바로 가!"

그 말이 떨어지기가 무섭게 뱃사람 두 명이 랜섬을 들쳐
매고 승강구에 나타났다. 흔들리는 랜턴 불빛에 비친 랜섬
의 얼굴은 밀랍처럼 창백했고, 소름끼치는 미소 같은 것이
나타나 있었다.

그것을 보자 나의 등줄기가 싸늘해졌다.

"머뭇거리지 말고 즉시 가. 어서!" 호지손이 소리쳤다.

그 말에 나는 거의 미동이 없는 랜섬과 뱃사람을 지나쳐
서 사다리를 타고 갑판으로 올라갔다. 밤이 늦은 시간이었
음에도 여전히 땅거미가 깔려 있었다.

선실은 갑판을 가로질러 6피트 높이에 위치해 있었다. 선
실 내부에는 고정된 테이블과 벤치, 그리고 두 개의 침대가
놓여 있었다. 그중 하나는 선장이, 다른 하나는 두 항해사가
교대로 사용하는 것 같았다. 사방의 벽에 셔터가 달린 작은
창문이 있고, 천창이 뚫려 있어 낮에 햇살이 들어오도록 되
어 있었다. 그러나 선실 안은 어둠이 진 후에는 언제나 램프
불빛이 켜져 있었다.

내가 들어갔을 때 램프불이 켜져 있었지만 실내는 그다지
밝지 않았다. 불빛에 비친 것은 침대에 걸터앉아 금속 잔을
앞에 놓고 술을 마시고 있는 한 남자였다. 그는 랜섬이 이야
기했던 슈안이 분명했다. 그는 키가 크고 건장한 체격에 검

은 피부를 갖고 있었다.

그는 내가 들어오는 것을 알아차리지 못한 것처럼 보였다. 선장이 뒤따라 들어와 내 옆의 침대에 걸터앉아 역시 어두운 표정으로 그를 지켜보고 있었을 때까지도 여전히 그는 꼼짝도 하지 않았다. 나는 호지손 선장에 대한 두려움 때문에 꼼짝도 할 수 없었다.

곧 리아치가 들어왔다. 그는 선장에게 뭔가 눈짓을 보냈는데, 그것은 누군가 죽었다는 것을 의미하는 것 같았다. 그들은 말없이 슈안을 뚫어지게 바라보았고, 슈안은 테이블만 바라볼 뿐이었다. 그가 날쌔게 술병을 잡았다. 그러자 그것을 본 리아치가 갑자기 앞으로 다가가 큰 소리로 욕을 하며 술병을 뺏어들고 열려 있는 슬라이딩 문을 통해 바다에 던져버렸다.

슈안은 덤벼들 태세로 번개같이 일어섰다. 선장이 말리지 않았으면 두 번째 살인이 일어났을 것이 분명했다.

"앉지 못해?" 선장이 소리쳤다. "무슨 짓을 했는지 알아? 살인이야!"

슈안은 그 말을 알아들은 것처럼 보였다. 그는 다시 앉아 두 손으로 얼굴을 감싸쥐었다.

"그 녀석이 나한테 더러운 잔을 갖다줬단 말이야!"

그 말을 듣고 선장과 리아치는 어이가 없다는 듯이 서로를 바라보았다.

"빌어먹을!" 슈안이 말했다. "진작 좀 나섰어야 했는데! 너무 늦었어."

"리아치!" 선장이 말했다. "할 수 없어. 이 일이 다이사트에 알려지면 안 돼. 저 아이는 실수로 물에 빠져 죽은 걸로 하자고. 내가 5파운드를 줄 테니까. 그건 그렇고, 왜 아까운 술을 버리고 난리야?" 그리고 그는 덧붙였다. "데이비드, 술 한 병 가져와. 아래 라커에 있다." 그리고 그는 내게 라커 열쇠를 주었다.

그것이 내가 선실에서 맡은 첫 번째 일이었다. 그 다음날부터 나는 선장과 두 항해사의 식사와 술시중을 드는 것을 비롯하여 이런저런 잡다한 뒤치다꺼리를 했다. 밤이면 선실 끝자락의 갑판에 던져져 있는 담요 아래에서 잠을 잤다. 그것은 매우 딱딱하고 차가웠다. 게다가 자고 있는 중에 그들이 자주 깨워 술상을 준비하라고 시키는 바람에 잠을 푹 잘 수가 없었다.

그러나 어찌 보면 그것은 그다지 어려운 일은 아니었다. 식탁에 테이블보를 깔 필요도 없었고, 일주일에 한두 번을 제외하면 오트밀 죽이나 솔트 정크(소금에 절인 고기 요리) 정도가 내가 만드는 것의 전부였다.

슈안은 술 때문인지 자신이 저지른 범죄 때문인지, 아니면 두 가지가 어우러져서인지는 몰라도 정신이 혼미한 것처럼 보였다. 나는 그가 맑은 정신으로 있는 것을 본 적이 없었으므로, 그와 좀처럼 가까워질 수가 없었다. 때때로 그는 자신이 무슨 일을 저질렀는지 분명하게 인식하지 못하는 것 같았다. 선실에서의 둘째날, 그와 단둘이 있을 때였다. 그는 죽은 사람 같이 창백한 얼굴로 오랫동안 노려보더니 내게 다가왔다. 나는 더럭 겁이 났다. 그러나 냉정히 생각해보니 내가 그를 무서워해야 할 이유가 없었다.

"넌 전에 있던 아이가 아니지?" 그가 물었다.

"네!" 내가 대답했다.

"그럼 전에 있던 아이는?" 하고 물었다. 그래서 내가 대답을 하자 그는 "맞아……. 이제야 생각이 나는군." 라고 말하고는 말없이 앉아 있었다.

불쌍한 랜섬의 그림자는 우리 네 사람에게 짙게 드리워져 있었다. 그리고 나와 슈안에게 더욱 심했다. 나에게는 어두운 그림자가 하나 더 있었다. 나는 별로 존경하지도 않는 세 사람(적어도 한 명은 교수대에 세워져야 했다.)을 위해 온갖 궂은 일을 도맡아 해야 했다. 그것은 현실이었다. 나의 미래는 담배 농장에서 흑인들과 함께 노예가 되어 일을 하고 있는 모습이었다. 날이 가면 갈수록 내 마음은 점점 바닥으로 가라앉아 차라리 생각에서 벗어날 수 있는 일을 하는 것이 훨씬 더 마음이 편했다.

9 금화 벨트를 찬 남자

출항한 지 일주일이 지나 열흘째 되던 날 오후였다. 지금까지 항해 중에 커버넌트호를 따라다닌 불운이 점차 모습을 뚜렷하게 드러내는 것 같았다. 파도가 높고 사방이 자욱한 안개로 둘러싸여 배의 한쪽 끝에서 맞은편 끝이 보이지 않을 정도였다. 오후 내내 갑판에서 일을 하던 수부와 항해사들이 배 *방파제 한쪽에 귀를 기울이고 있었다.

나는 그들이 하는 말과 행동을 완전히 이해할 수는 없었지만 꼭 집어 말할 수 없는 불길한 조짐이 느껴졌다. 하지만 그것은 한편으로 가냘픈 흥분을 일으키는 일이기도 했다.

방파제 갑판 위에 있는 사람이나 짐이 밖으로 떨어지거나 물이 갑판 위로 올라오는 것을 막기 위하여 뱃전에 설치한 울타리.

오후가 그럭저럭 지나고 밤 열 시경이 되었을 때였다. 나는 리아치와 선장의 저녁 식사 준비를 하고 있었다. 그때 배가 뭔가에 부딪칠 때 나는 엄청난 파열음이 들렸다. 여기저기서 아우성 소리가 들렸고, 두 항해사가 벌떡 일어났다.

"충돌이다!" 리아치가 소리쳤다.

"아니!" 선장이 말했다. "보트가 부딪친 것 같아."

그리고 그들은 미친 듯이 달려나갔다.

선장의 말이 옳았다. 안개 속에서 보트 한 대가 우리 배에 부딪쳐 침몰해 있었다. 이때 그 보트 중심부가 양쪽으로 쪼개지며 모든 탑승자들이 물속으로 가라앉고 있었다. 한데 단 한 사람만은 예외였다. 그는 보트 위에 줄지어 앉아 있던 사람들 중 하나가 아니라 배의 선미에 있던 사람이었다. 충돌하는 순간 선미는 공중으로 튕겨올랐고, 일촉즉발의 위기에서 그 남자는 날렵하게 몸을 날려 내가 탄 범선의 기움돛대를 움켜잡았다. 그것은 그가 억세게 운이 좋을 뿐만 아니라 몸놀림이 상당히 민첩하고 힘이 비상하게 좋다는 것을 증명해주었다. 그는 선실로 인도되었다. 그때 나는 그의 눈을 처음 보았는데, 그 역시 나만큼이나 차가운 눈을 가지고 있었다.

그는 약간 작달막한 체구에 날렵하고 건장한 체격을 가지고 있었다. 얼굴은 잘 그을린 구릿빛에 천연두 자국과 주근깨가 여기저기 보였다. 눈빛은 매우 맑으면서도 광기 같은 것이 어려 있었다. 그는 윗옷을 벗으면서 권총을 테이블 위에 놓았다. 허리에는 큰 검을 차고 있었다. 그런 그의 태도에는 왠지 모를 기품이 넘쳐흘렀다.

그는 선장에게 자신이 적이 아님을 알렸다. 나는 첫눈에 그가 나의 친구가 될 수도 있을 사람이라는 느낌을 강하게 받았다.

선장은 그를 빈틈없이 관찰하고 있는 것처럼 보였는데, 그의 관심은 그가 어떤 인격체를 가진 사람인지보다는 옷차림에 집중되어 있었다. 깃털 달린 모자, 붉은 웨이스트코트, 브리치(검은 바지), 은단추가 달린 푸른 코트, 은빛 레이스 등 우아하게 갖춰 입은 그의 의상은 상선의 선실에 어울리지 않는 위엄과 권위를 보여주었다.

"이런 일을 당해서 안됐소. 선생!"

"정말이지 좋은 사람들을 잃었습니다." 낯선 사람이 말했다. "반드시 육지에서 다시 봤어야 할 사람들인데……."

"친구들이오?" 호지손 선장이 물었다.

"세상에서 그런 사람들은 둘도 없을 겁니다. 저 하나 때문에 개죽음을 당하게 됐지요."

"음…… 선생! 세상에는 사람들을 태울 보트보다는 탈 사람들이 늘 더 많은 법이오."

"그건 사실입니다." 그 사람이 말했다. "정말이지 통찰력 있는 말씀입니다."

"한데 선생! 난 프랑스에 갔다 온 적이 있다오." 선장이 말했는데, 이 말에는 깊은 의미가 담겨 있는 것이 분명했다.

"그런 데라면 갔다 온 사람들이 한둘이 아니죠." 그가 말했다.

"틀림없소. 선생, 그 훌륭한 코트를 보니……."

"무슨 뜬금없는 소리요?" 낯선 남자가 말했다. 그러고는 재빨리 권총을 잡았다.

"그럴 필요까지는 없는데……. 사실을 제대로 알기 전에 일 내지 마시오." 선장이 말했다.

"프랑스 군인들이 입는 코트를 입고 스코틀랜드 말을 한다? 최근에 그런 신사들이 제법 있다는 건 알고 있소. *정직한 파라고나 할까?"

"그렇다면 당신도 정직한 파요? 가톨릭?"

"아니오, 선생! 난 선생과 달리 충실한 프로테스탄트요. 그런데 선생 같은 훌륭한 사람이 궁지에 몰린 것을 보니 정말이지 유감스럽소."

"유감스럽다고요?" 그 남자가 물었다. "솔직히 말하자면

정직한 파 honest party   스코틀랜드 독립을 위해 모든 것을 걸고 힘겹게 싸우던 스코틀랜드의 자코바이트를 의미함.

난 정직한 파들 중 하나요. 선장…… 난 프랑스로 가려던 참이었소. 나를 태워 갈 프랑스 배 한 척이 이곳에 오기로 되어 있었지요. 한데 짙은 안개 때문에 우리를 보지 못하고 지나치고 말았소. 그러니 진심으로 부탁하는데 내가 가려던 해안으로 좀 실어준다면 대가는 톡톡히 지불하겠소."

"프랑스? 그렇게는 할 수 없소. 하지만 당신이 배를 탄 곳이라면 생각해볼 수도 있소."

그 순간 선장이 내게 식사 준비를 지시했으므로 아쉽게도 그곳을 나와야 했다.

내가 다시 선실로 돌아왔을 때, 그 신사가 허리에 찬 돈주머니 벨트를 풀어 금화 몇 기니를 테이블 위에 올려놓은 것이 보였다. 선장은 금화와 벨트와 신사의 얼굴을 번갈아 바라보았다. 분명히 그는 흥분해 있었다.

"절반을 내놓으시오." 선장이 말했다. "그렇게 하면 원하는 대로 해드리리다."

그 신사는 돈을 다시 집어 재빨리 벨트 속에 넣었다.

"선장! 내가 말했지 않소? 이 돈은 내 것이 아니라고! 우리 집안 어른의 것이오. 나는 단지 전달자에 불과할 뿐이오. 해안까지 30기니, 아니면 린 록까지 60기니. 둘 중 하나를 택하시오. 그러지 않으면 최악의 상황을 맞을 수도 있소."

"만약 내가 선생을 병사들에게 넘긴다면 어쩔 것이오?"

"아하! 그건 정말이지 멍청한 거래라고 할 수 있소." 그 신사가 말했다. "그쪽 사정은 내가 당신보다 더 잘 알고 있소. 집안 어른의 집과 재산을 완전히 몰수당했소. 대부분의 정직한 파들의 집안이 그런 것처럼 말이오. 토지는 조지 왕의 손아귀로 들어갔소. 그리고 그의 관료들이 지대를 걷고 있소. 이 돈으로 말하면 불쌍한 소작인들이 유배당한 집안 어른을 위해 내놓은 것으로 조지왕이 찾고 있는 지대의 일부요. *이 돈을 가져다준다고 한들 얼마를 줄 것 같소?"

"당연히 지대라는 걸 알면 얼마 안 주겠지."

"하지만 내가 그 부분에 대해 정부 병사에게 함구한다면?"

"그러면 나는 그냥 있을 것 같소? 조지 왕의 돈이니 내 몸에 손을 댄다면 훨씬 더 교활하게 엮어버릴 수도 있다는 걸 모르지는 않을 텐데……."

"음…… 좋소. 60기니. 여기 *내 손이오."

"좋소. 여기 내 손이 있소." 그 신사가 말했다.

그 말과 함께 선장은 낯선 남자와 나만 선실에 남겨두고

이 돈을~ 이 말의 의미는 지금 선장은 앨런의 약점을 이용해 정부군 병사들에게 넘기면 더 많은 이득을 얻을 수 있을 것이라고 판단한 듯하나 앨런은 원래 조지왕의 재산이니 자신이 주는 액수보다 적게 받을 것이라는 뜻.
내 손이오 스코틀랜드에서 합의가 이루어졌을 때 손을 포개어 얹었던 관습이 있었던 듯함.
로랜드와 하일랜드 스코틀랜드에서 영국에 인접해 있는 남쪽 지역을 로랜드라고 하고, 북쪽 고지대를 하일랜드라고 한다. 하일랜드는 스코틀랜드의 독립을 위해 투쟁을 불사하는 쪽이었고, 로랜드인들은 영국왕을 따르는 경향이 강함.

서둘러 나갔다.

그 당시 스코틀랜드 정부는 분열되어 있었다. 나 같은 *로랜드인들이 영국 조지왕을 따르는 경향이 있는 데 반해 *하일랜드의 많은 가문들은 스코틀랜드 제임스왕의 후손을 따르며, 그를 왕좌에 복위시키기 위해 반란을 도모하고 있었다.

그런 일을 주도하는 사람들 대부분이 프랑스에 추방되어 유배생활을 하면서 자금을 모으거나 일가친척을 만나기 위해 목숨을 걸고 조국 땅을 밟는 일이 빈번했다.

내가 보기에 그는 단순히 반역자나 밀수자가 아니었다. 그는 하일랜드 출신으로, 프랑스의 루이왕을 받들고 있는 것 같았다. 그런 그가 금화가 가득 찬 벨트를 차고 있었던 것이다. 여러 가지 이유로 나는 자꾸만 그에게로 관심이 쏠렸다.

"*자코바이트신가요?" 나는 그의 앞에 고기를 놓으면서 말했다.

"그래." 그는 이렇게 말하고 음식을 먹기 시작했다. "자넨 척 보니 *휘그군. 아닌가?"

자코바이트 스코틀랜드 출신의 영국 왕이었던 제임스 왕과 그 후손을 따르는 스코틀랜드인들을 일컫는 말.
휘그 프로테스탄트를 지지하는 영국 조지 왕을 따르는 사람들로 주로 로랜드인들을 말함.

"저야 뭐 이저저도 아닌 얼치기예요." 나는 그를 화나게 하지 않으려고 그렇게 말했다.

그러나 사실 나는 휘그였다. 난 어릴 때부터 아버지나 캠벨 씨로부터 철저히 교육받은 충실한 휘그였다.

"아무래도 상관없네. '얼치기' 군, 술이 떨어졌어. 60기니나 냈는데 술에 인색하면 안 되겠지?"

"나가서 라커 열쇠를 받아올게요." 나는 그렇게 말하고 갑판으로 나갔다. 갑판 위에는 수부들 몇몇이 배가 나아갈 위치에 대해서 의논을 하며 서 있었다. 그러나 선장과 두 항해사는 무슨 일인지 중앙 상갑판에 서 있었다. 그들은 머리를 맞대고 뭔가 밀담을 나누고 있었다.

나는 분명한 이유를 알 수는 없었지만 뭔지 모를 불길한 예감에 휩싸였다. 나는 천천히 그들에게 다가갔다. 그때 들린 첫 번째 말이 내 예상이 적중했음을 확인시켜주었다.

제일 먼저 들린 것은 리아치의 목소리였다.

"그놈을 선실 밖으로 유인할까요?"

"아냐. 오히려 지금 있는 곳이 더 좋아. 칼을 휘두를 만한 공간이 없잖아."

"그건 그래요. 하지만 공격하기가 쉽지 않죠……."

"일단 들어가서 양쪽에 서서 이야기를 하다가…… 칼을 빼기 전에 그를 붙잡는 거야. 양쪽에서 팔을 하나씩 붙잡고……."

여기까지 들었을 때, 나는 뒤에서 음모를 꾀하는 그들의 탐욕과 잔혹성에 치를 떨었다. 처음에는 자리를 피할까 하는 생각도 했지만 행동은 오히려 더 대담하고 태연해졌다.

"선장님! 그분이 술을 달라는데요. 라커 열쇠 좀 주세요."

그들은 모두 놀라서 나를 돌아보았다.

"총을 뺏을 기회가 왔어!" 리아치가 소리쳤다. 그러고는 나를 돌아보며 말했다.

"데이비드…… 너는 총이 어디 있는지 알고 있지?"

"맞아…… 데이비드가 있지. 데이비드, 넌 괜찮은 아이야. 넌 뭐든지 할 수 있어. 저 하일랜드인은 우리 배에서 대단히 위험한 존재야. 게다가 우리 조지왕을 배신한 인간이라고!"

배에 탄 이후 내가 데이비드로 불리어보기는 처음이었다. 그러나 나는 그들의 그런 변화가 너무나 자연스럽다고 생각하고 알았다고 대답했다.

"문제는 큰 총도 작은 총도 모두 선실에 있다는 거야. 우리가 들어가서 그걸 가지고 나오면 금방 눈치를 챌 거야. 하지만 데이비드! 넌 아이니까…… 의심 받지 않고 가져올 수 있어. 네가 이 일만 잘 해준다면 캐롤라인에 도착했을 때 가만있지 않으마."

나는 너무나 흥분해서 가슴이 옥죄어오고 숨이 가빠 말
이 제대로 나오지 않았지만 억지로 소리를 내어 시키는 대
로 하겠다고 대답했다. 그가 내게 라커룸 열쇠를 주었다. 나
는 천천히 발길을 돌려 선실로 가기 시작했다.

'아! 어떻게 해야 하나?'

사실 그들은 개보다도 못한 냉혈한들로 도둑떼였다. 게
다가 나를 유괴해서 노예로 팔 결심을 하고 있었고, 불쌍한
랜섬을 죽인 자들이었다. 그런 상황에서 내가 그들의 또다
른 살인을 돕기 위해 촛불을 들어야 할까? 그러나 다른 한편
으로 죽음에 대한 공포가 내 등줄기를 싸늘하게 스쳐갔다.
아이 하나와 어른 하나가 사자처럼 용맹스럽다고 한들 이
많은 뱃사람들을 당해낼 수는 없을 것 같았기 때문이다.

나는 마음의 갈피를 잡을 수가 없었다. 마침내 선실에 들
어섰을 때 램프 불빛 아래서 저녁을 먹고 있는 그 신사의 모
습이 보였다. 순간 내 마음이 결정되었다. 그것은 내 선택에
의해서라기보다 충동적인 것에 더 가까웠다. 나는 테이블로
다가가 그 남자의 어깨에 내 손을 올려놓았다.

"저, 아저씨…… 죽고 싶은 마음은 없지요?" 내가 말했다.

순간 그는 부리나케 놀라서 벌떡 일어나 나를 바라보았다.

"저자들은 모두 살인자들이에요. 이미 아이 하나를 죽였
어요. 이제 당신 차례예요."

"······하지만 나는 아무 짓도······." 그리고 그는 의아한 시선으로 날 내려다보면서 말했다. "한데 너는 내 편이냐?"

"······네······ 저는 도둑도, 살인자도 아닙니다."

"······네 이름은?"

"데이비드 벨포······오브 쇼스······." 나는 그렇게 좋은 옷을 입은 사람들은 가문을 중요시 여길지도 모른다고 생각하며 성까지 덧붙여 말했다.

그는 나를 조금도 의심하지 않았다.

"난 스튜어트야. 왕족의 성이지. 하지만 이름은 앨런 브렉이야."

그는 잠시 생각에 잠겼다가 주위를 살펴보았다.

선실은 바다의 높은 파도에도 견딜 수 있도록 매우 튼튼하게 만들어져 있었다. 다섯 개의 출입구 중에서 천창과 두 문만이 사람이 통과할 수 있을 정도로 넓었다. 문은 튼튼한 오크목으로 만들어져 있었고, 필요에 따라 걸쇠를 걸어 열거나 잠그게 되어 있었다. 나는 한쪽 문의 걸쇠를 걸었다. 그리고 다른 문으로 가서 걸쇠를 걸려고 할 때 앨런이 나를 멈춰 세웠다.

"데이비드······ 그 문을 열어놓는 것이 나아."

"잠그는 것이 좋지 않을까요?" 내가 말했다.

"아니야, 데이비드. 뒤통수에는 눈이 없잖니. 문이 열려 있어야 그쪽을 막지. 적들은 대부분 정면으로 올 거야."

그는 선반에서 날카로운 커트리스(뱃사람들이 사용하는 단도) 하나를 골라 내게 주면서 이렇게 조잡한 무기들은 생전 처음 본다면서 고개를 절레절레 흔들었다. 그러고 나서 그는 화약가루, 총알 그리고 모든 총들을 테이블 위에 올려놓고 내게 장전할 것을 지시했다.

잠시 후 그는 문 쪽을 바라보고 서서 긴 검을 몇 번 휘둘러보았다.

"넌 계속 총을 장전해라. 그리고 내가 있다는 것을 잊지 말고."

나는 잘 알았다고 말했다. 곧 들이닥칠 적들의 숫자를 생각하자 내 가슴은 금방이라도 터질 듯했고, 입술은 바싹바싹 타들어갔으며, 불빛은 빛을 잃어버린 것 같았다. 파도 소리가 세차게 들리는 바닷가에 내일 아침이면 내 시체가 떠올라 있을지도 몰랐다.

"우선 우리가 대적해야 할 사람이 총 몇 명이지?"

나는 그들의 숫자를 세어보았다. 그러나 마음이 조급한 나머지 계산이 잘못되어 두 번이나 반복하여 세어야만 했다.

"총 열다섯이에요."

내 대답을 듣더니 그는 휴우! 하는 한숨소리를 냈다.

"내가 이 문을 지키고 있다는 것을 절대 잊어선 안 된다.

그들이 날 쓰러뜨리기 전에는 절대로 총을 쏘아서는 안 돼. 나한테 위협이 되는 건 앞에 있는 열 명의 적이 아니라 등 뒤에서 총을 쏠지 모르는 자네 같은 친구니까."

나는 그에게 총을 쏠 줄 모른다고 했다.

"넌 참으로 용기가 있구나. 원래 신사들은 그런 말을 잘 하지 않는데." 그는 나의 솔직함을 높이 사며 그렇게 말했다.

"하지만 뒤에도 문이 있어요. 어쩌면 그곳을 부수고 들어올지 몰라요." 내가 말했다.

"음…… 그것이 바로 네가 할 일이야. 총이 장전되면 바로 창문 옆에 있는 침대로 올라가거라. 그들이 그쪽 문을 부수면 총을 쏘아야 한다. 그것이 다가 아니다. 그 외에 또 경계해야 할 곳은 어디겠니?"

"천장의 채광창이죠." 내가 말했다. "하지만 스튜어트 씨, 한쪽을 지키다보면 다른 한쪽을 지키기가 어려울 것 같은데요. 얼굴이 한쪽을 향하면 다른 쪽은 제 등 뒤에 있으니까요."

"그건 사실이야. 하지만 귀가 양쪽에 있지 않니? 귀는 두었다 어디에 쓰니?"

선실이 포위되고 *10*

휴전은 잠깐이었다. 갑판에서 나를 기다리던 선장 일당이 초조함을 더는 견디지 못하고 앨런이 마지막 말을 하기가 무섭게 열린 문 입구에 모습을 드러냈다. 선장이었다.

"꼼짝 마!" 앨런이 그에게 칼을 겨누며 말했다.

선장은 그 자리에 섰다. 그러나 그는 주춤거리거나 뒤로 물러나지도 않았다.

"날을 세운 칼이라!" 그가 말했다. "환대에 대한 보답 치곤 참으로 멋지군!"

"잘 보이지?" 앨런이 말했다." 난 왕족 출신이다. 이 칼 잘 봐두라고! 단 한 발짝이라고 움직이는 순간 네 목은 저 파도 속으로 날아갈 것이다. 만약 네가 부하들을 불러 치고 들어오는 순간 네 목은 이 금속 칼날의 치명적인 맛을 볼 거란 말이야."

선장은 앨런에게 아무 말도 하지 않았다. 그러나 일그러진 표정으로 나를 보며 말했다. "너 데이비드! 잘 기억해두겠어."

그의 목소리가 칼날처럼 내 몸을 관통했다.

다음 순간 그는 가버렸다.

앨런은 단도를 꺼냈다. 그리고 그들이 밀고 들어올 순간을 대비하여 왼쪽 손에 그것을 쥐었다. 나는 총을 한 다발 안고 침대 위로 올라갔다. 그리고 밖이 내다보이는 창을 열어두었다. 그 창으로는 갑판의 일부밖에 보이지 않았지만 그것만으로 충분했다. 바다는 잔잔했다. 그 때문인지 배는 쥐죽은 듯한 정적 속에 잠겨 있었다. 한순간 선장 일당의 웅성거리는 듯한 소리가 들리는가 싶더니 잠시 후 강철이 갑판에 부딪치는 것 같은 소리가 들렸다. 그들이 살금살금 우리가 있는 곳으로 접근하던 중에 누군가가 커트리스를 떨어뜨린 것이 분명했다. 곧 또다시 정적이 흘렀다.

나의 심장은 새가슴처럼 쪼그라들면서 무섭게 요동치기 시작했다. 그리고 두 눈은 차츰 흐릿해졌다. 나는 자꾸 눈을 비볐다. 하지만 눈은 조금도 나아지지 않았다.

그때였다. 갑자기 한 무리의 발소리가 들리는 것과 동시에 외침과 호령이 이어지더니 곧 날카롭게 치고받는 금속성 소리가 들렸다. 고개를 돌리자 문 입구에서 슈안이 앨런과 칼싸움을 하고 있었다.

"저자가 아이를 죽인 자예요!" 내가 말했다.

"너는 창 쪽을 주시해!" 내가 내 자리로 몸을 돌렸을 때, 그의 검이 슈안의 몸을 내리쳤다.

그리고 내가 창으로 고개를 돌리기가 무섭게 대여섯 명의 뱃사람이 여분의 활대를 들고 문을 때려 부수기 위해 지나가는 것이 보였다. 나는 그때까지 사람을 향해서는 물론이고 그 어떤 생명체를 향해서도 총을 쏘아본 적이 없었다. 하지만 지금은 총을 쏘아야 할 시각이었다. 그들이 활대로 문을 내리쳤을 때 나는 그들을 향해 주저 없이 총을 쏘았다.

한 사람이 총에 맞았음이 틀림없었다. 비명 소리와 함께 뒤로 나자빠졌기 때문이었다. 이를 본 나머지 사람들은 몹시 당황했는지 어찌할 바를 모르고 우왕좌왕했다. 나는 그들이 힘을 회복하기 전에 또 한 발을 발사했다. 그리고 연달아 또 한 발을 발사했다. 내가 세 번째 총을 발사하자 그들은 활대를 집어던지고 도망쳐버렸다.

잠시 후 갑판을 둘러보았더니 갑판은 내가 쏜 총에서 나온 연기로 자욱해져 있었다. 나는 내가 쏜 총소리에 귀가 먹먹해져 있었다. 나는 앨런을 돌아보았다. 그는 핏방울이 흘러내리는 칼을 들고 승리감에 도취되어 의기양양하게 서 있었다. 그는 무적의 용사처럼 보였다. 선실 바닥에는 슈안이 쓰러져 있었는데, 입에서는 피가 흘러나오고 얼굴은 섬뜩할 정도로 창백했다.

이때 어딘가에서 몇몇 뱃사람이 항복을 의미하는(손을 들고) 몸짓으로 다가와 그의 발목을 잡아 질질 끌어 선실 밖으로 옮겨갔다. 그들의 그런 행동으로 보아 슈안은 죽은 것이 틀림없었다.

"데이비드! 아직 멀었다. 절대 긴장을 늦추어선 안 돼. 지금까지는 식사 전에 가볍게 마시는 한 잔 술에 불과해. 그들은 곧 다시 몰려올 거다." 그가 말했다.

나는 내 자리로 돌아와 내가 쏜 세 자루의 총을 다시 장전하면서 눈과 귀를 바짝 곤두세웠다.

우리의 적들은 얼마 떨어지지 않은 갑판에서 열띤 논쟁을 벌이고 있었다. 그 소리가 너무 커서 거센 파도 소리에도 불구하고 한두 마디가 분명하게 들렸다.

"슈안이 일을 망쳤어!" 누군가가 말했다.

"제기랄! 결국 자기가 저지른 대가를 톡톡히 치렀잖아!" 또 다른 사람이 말했다.

이후 잠깐 동안 사람들의 웅성거림이 들리더니 곧 하나의 목소리가 지속적으로 들려왔다. 그리고 그 이후 누군가가 뭔가를 말했고, 또 다른 누군가가 짧게 대답을 했다.

한 사람이 뭔가를 지시하자 누군가가 지시를 받아들이는 것이 분명했다.

나는 그들이 곧 다시 싸우러 올 것이라는 것을 확신했으므로 앨런에게 그것을 전했다.

"기도해라. 이번에 뭔가를 보여주지 않는다면 잠을 자기는 글렀다. 명심해라. 이번에는 그들도 만만치 않을 거다."

나는 총을 모두 장전해놓고 만반의 태세를 갖추고 귀를 곤두세웠다. 시간이 얼마나 지났을까, 갑자기 수많은 발자국 소리들이 살금살금 다가오는 것 같은 느낌이 들리면서 옷자락이 선실 벽을 스치는 소리가 들려왔다. 나는 그들이 어둠 속에서 선장에게 지시를 받기 위해 가고 있다고 생각했다.

앨런도 만반의 태세를 갖추고 기다리고 있었다. 그때 누군가가 천장에서 내 머리 위로 천천히 내려오는 소리가 들렸다.

그리고 바다 파이프 소리가 한번 울려퍼졌다. 공격 신호가 분명했다. 순간 뱃사람들 한 무리가 커트리스를 들고 문으로 돌진했다. 동시에 천장의 채광창 유리가 산산조각이 나면서 뱃사람 하나가 그곳을 통해 바닥으로 뛰어내렸다. 나는 그가 바닥에서 일어나기 전에 등을 겨냥하여 방아쇠를 당겼다. 명중한 것 같았다. 그러나 그는 여전히 살아 있었다. 그것은 나의 온몸에 공포감을 불러일으켰다. 나는 더 이상 총을 쏠 수가 없었다.

그는 죽을힘을 다해 내 쪽으로 다가와 욕지거리를 내뱉으며 나를 확 잡았다. 그의 욕지거리에 나는 다시 정신이 번쩍 들면서 용기가 되살아났다. 나는 기합 소리를 지르며 그를 향해 총을 한 발 더 쏘았다. 그는 끔찍한 신음 소리를 토하며 바닥에 나뒹굴었다. 연이어 또 다른 뱃사람의 다리가 채광창에서 내려오는 것이 보였다. 나는 총구를 그의 허벅지로 겨냥해 방아쇠를 당겼고, 그것은 정확히 관통했다. 그는 미끄러지듯이 동료의 시체 위에 나뒹굴며 굴러 떨어졌다. 나는 잠시 어리둥절해 있었다. 그러나 그때 들려온 앨런의 다급한 목소리가 내 정신을 확 깨어나게 했다.

앨런은 적들로부터 오랫동안 문을 잘 사수했다. 그러나 그가 다른 사람들과 칼싸움을 하는 틈을 타고 뱃사람 하나가 방비를 뚫고 안쪽으로 들어와 그를 공격하기 시작했다. 앨런은 왼손의 단도로 그를 찔렀지만 그는 찰거머리처럼 달라붙었다. 그 사이를 틈타 또 다른 뱃사람 하나가 안쪽으로 들어왔다. 그가 앨런을 향해 커트리스를 들어올리는 순간 나는 우리가 졌다고 생각했다. 나는 이판사판이라는 생각으로 그쪽으로 달려가 커트리스를 들어 그의 등허리를 내리쳤다. 놀랍게도 그는 나의 커트리스에 나가떨어졌다. 그 틈에 날렵하게 몸을 날려 일정한 거리를 확보한 앨런이 그들에게 황소처럼 달려들었다. 그들은 그의 기세에 겁을 집어먹었는지 한 걸음씩 뒤로 물러나더니 마구 달아나기 시작했다. 앨런의 손에 있던 단도가 한 무리의 도망치는 적들을 향해 수은처럼 번쩍거렸다. 이때 누군가가 비명을 질렀다. 그러나 나는 그들의 숫자에 놀라 여전히 우리가 졌다고 생각했다. 그들이 모두 가버리고 없었을 때조차도 우리가 졌다고 생각했다. 앨런은 양들을 쫓는 양지기 개처럼 갑판으로 그들을 몰아갔다.

하지만 그는 그들을 끝까지 따라가지 않고 적절한 지점에서 다시 제자리로 돌아왔다. 그는 용감한 것만큼이나 신중했다. 그들은 그가 계속 따라오기라도 하는 것처럼 계속해서 큰 소리로 비명을 지르며 도망을 치고 있었다. 그들이 선원실 아래로 뛰어내리는 소리가 들린 후, 승강구가 닫히는 소리가 들렸다.

선실은 마치 도살장을 방불케 했다. 안쪽 구석에 세 명이 죽어 있었고, 문 입구를 가로질러 한 명이 널브러져 있었다. 앨런과 나는 승리했고, 큰 부상도 입지 않았다.

그는 나를 향해 크게 두 팔을 벌렸다. 그러고는 날 얼싸안고 내 양 볼에 키스를 하며 승리를 축하했다.

"데이비드…… 갈수록 네가 마음에 든다. 나도 잘 싸웠지? 그렇지 않니?"

그리고 그는 칼을 시체에 문질러 깨끗이 닦고는 시체들을 하나씩 문 밖으로 끌어냈다. 그 일을 하는 동안 그의 입에서 콧노래와 휘파람 소리가 한 순간도 멈추지 않았다. 그리고 그 일을 하는 내내 그의 얼굴은 홍조로 물들어 있었고, 그의 눈은 새로운 장난감을 가진 다섯 살짜리 아이처럼 반짝거렸다. 잠시 후 그는 손에 단도를 쥐고 테이블에 앉았다.

나는 숨쉬기가 어려울 정도로 가슴이 답답해왔다. 내가 총으로 쏘아 죽인 두 사람에 대한 생각이 악몽처럼 나를 짓눌렀다. 앞으로 무슨 일이 벌어질 것인지 생각도 하기 전에 어린아이처럼 눈물이 났다.

앨런이 내 어깨를 토닥이며 내가 정말 용감하게 잘 싸웠다고 칭찬을 해주며, 잠을 좀 자두는 것이 필요하다고 했다. 그는 잠자리를 만들어주며, 자신은 한 손에 총을 쥐고 칼을 무릎에 올려놓은 채 보초를 섰다. 세 시간 후에 그는 나를 깨웠고, 나는 그와 교대했다.

내가 보초를 끝낼 무렵, 날이 새기 시작하면서 정적에 싸인 고요한 아침이 다가오고 있었다. 내가 보초를 서고 있는 동안 배에는 어떤 움직임도 느껴지지 않았다. 나는 조타 키에서 나는 소리를 듣고 키의 손잡이에 아무도 없다는 것을 알았다. 나중에 알게 된 사실이지만 그들은 죽거나 다친 사람이 많았고 사기가 극도로 저하되어 있었으므로, 리아치와 선장이 앨런과 나처럼 교대로 보초를 서고 있었다.

배가 표류하고 있는 것처럼 보였다. 배 주위를 선회하는 수많은 갈매기들의 울음으로 판단해보면 배는 이름 모를 해안이나 헤브리디스제도 중 한 섬으로 표류해가고 있음이 분명했다. 그리고 선실 문 밖을 내다보니 마침내 오른편으로 거대한 돌 언덕으로 이루어진 낯선 럼(Rum 섬 이름) 섬이 보였다.

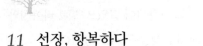

11 선장, 항복하다

　새벽 6시에 우리는 아침을 먹기 위해 탁자에 앉았다. 주
위에는 깨진 유리가 흩어져 있고, 선혈이 낭자한 선실 바닥
은 내 식욕을 앗아가기에 충분했다. 그날 아침은 그것만 제
외하면 통쾌했을 뿐만 아니라 즐겁기까지 했다. 선실 주인
이 없는 지금, 선실에 있는 술은 모두 우리 차지가 되었다.
와인을 비롯한 갖가지 술과 피클이며 비스킷은 말할 수 없
이 맛있었다.

　가장 통쾌했던 것은 술을 아주 좋아하는 두 사람이 배의
한구석에 처박혀 그들이 가장 싫어하는 찬물만 마셔야 한다
는 사실이다.

　"조금만 있으면 아우성이 날 거다. 싸움은 말려도 술은

못 말리는 법이거든."

우리는 이제 아주 많이 친해져 있었다. 앨런은 테이블에서 나이프를 들어 자신의 옷에 달린 은단추 하나를 떼어주었다.

"이 단추는 내 아버지에게 받았던 것인데, 너에게 하나 주마. 어딜 가든 이 단추만 보여주면 내 친구들이 널 보호해 줄 거야."

그는 마치 대단한 군대를 거느린 제왕처럼 말했다. 나는 그런 그의 행동이 말할 수 없이 이상해보였다.

식사를 끝내자마자 그는 선장의 라커를 뒤져 옷솔을 찾아냈다. 그리고 정성스럽게 자신의 코트에 묻은 것들을 말끔하게 털어내기 시작했다. 그리고 단추 하나를 뗀 곳의 실밥을 정성스럽게 제거했다. 그것은 그가 왕으로부터 하사받은 의복이었기에 그런 행동은 숭고하기까지 했다.

그가 작업에 몰두하고 있을 때, 갑판에서 리아치가 우리를 부르는 소리가 들려왔다. 그는 교섭으로 담판을 짓자고 했다. 나는 총을 들고 채광창 위로 올라가 선실 가장자리에 걸터앉아, 그를 불렀다.

그는 선실 가장자리로 다가왔고 나와 눈높이를 맞추기 위해 감겨 있는 밧줄 위에 올라섰다. 우리는 한동안 말없이 서로를 바라보았다.

"선장이 저 친구와 할 이야기가 있다는데…… 창문에서 하면 어떨까……?"

"속임수가 아니라는 것을 무엇으로 증명할 건가요?" 내가 소리쳤다.

"술책 같은 건 없어. 데이비드, 만약 그가 술책을 쓴다면 저 많은 사람들이 선장을 따르겠냐?"

"믿어도 될까요?" 하고 내가 물었다.

"한 가지 더 말하면 저 사람들만 그런 게 아니야. 나부터도 그래."

나는 앨런과 적들의 제의에 대해 상의했다. 그는 그들의 제의에 동의했다. 리아치의 임무는 협상만 하자는 것이 아니었다. 그는 나에게 술 한 병만 달라고 간청했다. 그래서 나는 그에게 브랜디 한 병과 페미칸을 주었다. 그는 그 자리에서 한 잔 마시더니 나머지는 선장과 같이 마실 생각인지 들고 갔다.

잠시 후 선장이 창문이 있는 곳으로 다가왔는데, 한쪽 팔을 삼각 붕대로 감고 있었다. 그의 얼굴은 무섭도록 창백한 빛을 띠고 있었다.

앨런이 즉시 그의 얼굴에 총을 겨누었다.

"내려놔요!" 선장이 말했다. "내가 미리 말을 전하지 않았소? 아니면 날 대적할 셈이오?"

"선장, 간밤에 당신이 얼마나 신뢰하기 어려운 사람인지 충분히 보여주지 않았소?"

"글쎄…… 이제 싸워봐야 얻을 것이 별로 없소." 선장이 말했다. "선생이 내 배를 난장판으로 만들어놓았으니. 배를 몰고 갈 손도 없소…… 내 일등 항해사를 칼로 내리쳐 저 세상으로 보내버렸으니 말이오…… 이제 내게 남은 건 아무것도 없소. 글레스고 항으로 다시 돌아가는 수밖에. 그곳에서 당신이 알아서 하시오."

"그곳에 영어를 아는 사람이 있다면 내가 여기서 경험한 유쾌한 이야기를 해줄까 하는데……. 뱃사람 열다섯과 남자 하나와 아이 하나가 한 팀이 되어 어떤 일을 벌였는지 말이오. 선장님한테는 조금 안된 얘기지만……."

선장의 얼굴이 붉어졌다.

"그런 소문이 퍼지는 건 원지 않지요? 선장은 우리가 합의한 대로 해안에 날 내려주기만 하면 되오."

"……으음! 알다시피 일등 항해사가 죽었소. 그래서 우리들 중에는 그쪽 해안을 아는 사람이 아무도 없소. 그리고 그쪽 길은 매우 위험하오."

"선택하시오. 에핀, 다드골, 모르벤, 아리사이그, 모럴 중 한 곳을 택하시오. 내 고향에서 30마일 이내는 어느 곳이나 가능하니까. 캠벨만 빼고."

"어느 쪽이든 돈을 지불해야 한다는 걸 잊지 마시오."

"내가 말했지 않소? 바다 쪽에 내려주면 30기니, 린 락에 내려주면 60기니 주겠다고."

"선생, 지금 이곳에서 몇 시간만 항해하면 알드무르산이 나온다오. 60기니를 주시오. 그곳에 데려다줄 테니."

"나는 위험에 빠지고 당신만 좋은 일 시키라고? 선장, 60기니를 벌고 싶다면 내 고향에 내려주시오."

"그곳은 배가 가기에 위험한 곳이오. 누가 뭐래도 세상에서 가장 소중한 건 목숨이잖소? 그렇다면 선생이 길 안내를 할 수 있겠소?" 그는 눈살을 찌푸렸다.

"글쎄, 뭐라고 분명하게 말하기는 쉽지 않지만…… 난 항해사라기보다 투사요. 하지만 자주 배를 타고 해안을 다녔으니까 조금은 도움이 될 수 있을 거요."

선장은 여전히 얼굴을 찌푸리며 고개를 흔들었다.

"만약 내 배가 위험에 빠지면 당신부터 로프 끝에 매달겠소. 한 가지 더 명심해야 할 것이 있소. 왕의 배와 마주칠지도 모르오. 그러면 그들은 자신들의 배에 올라타게 할 거요. 해안에는 순양함이 쫙 깔렸소. 만약 그런 일이 생긴다면 돈을 남겨놓으시오."

"선장," 앨런이 말했다. "그런 일이 생기면 당신이 해야할 일은 빨리 도망치는 거요. 듣자하니 선장이 있는 곳에

는 술이 없다던데 교환 좀 하지 않겠소? 술 한 병에 물 두
통으로!"

이것이 협상의 마지막 조항이었고, 앨런과 나는 마침내
선실을 깨끗이 씻어낼 수 있었다.

12 붉은 여우의 진실

우리가 선실을 씻어내기 전에 미풍이 북동쪽으로부터 불어왔다. 이로 인해 빗방울이 흩날리면서 해가 나왔다.

사방에 안개가 깔려 앨런의 보트와 부딪친 날 우리는 리틀 민치 해협을 통과하고 있었다.

전투 후에 동이 틀 무렵, 배는 칸나 섬 동쪽에 있었다. 어쩌면 롱아일랜드 제도에 있는 에리카 섬과 칸나 섬 사이였을 수도 있다. 지금 이곳에서 앨런의 행선지인 린 락으로 가는 직선 코스는 사운드 오브 멀 해협을 통과해야 했다. 하지만 선장은 항해지도를 갖고 있지 않았다. 그는 범선이 그 섬들 속으로 깊숙이 들어가는 것을 두려워했다. 그래서 그는 순풍을 타고 티레의 서쪽으로 가서 거대한 멀 섬의 남쪽 해안을 따라 접근하는 길을 택했다.

하루 종일 미풍이 불었다. 그러나 그 부드러웠던 바람은 시간이 갈수록 점점 강해졌다. 그리고 오후로 갈수록 외곽의 헤브리디스 부근에서 물결이 밀려오면서 파도가 높아지기 시작했다. 우리가 잡은 코스는 안쪽의 작은 섬들을 돌아 남서쪽으로 가는 것이었다.

처음에 우리는 배가 파도를 타고 순항하고 있다고 생각했다. 하지만 밤이 깊어진 후 범선이 테레의 끝에서 방향을 돌려 동쪽으로 향하기 시작했을 때, 배는 파도에 밀려 뒷걸음질을 쳤다.

그날 오전의 파도가 밀려오기 전까지는 매우 유쾌했다. 배는 찬란한 햇볕을 받으며 항해하고 있었고, 사방에는 작은 섬들이 평화롭게 군락을 이루고 있었다.

앨런과 나는 선실에 앉아 사방으로 문을 활짝 열어놓고 선장의 파이프 담배를 피웠다. 서로가 어떻게 하여 이런 상황까지 오게 되었는지 털어놓게 된 것은 바로 그때였다. 특히 이때 우리가 이야기한 내용은 매우 중요했는데, 그것은 내가 곧 상륙할 험한 하일랜드 지방에 대한 정보를 교환했기 때문이었다.

그 당시에는 대규모 반란이 일어난 직후였기 때문에 남자들이 히스 숲에 들어갔을 때, 생존을 위해 어떻게 해야 하는지 알아두는 것이 필수적이었다.

어쩌다 이런 불행을 당하게 되었는지 먼저 이야기한 사람은 나였다. 이야기를 나누다보니 불가피하게 에센딘의 캠벨 목사님에 대한 이야기도 하게 되었다.

그런데 내가 캠벨이라는 이름을 내뱉기가 무섭게 앨런이 벌떡 일어서더니 그런 성을 가진 사람들은 모두 증오스럽다고 소리쳤다.

"왜요? 그는 그런 사람이 아녜요. 안다는 것이 자랑스러운 사람이에요."

"글쎄…… 나는 캠벨이라면 무조건 증오스러워. 그런 이름을 가진 사람들은 한 놈도 빠트리지 않고 잡아 죽였으면 좋겠어. 내가 죽어가는 방의 창문으로 그런 이름을 가진 놈이 지나간다면 무릎으로 기어서라도 쏘아죽이고 죽을 거야."

"앨런, 캠벨이 어쨌는데요?" 내가 물었다.

"난 에핀의 스튜어트 가문이야. 캠벨은 우리 집안을 쑥대밭으로 만들었지. 그리고 우리를 교묘하게 배신하고 우리 땅을 탈취했어. 피 한 방울 안 흘리고!"

그는 그 말과 함께 손으로 탁자를 쾅 하고 내리쳤다.

그러나 나는 그의 말에 그다지 관심을 나타내지 않았다. 그것은 상대적으로 힘이 없는 사람들이 흔히 하는 넋두리였기 때문이다.

"그것만이 아냐. 거짓말에, 거짓 문서에, 책략과 속임수! 그리고 교묘하게 합법적인 것처럼 속이는 술수까지…… 정말 사람을 미치게 했어."

"그런데 당신이 단추를 마음대로 떼어주는 것을 보면 사업 수완이 별로 좋을 것 같진 않아요."

"뭐라고!" 그는 이렇게 말하며 다시 미소를 지었다. "그것을 네게 준 것은 내가 그렇게 물려받았기 때문이야. 바로 내 아버지 듀칸 스튜어트에게서야. 그는 일족들 중에서 제일 용감했던 하일랜드 최고의 검술가지. 데이비드…… 다시 말해서 그 말은 세계에서 최고라는 말과 같은 거야. 그는 블랙 와치에 있었어. 게다가 다른 신사들처럼 행진할 때 뒤에서 화승총을 들고 따라가는 종복도 있었지. 언젠가 왕이 하일랜드 검술가 시합을 열었어. 내 아버지와 또 다른 세 사람이 뽑혀 런던으로 보내졌어. 그래서 그들은 궁으로 들어가 조지 왕과 캐럴라인 왕비 앞에서 두 시간 동안 최고의 검술 시합을 펼쳐보였어. 시합이 끝나자 왕이 찬사를 한 뒤 그들에게 각각 3기니씩을 주었지. 그런데 그들은 궁을 나와 집으로 오는 길에 짐꾼의 초라한 오두막을 지나게 되었어. 그런데 내 아버지는 그냥 지나치지 못했어. 아버지는 그 문으로 들어간 최초의 하일랜드 신사였어. 그는 짐꾼의 가난한 형편을 알고 왕에게서 받은 3기니를 모두 주었지. 뒤따라온 세 사람도 그렇게 했지. 그들은 자신들이 쓸 돈 한 푼 남겨 두지 않고 적선을 했던 거야. 그런 사람이 던컨 스튜어트, 즉 내 아버지야. 총 쏘는 법이며 칼 쓰는 법은 아버지에게 배웠지만 다른 것은 그 아버지에 그 아들이겠지?"

"그럼, 아버지가 남겨준 것이 별로 없었겠네요?" 내가 말했다.

"정신적 유산은 대단하지만 물질적인 거야 겨우 내 몸을 가릴 옷 한 벌을 남겨두었다고 해야겠지. 조금 커서 나는 군대에 들어갔어. 그런데 그곳은 나 같은 사람이 갈 곳이 못되더군. 내가 여전히 붉은 코트들 속에 있었다면 끔찍한 악몽 속에 있었을 거야."

"뭐라고요? 그럼, 영국 군대에 있었다는 말인가요?"

"그래, 한때 그랬어. 하지만 탈주했어. *프레스턴 팬스 전투에서. 스튜어트가 스튜어트와 맞서 싸울 수는 없잖아. 그게 더 마음이 편했어."

나는 그의 이런 관점을 이해하기 어려웠다. 누가 뭐라고 해도 탈주는 개인의 명예에 치욕적인 오점이라고 생각했으므로. 그러나 나는 내 생각을 말하는 대신 이렇게 말했다.

"그런데…… 말이죠. 잘못했으면 사형일 텐데요."

프레스턴 팬스 찰스 에드워드 스튜어트 왕자를 따르는 스코틀랜드인들이 스튜어트 왕좌의 복원을 위해 영국 정부군들과 싸웠으나 패한 전투임.

"으음…… 그들에게 잡혔다면 짧은 고해 후의 긴 안식이 되었겠지. 하지만 내 주머니에는 프랑스왕의 위임장이 들어 있어. 이것이 나의 보호막이 될 거야."

"도대체 알 수 없는 사람이군요." 내가 말했다. "선고받은 반역자이자 탈주자에다 프랑스 왕을 받든다면 이 나라에는 무슨 일로 왔지요?"

"오십육 년 이후로 매년 돌아왔지."

"무슨 일로?"

"혈육과 고향이 그리워서." 그가 말했다. "프랑스는 멋진 나라야. 하지만 히스 덤불과 사슴 떼가 그리웠어. 그리고 내가 필요한 일도 있고. 프랑스 군에 입대할 신병 모집도 해야하고. 그러나 가장 중요한 일은 우리 가문의 최고 수장인 아드시엘과 관계된 일 때문이야."

"에핀 지방의 아드시엘?"

"그래. 아드시엘은 우리 가문의 수장이야." 그가 말했다. 그러나 그것만으로 모든 것이 명쾌하게 설명되지는 않았다. 잠시 후 그의 말이 이어졌다.

"그는 왕족 출신으로 한때 대단한 위세를 떨쳤지. 그런데 지금은 프랑스로 유배당해 보잘 것 없는 도시에서 빈민처럼 살고 있어. 한때 그의 휘파람 소리 한번이면 사백 개의 총검이 움직였지. 그런데 지금은 어떤 줄 알아? 시장에서 버터를 사서 양배추 잎에 싸서 가져갈 만큼 궁핍한 생활을 하고 있어. 내 눈으로 똑똑히 보았어. 우리 집안과 일족에게 그것은 고통일 뿐만 아니라 불명예야. 에핀의 희망인 그의 아이들이 그토록 먼 나라에서 글을 배우거나 검술을 배워야 하는 것 역시 불명예야. 지금 에핀의 소작인들은 조지왕에게 소작료를 내야 해. 그건 그들에게 피눈물이 나는 일이야. 어느 정도는 애정으로, 그리고 어느 정도는 압력으로 그들은 아드시엘을 위해 이중으로 소작료를 내고 있어. 바로 내가 그 소작료를 운반하는 사람이야."

그는 그렇게 말하며 금화가 울리도록 자신의 벨트를 쳤다.

"그들이 소작료를 이중으로 지불한다고요?"

"그래, 이중으로. 데이비드!" 그가 말했다.

"이중으로 세를 낸단 말이죠?" 나는 반복해서 물었다.

"그래, 데이비드! 사실을 그대로 말하자면 압력 같은 것은 거의 필요치가 않아. 내 친척이자 내 아버지 친구인 제임스 오브 글랜즈 즉 제임스 스튜어트 덕택이야. 그는 아드시엘의 이복 형제이기도 하지."

이후에 교수형으로 매우 유명해진 제임스 스튜어트란 말을 처음 들은 것은 바로 그때였다. 하지만 그 순간, 나는 그에게 관심이 가기보다는 오직 불쌍한 하일랜드인들의 관대함에 마음을 빼앗겨 있었다.

"고귀한 마음을 지녔군요. 저는 비록 휘그지만 고귀한 것은 틀림없어요."

"그래, 넌 휘그지만 신사야. 만약 네가 저주받은 캠벨들 중 하나였더라면 그런 말을 듣고 이를 갈겠지. 특히 '붉은 여우' 라면⋯⋯."

그 이름을 말하면서 그는 한동안 입을 굳게 다물었다. 나는 무서운 얼굴을 한 사람을 많이 보았지만 앨런이 '붉은 여우' 라는 말을 내뱉었을 때만큼 무서운 표정을 한 얼굴을 본 적은 없었다.

"그런데 붉은 여우가 누구예요?" 나는 조금 겁을 집어먹었지만 호기심이 더 강했기 때문에 물어보았다.

"그가 누구냐고?" 앨런이 소리쳤다.

"하일랜드에서 너처럼 영국 조지왕을 따르는 캠벨의 수장이야. 그는 왕의 명령을 받아 이곳을 완전히 무장 해제시키는 데 혈안이 되어 있지. 우리 일족이 *쿨로덴 전투에서 패하자 아드시엘은 영국 기병대에게 쫓겨 불쌍한 사슴처럼 산속으로 도망쳐야 했어. 부인과 그의 아이들까지도. 우리가 그를 배에 태워 보내기 전까진 그는 죽은 목숨이나 다름없었지. 그를 살려둘 수 없었던 영국군은 그가 히스 숲 속에

쿨로덴 전투 스코틀랜드의 찰스 에드워드 스튜어트가 영국에서 스튜어트 왕조의 재 탈환 시도에서 결정적으로 패한 전투임.

숨어 있는 동안 그의 권리를 모두 박탈했어. 그에게서 권력을 빼앗고, 땅을 빼앗고, 수세기 동안 일족들의 전유물이었던 무기를 탈취했지. 그리고 우리 일족의 손발을 묶기 위해 온갖 족쇄를 채웠어. 옷 하나도 우리 마음대로 입을 수 없었지. 그러나 그들이 죽일 수 없는 것이 있었어. 그것이 뭔 줄 알아? 가문의 수장에 대한 일족의 애정이었지. 이 돈이 바로 그 증거야. 그런데 캠벨가의 콜린 글레너라는 붉은 머리의 남자가 있는데…….”

“붉은 여우라고 불리는 사람이 바로 그잔가요?” 내가 물었다.

“그래,” 앨런이 소리쳤다. “그자는 소위 에핀의 토지에 대한 왕의 대리인이랍시고 조지 왕에게서 받은 위임장을 가지고 갖은 위세를 다 부리고 있어. 처음에는 우리 집안의 대리인이었던 제임스 오브 더 글렌즈에게 살살거리기만 했지. 그러다가 우리가 싸움에서 패하자 붉은 군대를 등에 업고 조금 전에 말한 대로 기만과 술책을 쓰기 시작했어. 결국 에핀의 불쌍한 농민들과 소작농들이 이중으로 세금을 거둬 바다 너머의 아드시엘과 그의 불쌍한 아이들에게 보내게 된 거야. 네가 말한 것처럼. 뭐라고 했니?”

“고귀한 마음이라고 했어요, 앨런.” 내가 말했다.

“너는 그저 그런 휘그보다 조금 다르구나.” 앨런이 소리쳤다. "콜린 로이가 오면서 시커먼 캠벨의 피가 더 사나워졌지. 그는 이를 빠득빠득 갈았지. 스튜어트에게 빵 한 조각이 들어가게 하나봐라! 어떻게 하든 그것을 막을 거야. 그러면서 그가 어떻게 한 줄 알아? 에핀의 모든 땅을 내놓겠다고 공언했어. 소작료를 더 비싸게 지불하는 다른 소작농을 구하겠다는 거였지."

"그래서요?"

"넌 감히 상상도 못할 거야. 바로 스튜어트 맥콜 맥롭(모두 스튜어트 일족)이 스코틀랜드 전역에 있는 어느 캠벨 소작인들보다 더 높은 대가를 지불했지. 그래서 그 일이 수포로 돌아갔어."

"글쎄요, 앨런. 정말 낯설고도 흥미로운 이야기군요. 나는 비록 휘그지만 그 남자가 패배한 것이 좋아요."

"그가 패배했다고?" 앨런이 소리쳤다. "그건 네가 캠벨과 붉은 머리를 모르기 때문에 하는 소리야. 아냐, 절대로 아냐. 그의 피가 히스 숲이 있는 언덕에 뿌려질 때까지는 절대 아니지. 데이비드…… 때가 되면 내가 반드시 복수할 거야. 그리고 그를 숨겨줄 히스 덤불은 스코틀랜드에는 어디에도 없을 거야……."

"이야기를 계속해요." 내가 말했다.

"그럼 이야기를 마저 해줄게. 그는 정당한 방법으로 성실

한 시민들을 없애는 것이 불가능해지자 반칙을 가했어. 그는 아드시엘을 굶어 죽게 만들 작정이었지. 그것이 그의 목표였어. 유배 생활을 하는 그를 먹여 살리는 일족들만 몰아내면 그도 끝장이라고 생각한 거야. 그래서 변호사들과 문서, 그리고 붉은 군대를 등뒤로 동원한 거지. 에핀의 땅에 있는 선량한 사람들이 하나 둘 짐을 꾸리고 유랑을 할 수밖에 없게 만들었지. 그들은 수세기 동안 삶의 터전이었던 곳에서 쫓겨나고 있어."

"한 마디만 더 할게요." 내가 말했다. "만약 그들이 소작료를 덜 거둬들였다면 정부는 가만 있지 않았겠죠. 간섭하려 들었을 거예요. 그리고 그건 캠벨만의 잘못이 아니죠. 명령에 따라서 움직였을 뿐이니까요. 만약 당신이 내일이라도 콜린을 죽인다면 뭐가 더 나아지죠? 또 다른 대리인이 그 자리에 들어와 박차를 가하며 몰아붙일 거예요."

"이번 싸움은 훌륭했지만 너에게도 휘그의 피가 흐르는 건 확실하군."

친절하게 말했지만 그의 말에 많은 분노가 묻어 있어 나는 화제를 바꾸는 것이 현명하겠다고 생각했다. 나는 하일랜드가 로랜드와는 달리 왜 군대가 들어가 있고, 포위된 도시처럼 방비가 되고 있는지, 또 그런 상황에서 그가 왜 체포되지 않고 마음대로 드나들 수 있는지 정말 신기한 일이라고 말했다.

"그건 아주 간단해." 앨런이 말했다. "헐벗은 산이나 언덕 허리는 일방통행로거든. 만약 한 곳에 감시병이 있다면 다른 곳으로 가면 돼. 그리고 히스 덤불은 엄청난 도움이 되어주지. 그리고 도처에 친인척들 집이 있고, 집안에는 외양간과 건초더미를 쌓아둔 곳이 있어. 게다가 이곳 사람들은 군대가 들어왔다는 이야기가 나돌아도 코웃음을 쳐. 병사가 할 수 있는 것이 별로 없거든. 한번은 강 맞은편에 감시병이 있을 때에 내가 강에서 낚시로 송어를 잡았어. 그리고 6피트 내에 있는 히스 덤불에 앉아 있었지."

그는 그렇게 말하고는 휘파람을 불었다.

"게다가……," 그는 계속 말했다. "지금은 46년처럼 그렇게 나쁘지 않아. 하일랜드는 표면적으로 매우 평화롭지. 그것은 조금도 이상할 게 없어. 총이나 검이 모두 농가 깊숙한 곳에 조심스럽게 숨겨져 있으니까! 그렇게 된 것이 얼마나 된 줄 아니? 넌 아드시엘 같은 사람들이 국외로 추방당하고 붉은 여우 같은 자들이 그곳에서 포도주로 축배를 들며 불쌍한 농민들을 억압한 지 별로 오래 안 되었다고 생각하겠지? 하지만 당하는 사람의 입장에서는 그렇지 않아. 알 수 없는 건 붉은 여우가 말을 타고 에핀의 전역을 돌아다니고 있어도 왜 그를 총으로 쏠만한 사람이 한 명도 없는가야."

이 말과 함께 그는 깊은 침묵에 빠졌다. 그리고 오랫동안 매우 슬픈 얼굴로 앉아 있었다.

배가 난파되고 *13*

늦은 밤이었다. 그때 호지손 선장이 선실 안으로 머리를 들이밀었다.

"밖으로 좀 나와보시오."

"설마 속임수를 쓰려는 건 아니겠지요?" 앨런이 되물었다.

"지금 내 배가 뒤집히느냐 마느냐 하는 상황인데 술수나 부릴 것처럼 보이오?"

수심에 가득 찬 그의 얼굴과 배를 언급할 때의 날카로운 어조로 보아 배가 매우 위급한 상황에 처했음이 분명했다.

그래서 앨런과 나는 배반에 대한 큰 두려움 없이 갑판으로 나갔다.

하늘은 맑았지만 바람이 세차게 불고 있었다. 달빛은 날

씨가 차가워서 그런지 더욱 맑게 빛났다.

배는 멀 섬의 남서쪽으로 가고 있었는데, 배의 왼편으로 언덕 같은 등성이가 보였다. 커버넌트호는 항해하기에 별로 좋은 지점이 아니었음에도 불구하고 굽이치는 파도 위를 물살을 가르며 제법 빠른 속도로 항진하고 있었다.

언뜻 보기에 그다지 나쁜 상황 같지 않았기 때문에 나는 선장을 이토록 걱정스럽게 만든 것이 무엇일까 의아해하고 있을 때, 갑자기 배가 높은 파도에 휩쓸려 올라갔다. 그때 선장이 손으로 뭔가를 가리키며 우리에게 소리쳤다. 선장의 손이 가리키는 곳을 보자 저 멀리서 달빛 아래 분수 같은 것이 공중으로 사정없이 솟구쳤다가 떨어지는 광경이 보였다. 그리고 동시에 어떤 물체가 단단한 것에 거세게 부딪칠 때 나오는 엄청난 괴성이 들렸다.

"도대체 저게 뭐요?" 선장이 물었다.

"파도가 암초에 부딪쳐서 그래요." 앨런이 말했다.

"그뿐이오?"

그가 말을 끝내기가 무섭게 남쪽으로 두 번째 분수가 솟구쳤다.

"제기랄! 차트만 있었어도…… 슈안만 있었어도…… 배가 위험에 빠진다면 60기니가 문제가 아니오. 600기니도…… 안내를 책임진다고 했으니 뭐라고 말을 해보시오."

"어쩌면 암초지대에 들어왔는지도 모르오."

"암초지대?" 선장이 물었다.

"파일럿이 아니라 확실히는 모르겠지만 그곳은 10마일 정도 될 것 같소."

리아치와 선장이 서로 번갈아 쳐다보았다.

"하지만 여기에도 당연히 물길이 있지 않겠소?" 선장이 말했다.

"물론이오…… 하지만 뭐라더라…… 어렴풋하게 기억이 나는 것은 대륙에 근접한 쪽이 다소 덜하다는 말을 들은 적은 있소만."

"그렇다면?" 호지손이 말했다. "리아치…… 어쩌면 방향을 틀어야 할지 모르겠군."

그는 조타수에게 지시를 내리고 리아치를 망루로 올려보냈다.

리아치가 높은 망루로 올라가 주위를 살펴본 후 갑판을 향해 소리를 쳤다.

"남쪽은 온통 암초밭이에요. 육지 쪽이 조금 덜한 것 같아요!"

"으음…… 일단 당신이 말한 대로 가긴 가는데…… 맹인 말을 믿는 거나 다를 게 없는 것 같군…… 무사하게 해달라고 기도나 하시오." 선장이 앨런에게 말했다.

우리가 육지 쪽으로 가까이 접근했을 때, 여기저기서 암초가 나타나기 시작했다. 리아치는 망루에 앉아 큰 소리로 방향을 지시했다. 이때 배가 암초 쪽으로 너무 가까이 접근하는 바람에 암초에 부딪친 파도가 일으킨 물보라가 갑판에 비처럼 쏟아져 내렸다.

시간으로 보면 밤이 분명했지만, 그 계절에서 흔히 볼 수 있듯이 날씨가 매우 맑아 배가 처한 위험을 낮만큼이나 선명하게 보여주었다.

배는 때대로 암초를 피해 이쪽저쪽으로 방향을 틀었지만 대륙에서 많이 벗어나지 않고 아이오나를 돌아 먼 섬을 따라가기 시작했다. 대륙의 꼬리 부분 물살이 너무 거세어 범선을 집어삼킬 듯했다. 두 사람이 조타키를 잡고 있었지만 결국 호지손 선장까지도 직접 거들어야 했다. 키 손잡이에 건장한 세 명의 남자가 몸무게를 싣는 것은 흔치 않은 광경이었다. 그렇게 힘겹게 버티기를 한 지 얼마 지나지 않아 망루에 있던 리아치가 파도가 가라앉았다고 소리쳤다.

"당신 말이 옳았소. 일단 위기는 넘겼소만……." 호지손이 앨런에게 말했다.

그러나 그것도 잠깐이었다. 상황은 또다시 걷잡을 수 없는 혼란에 빠졌다.

"바람이 부는 쪽에 암초가 있어요!" 리아치가 소리쳤다.

그의 말과 거의 동시에 거센 파도가 범선에 휘몰아치며 돛을 강타했다. 배는 마치 팽이처럼 원을 그리며 돌다가 다음 순간 암초에 부딪쳤다. 파도의 위력적인 힘에 갑판 위에 있는 모든 사람들이 바닥으로 나뒹굴었을 뿐만 아니라 돛대의 망루에 있는 리아치까지 떨어질 뻔했다.

나는 곧 몸의 중심을 잡고 일어섰다. 배가 부딪친 암초는 멀 섬 남서쪽에 있는 낮고 까만 작은 섬이었다. 가끔 집채만한 파도가 배를 덮치며 범선을 암초에 으깨어버릴 것 같은 위력으로 강타하자 배가 산산조각이 날 것만 같았다. 돛이 위력적인 바람에 미친 듯 나부끼자 무시무시한 굉음, 거센 바람 소리, 그리고 달빛에 부서져 내리는 물보라의 위태로운 느낌에 정신을 잃을 지경이었다.

리아치와 뱃사람들이 바삐 움직이며 비상 보트를 내릴 준비를 했다. 나는 얼이 빠진 채 그들을 도와주러 달려갔다. 그 일에 집중하자 정신이 맑아졌다.

보트를 내리는 일은 쉽지 않았다. 왜냐하면 배 중앙에 있는 보트가 온갖 잡동사니로 가득 차 있었기 때문이다.

선장은 멍하니 서 있을 뿐이었다. 배가 암초에 부딪치자 그는 마치 정신을 놓아버린 사람처럼 돛의 밧줄을 잡고 알아들을 수 없는 혼잣말을 내뱉으며 고통스러워했다.

그런 와중에도 나의 뇌리를 떠나지 않는 것이 있었다. 그래서 앨런에게 맞은편 해안을 가리키며 저곳이 어디인지 물어보았다. 그는 캠벨의 지역이라고 소리쳤다.

뱃사람 중 하나가 우리에게 바다를 지켜보게 했다. 그런데 보트를 거의 내릴 즈음 그가 갑자기 비명을 질렀다.

"오! 이런, 하느님 맙소사! 붙잡아!"

그 말이 떨어지는 것과 동시에 집채 만한 파도가 다시 한 번 사정없이 배를 덮쳤다. 그의 말이 한 박자 늦었기 때문인지, 내 손에서 힘이 빠졌기 때문인지 몰라도 배가 갑자기 한쪽으로 기울어지면서 나는 바다 속으로 내동댕이쳐졌다. 그렇게 나는 바닷물에 빠지게 되었다.

나는 천천히 바다 속에 가라앉으면서 바닷물을 마셨다. 그리고 어느 순간 다시 떠올랐다가 다시 가라앉기를 반복했다. 흔히 세 번째 가라앉으면 영원히 가라앉는다고들 했다. 그러나 나는 가라앉고 떠오르기를 수없이 반복했다.

그러던 중에 정신이 어렴풋하게 들고 보니 내 손에 노 같은 것이 쥐여져 있었다. 그리고 내가 떠 있는 바다는 조금 전과 완전히 딴판으로 고요해져 있었다.

내가 잡고 있었던 것은 여분의 돛대였다. 나는 내가 배에서 아득하게 멀어져 있는 것을 발견하고 자지러질 듯이 놀랐다. 나는 배를 향해 있는 힘을 다해 소리를 질렀다. 그러나 배는 이미 내 비명이 들리지 않는 곳으로 멀리 떠나버렸음이 분명했다. 그들이 보트를 무사히 내렸는지는 모르지만 너무 멀리 떨어져 있어 아무것도 보이지 않았다. 그런 중에도 나는 앨런이 무사하기를 빌었다.

나는 한동안 돛대를 붙잡고 죽은 사람처럼 누워 있었다. 그러나 그런 상태로 계속 있다가는 익사하기 전에 얼어 죽을 수 있다는 생각이 들었다. 눈을 들어보니 해안이 가까이 있었다. 달빛 속에서 보니 히스목과 암석에 붙어 광채를 내는 돌비늘이 보였다.

'저만큼도 못 간다는 건 말이 안 되지.' 나는 마음속으로 생각했다.

나는 수영을 전혀 할 줄 몰랐다. 그러나 두 팔로 노를 꽉 잡고 양쪽 발로 물차기를 계속하자 몸이 움직인다는 느낌이 들었다. 그것은 끔찍할 정도로 더딘 작업이었다.

그러나 약 한 시간 동안 물차기를 계속하자 낮은 언덕으로 둘러싸인 모래만 사이로 들어갈 수 있었다.

바다는 매우 적막하고 고요했다. 파도 부서지는 소리 하나 들리지 않았다. 주위로 밝은 달빛이 비치고 있었지만 그토록 황량하고 쓸쓸한 곳을 보기는 난생 처음이었다. 그러나 그나마 그곳은 뭍이었고 육지였다. 물의 깊이가 점차 얕아졌을 때 나는 몸을 일으켜 노를 버리고 비틀거리며 해안으로 걸어 나갈 수 있었다.

14 무인도에 갇히다

내가 해안에서 발걸음을 옮겼을 때는 한밤중이 지났을 때였다. 물에는 바람이 약해져 있었음에도 불구하고 날씨는 여전히 추웠다. 나는 극도로 지쳐 있었지만 감히 앉아서 쉴 엄두를 내지 못하고(앉는다면 얼어붙었을 것이다.) 신발을 벗고 맨발로 해안을 이리저리 돌아다녔다. 주위에는 사람 소리는 고사하고 짐승 소리조차 들리지 않았다. 심지어 첫닭이 울 시간이었음에도 불구하고 암탉 우는 소리조차 들리지 않았다. 멀리서 아득하게 파도가 부서지는 소리가 들려왔다. 그 소리는 내게 지금 일어난 사고와 배에 탄 사람들이 당한 위험을 떠오르게 했다. 새벽녘에 그토록 황량하고 쓸쓸한 바닷가를 걷노라니 갑자기 두려움이 엄습했다.

날이 밝아오기 시작했을 때, 나는 젖은 신발을 신고 가까운 언덕으로 올랐다. 언덕 꼭대기에 오른 뒤 바다 주변을 샅샅이 훑어보았지만 그 어디에도 범선은 고사하고 돛을 비롯한 어떤 잔해도 남아 있지 않았다. 배가 암초에 부딪쳐 침몰했음이 분명했다. 게다가 보트 한 척도 보이지 않았다.

나는 배가 어떻게 되었는지, 그리고 앨런이 죽었는지 살았는지 생각한다는 것이 겁이 났으며, 아무것도 없는 황량한 광경을 바라보는 것이 말할 수 없이 두려웠다. 선장과 뱃사람들이 결코 좋은 사람들이 아니었음에도 그 순간만큼은 그들이 모두 죽었을 것이라는 생각을 하기가 싫었다.

내 옷은 흠뻑 젖어 있었고, 몸은 극도로 지쳐 있었으며, 배는 고프다 못해 아파올 지경이었다. 나는 어딘가에 있을지 모르는 인가를 찾아 남쪽 해안을 따라 출발했다. 나는 언 몸을 녹이고 배에 무슨 일이 일어났는지 소식을 들을 수 있는 집이 단 한 채만이라도 나타나기를 간절히 바랐다. 최악의 경우 해가 떠오르면 젖은 옷이 마를 것이라는 생각에 위로를 받았다.

얼마나 걸었을까? 하천의 지류 같기도 하고, 바다의 후미 같기도 한 수로가 나타나 걸음을 멈추었다. 그 물길은 내륙 깊숙한 곳으로 흘러 들어가는 것처럼 보였다. 그것을 건너야 할 것 같았지만 도저히 건널 방법이 없었다. 그래서 나는

강을 따라 물길이 끝나는 지점을 찾아 걸었다. 그것은 종잡
을 수 없을 정도로 험난한 길이었다.

그곳 중심부는 히스 숲이 있는 무질서한 화강암 지대였
다. 물길은 처음에는 내 눈앞에서 계속 좁아졌지만 얼마 가
지 않아 놀랍게도 다시 넓어졌다. 나는 아무리 생각해보아
도 그것이 무엇을 의미하는지 알 수가 없었다. 사방을 살피
다가 마침내 깨달은 것은 내가 있는 곳은 높은 고지대이고,
그곳은 사방으로 둘러싸인 바다에 완전히 고립되어 있는 불
모의 섬이라는 사실이었다.

나는 섬을 가로질러 사방으로 걸어다녀 보았다. 그러나
아무리 헤매고 다녀도 잠시 머물 만한 곳을 발견하기란 쉽
지 않았다. 어디로 가나 황량한 암석지대의 불모의 땅이었
다. 사냥새들과 엄청난 무리를 지어 선회하는 갈매기 떼를
제외하면 살아 있는 것은 아무것도 없었다. 생물체라곤 아
무것도 보이지 않았다. 내가 있는 섬과 로스 대륙을 분리시
키는 물길이 북쪽에 있는 만으로 이어져 있었다. 그 만은 다
시 아이오나 해협으로 이어지고 있었다. 내가 잠시 머물 만
한 거처로 선택한 장소는 바로 그 주변이었다.

그곳을 택한 것은 나름대로 이유가 있었다. 그곳에는 돼
지우리처럼 너저분한 작은 오두막이 있었는데, 고기를 잡기
위해 그곳에 들어온 어부나 낚시꾼들이 볼일을 보고 잠자리

로 삼았던 흔적이 보였다. 하지만 그것의 뗏장 지붕이 무너지기 직전의 상태였으므로, 바위 주변의 자연과 그다지 다를 것이 없었다.

그러나 그곳이 그나마 희망적이었던 것은 주워 먹을 만한 조개가 널려 있었기 때문이다. 물이 빠져나가면 한꺼번에 많은 양의 조개를 주울 수가 있었다. 그곳은 식량을 구하기에는 아주 편리한 곳이었다. 게다가 나를 묶어두었던 중요한 이유는 고립된 섬의 끔찍한 고독감 한가운데 있었지만 사방이 훤히 보였으므로, 어쩌면 인간의 형체가 나타나는 것이 보일지도 모른다는 희망을 갖게 했다. 만이 내려다보이는 언덕 위에 서서 보면 거대한 옛날의 교회 건물이 보였고, 아이오나 사람들의 집이 눈에 들어왔다. 그리고 또 다른 곳에서는 로스 대륙의 저지대 시골에서 아침저녁으로 연기가 피어오르는 것을 발견할 수 있었다.

비가 내리면서 기온이 점차 내려가자 고립감으로 반쯤 돌아버릴 지경이 되었을 때, 시골의 벽난로를 떠오르게 하는 연기를 바라보면서 마음을 달랠 수 있었다. 아이오나에 있는 집들의 지붕은 하나같이 모양새가 똑같았다.

인간이 사는 집과 편안한 삶이 그려지는 광경은 반작용으로 내 고통을 한층 더 크게 하기는 했지만 희망의 끈을 놓지 않게 했으므로, 생존을 위해 조개를 날것으로 먹게 만들었다. 또한 그것은 내 주위의 차가운 바다와 바위, 혹은 비 같은 무생물들 속에서 느끼는 극도의 공포감에서 구해주었다.

두 번째 날이 지나갔다. 빛이 조금이라도 있는 한 나는 해협에 배가 나타나거나 로스 대륙으로 배를 타고 가는 사람들이 있지 않을까, 혹은 누군가가 날 도와주러 오지 않을까라는 희망으로 그곳을 지키고 있었다. 하지만 아무리 기다려도 사람의 흔적이라곤 좀체 보이지 않았다. 비는 끊임없이 추적추적 내리고 있었다. 나는 비에 젖은 옷을 계속 입고 있어 목구멍에 쓰라린 고통을 느끼며 잠자리에 들었고, 아이오나의 내 이웃들에게 잘 자라는 인사를 함으로서 약간의 위안을 얻었다.

다음날에는 작은 사건이 있었다. 아침에 나는 멋진 뿔이 난 붉은 수사슴이 섬 꼭대기의 빗속에 서 있는 것을 발견했다. 그러나 그 수사슴은 내가 있는 바위 아래쪽을 보지 못하고, 금세 다른 곳으로 이동해버렸다. 나는 사슴이 해협으로 수영을 해서 섬에 들어온 것이 틀림없다고 생각했다.

잠시 후, 이리저리 헤매고 다니면서 조개를 줍고 있던 내가 앞에 있는 바위에 금화 하나가 떨어져 있는 것을 발견하고 놀라움을 금할 수 없었다. 그것은 내게 더없이 소중한 것이었다. 뱃사람들이 나중에 자신들이 뺏어간 내 돈을 일부나마 돌려주었는데, 그날 이후 나는 버튼이 있는 호주머니 속에 그걸 넣어 소중하게 간직하고 있었다. 나는 호주머니에 구멍이 난 것이 틀림없다고 생각하고 얼른 주머니에 손을 넣어보았다.

하지만 이것은 소 잃고 외양간 고치기였다. 나는 퀸스페리의 해안에서 거의 50파운드에 가까운 돈을 가지고 떠났으나 남은 돈은 겨우 2기니 은화 하나밖에 없었다.

나는 혹시 돈이 주위에 떨어져 있지나 않을까 하고 사방을 샅샅이 수색했는데, 다행이 풀 속에서 반짝반짝 빛나고 있는 금화 하나를 다시 찾을 수 있었다. 이것은 영국 돈으로 총 3파운드 4실링이었다. 하지만 재산이 아무리 많다고 한들, 대저택의 상속자라고 한들 무인도 섬에 갇힌 존재에게 무슨 소용이란 말인가? 대재벌가의 상속자이자 아직 청소년에 불과한 나는 거친 하일랜드 지방 끝에 있는 무인도 섬에서 굶어 죽을 처지에 있었던 것이다.

주변 상황은 점점 더 악화되고 있었다. 삼 일째 되는 날 아침, 나는 극단적인 비참한 심정에 젖었다. 드디어 내가 입고 있던 옷이 썩기 시작했던 것이다. 특히 오랫동안 입고 있던 바지가 닳아 해져 정강이가 훤히 드러났다. 손은 물기가 마를 시간이 없어서인지 퉁퉁 불어 있었다. 게다가 목구멍은 여전히 쓰라리고 아팠으며, 기운이 하나도 없었다.

하지만 그때까지만 해도 최악의 상황은 아니었다.

그곳에는 이레이드 섬 북쪽에 해협이 내려다보이는 매우 높은 바위 하나가 있었다. 나는 습관적으로 그곳에 자주 가곤 했다.

그날도 해가 떠오르자마자 나는 바위 위에 올라가 옷을 말리며 누워 있었다. 한 번씩 얼굴을 내비치는 햇볕의 따사로움은 감히 말로 표현할 수 없을 정도였다. 그것만이 절망적이기 짝이 없는 고통스러운 현실에 한 가닥 희망의 빛을 던져주었다. 나는 다시 기운을 차리고 바다와 로스 대륙을 유심히 바라보았다. 내가 누워 있는 바위 남쪽에 섬의 일부가 돌출되어 있었고, 그곳으로 열린 바닷길이 있었다. 그쪽으로 보트 같은 것이 다가올 수도 있다는 내 판단은 정확했다.

그날도 절망에 빠져 있던 내가 눈을 들어 저 멀리 바다를 바라보자 언뜻 갈색 돛과 어부 두 명이 탄 아이오나 행 어선 한 척이 섬의 한 모퉁이에서 가까이 다가오고 있는 것이 보였다. 나는 흥분을 감출 수가 없었으므로, 있는 힘을 다해 소리를 쳤다. 그러고는 바위 위에서 무릎을 꿇고 손을 모아 기도를 올렸다. 어선은 내 말이 들릴 정도로 가까운 거리에 있어 사람들 머리 색깔까지 분간될 정도였다. 게다가 배를 타고 있는 사람들이 나를 발견한 것이 분명해 보였다. 그들이 내 쪽을 바라보며 말을 하면서 웃었기 때문이었다. 그러나 보트는 내가 있는 곳으로 방향을 틀지 않고, 내 눈 바로 앞에서 아이오나로 직진하고 있었다.

나는 그들의 매정함을 도저히 믿을 수가 없었다. 나는 바닷물에 잠긴 바위들 위로 이리저리 건너뛰면서 있는 힘을 다해 그들에게 소리쳤다. 심지어 그 배가 내 목소리가 들리지 않는 곳으로 멀어져간 이후에도 계속 소리를 지르고 손을 흔들었다.

그들이 시야에서 완전히 사라졌을 때는, 내 심장이 정말이지 터질 것만 같았다. 지금까지 아무리 가혹한 고통을 겪었지만 눈물을 흘린 적은 한 번밖에 없었다. 돛에 도달할 수 없을 때였다. 그런데 지금 또다시 눈물이 나의 시야를 덮었다. 어부들은 살려달라는 나의 절규에 귀를 막아버린 모양이었다. 나는 거의 미친 사람처럼 손톱으로 풀을 잡아 뜯고 얼굴을 바닥에 찧으면서 소리 내어 울었다. 내 소원이 이루어졌다면 그 두 어부는 다음날 아침 이 세상에 모습을 드러내지 못했을 것이다.

내 분노가 어느 정도 가라앉았을 때, 나는 뭔가를 먹기 시작했다. 급박한 상황에 몰리게 된 나는 나 자신을 도저히 통제할 수가 없었다. 그런 상황에서는 아무것도 먹지 말았어야 했다. 내가 먹는 모든 것이 독이 될 것 같았기 때문이다. 잠시 후 온몸이 시름시름 아파왔다. 목구멍은 너무 쓰라려 씹은 것을 삼킬 수가 없었다. 게다가 강렬한 오한과 발작이 연속적으로 일어났다. 그러자 내가 이름 모를 중병에 걸린 것이 아닐까 하는 무서운 생각에 휩싸이기 시작했다. 나는 내가 아는 모든 사람들, 심지어 나의 작은아버지와 살인마인 어부들까지도 용서하고 마음의 안식을 얻고 죽으려고 생각했다.

내가 최악의 결심을 한 순간 이상하게 마음이 평온해졌다. 밤이 되자 날씨가 건조해지면서 내 옷은 말라 있었다. 내 마음은 섬에 갇힌 이후 어느 때보다 평온했다. 그리고 마침내 감사하는 마음으로 깊은 잠에 빠져들었다.

그 다음날(섬에서 이런 끔찍한 생활을 한 지 나흘째였음.) 나는 내 몸이 매우 수척해져 있음을 알았다. 그러나 해가 비치자 대기가 여느 때와는 달리 달콤했다. 내가 주워 먹은 조개가 별탈을 일으키지 않은 것이었다. 그것은 내 마음에 다시 용기의 불씨를 되살렸다.

나는 식사 후면 언제나 그랬듯 높은 바위로 돌아가 사방을 둘러보았다. 그런데 또다시 저 멀리 해협에서 보트 한 척이 내가 있는 곳으로 오고 있는 것을 발견했다.

마음속에 극도의 희망과 두려움이 동시에 일어났다. 마음 한쪽에는 어제 그 어부들이 돌아간 후에 자신들의 잔인함을 깨닫고 나를 도와주러 올지도 모른다고 생각했다. 하지만 또 다른 한쪽에서는 어제 같은 끔찍한 실망을 또다시 겪게 될까봐 두려웠다. 그 순간 내 심장이 너무 심하게 고동 쳐 마음을 진정시키기 위해 숫자를 백까지 천천히 세어야 했다. 의문의 여지가 없었다. 배는 분명히 내가 있는 이레이드로 직행해 오고 있었다.

나는 더 이상 그 자리에 서 있을 수가 없었다. 바다로 달려가 있는 힘을 다해 바다 속에 잠겨 있는 바위를 마구 건너뛰었다. 바다에 빠지지 않은 것은 기적이었다. 마침내 내가 소리를 질러도 될 만큼 그들과 거리가 가까워졌을 때 두 다리로 멈춰 서자 다리는 후들거렸고 옷은 온통 바닷물에 젖어 있었다.

보트는 계속 다가오고 있었다. 나는 그제야 그 배가 어제 보았던 바로 그 배이고, 어제 그 사람들이 타고 있다는 것을 알아차렸다. 조금 차이가 난다면 두 사람 외에 직급이 더 높아보이는 사람이 한 명 더 타고 있다는 것뿐이었다.

배가 최대한 가까워졌을 때, 그들은 돛을 내려놓고 가만히 있었다. 나의 간청에도 불구하고 그들은 더 이상 가까이 오려고 하지 않았다. 나를 가장 두렵게 만든 것은 새로 탄 사람이 나를 바라보며 히죽거리면서 뭔가 말을 하는 것이었다.

그는 보트에서 일어나 나를 바라보고 손짓을 하면서 내가 도무지 알아들을 수 없는 말을 했다. 나는 게일어를 모른다고 소리쳤다. 이 말에 그는 매우 화를 내는 것 같았는데, 이유를 곰곰이 생각해보니 그는 영어로 말하고 있었던 듯했다.

그의 말 속에서 내가 유일하게 알아들은 말이 '무슨 일이'라는 단어였다. 하지만 나머지는 게일어였다.

"무슨 일이……." 나는 그에게 그 말을 알아들었다는 뜻으로 말했다.

"에……." 그리고 그는 또다시 알아듣기 힘든 말을 했다.

"이번에 내가 알아들은 말은 '조류'였다. 그러고 나자 나의 뇌리를 스쳐가는 것이 있었다. 그는 계속 손짓을 하고 있었는데, 그의 손은 로스 대륙을 가리키고 있었다.

"조류가 없을 때?" 내가 소리쳤다.

"음…… 조류." 그가 말했다.

그 말이 끝나기가 무섭게 나는 보트에서 몸을 돌려 내가 왔던 곳으로 다시 되돌아 뛰었다. 그리고 작은 섬을 가로질러 달리기 시작했다. 한 삼십분 후에 나는 처음 발견한 하천 지류 같기도 하고 바다 후미 같기도 한 수로의 가장자리에 도달했다. 그런데 그 물은 양이 엄청나게 줄어들어 있었다. 내가 그 속으로 첨벙첨벙 걸어 들어가 보니 물의 깊이가 겨우 내 무릎 정도였다.

내가 완전히 고립되었다고 생각한 이레이드 섬은 조수

섬이었다. 스물네 시간 간격으로 밀물일 때 섬이 되고 썰물일 때는 로스 대륙과 이어졌던 것이다. 나는 내 눈으로 조수가 들어오고 나가는 것을 목격했음에도 불구하고 썰물일 때 겨우 생각한 것이 조개를 줍기에 좋겠다는 것 정도였다.

내가 운명에 분노하는 대신 좀 더 깊이 상황을 직시했더라면 곧 이 비밀을 알아차렸을 것이고, 이토록 오랫동안 섬에 고립되지는 않았을 것이다. 그 어부들이 나를 이해하지 못한 것은 어쩌면 당연했다. 나는 그 섬에 갇힌 채 추위와 배고픔 속에서 백여 시간을 떨고 있었다. 나는 그 어부들에게 죽으려고 그곳에 온 정신 나간 사람으로밖에 보이지 않았을지 모른다.

이 세상에는 사악한 사람과 바보가 널려 있다. 어느 곳에 가나 마찬가지이다. 둘 다 결국 그 대가를 지불할 것이지만 내 생각엔 바보가 먼저 그 대가를 지불할 것이 분명하다.

15 은단추의 주인을 찾아서

내가 마침내 들어서게 된 로스 오브 멀은 방금 가까스로 빠져나온 섬처럼 사방이 울퉁불퉁 튀어나온 암석투성이로, 제대로 된 길이 없었다. 온통 습지와 히스 덤불로 뒤덮여 있어 지리를 잘 아는 사람은 길을 찾을 수 있을지 모르겠지만 나 같은 사람에게는 차라리 직감에 의존하는 것이 훨씬 나았다.

내 목표는 섬에서 자주 목격했던 연기를 찾는 것이었다. 나는 극도로 지친 몸을 이끌고 길인지 아닌지 도저히 분간하기 어려운 곳을 따라 계속 걷다가 마침내 저녁 대여섯 시 경에 움푹 팬 지대에 파묻힌 것처럼 나지막한 곳에 세워진 집 한 채를 발견했다. 그 집은 볼품없이 길고 낮았을 뿐만 아니라 뗏장지붕에 회반죽이 칠해지지도 않았을 정도로 엉

성했다. 집 앞에 있는 작은 언덕 같은 흙무더기에 신사처럼 보이는 노인 한 사람이 담배를 피우며 앉아 있었다.

나는 그 노인에게 많은 것을 물어보았다. 그는 뱃사람들이 안전하게 바다에서 빠져나와 자신의 집에서 빵조각을 얻어먹은 일이 있었다고 실마리를 던져주었다.

"혹시 신사처럼 차려입은 사람은 없었나요?"

그는 그들은 모두 하나같이 조잡한 코트를 입고 있었다고 했다. 하지만 그들보다 먼저 온 사람이 있었는데, 그는 브리치와 스타킹을 신고 있었다고 했다. 이후에 온 다른 사람들은 모두 뱃사람들이 입는 바지를 입고 있었다고 했다.

"혹시 혼자 온 사람 중에 깃털 달린 모자를 쓴 사람은 없었나요?"

그는 손사래를 치며 나처럼 맨머리를 하고 있었다고 했다.

나는 처음에는 앨런이 모자를 잃어버렸을지 모른다고 생각했다. 그러나 그보다는 모자를 안전하게 코트 속에 숨겼을 것 같다는 생각이 들었다.

노인은 뭔가 불현듯 생각난 것처럼 손으로 미간을 툭툭 치며 내게 혹시 은단추를 가지고 있느냐고 물어보았다.

"네, 맞아요." 나는 반가워서 소리쳤다.

"으음…… 그렇군. 그가 혹시 은단추를 가진 사람을 보게 되면 전해달라며 남긴 말이 있네. 자신의 고향으로 오라더군. 토로세이를 거쳐서 에핀으로…… 배를 타고."

나는 말할 수 없이 기뻤고, 갑자기 힘이 솟아나기 시작했다. 앨런이 틀림없었다.

그 노인은 나에게 어쩌다 이곳까지 흘러오게 되었는지 물었고, 나는 그동안 겪었던 일을 소상하게 들려주었다. 그는 내 이야기를 동정 어린 시선으로 진지하게 들어주었다. 그리고 내 손을 잡고 오두막으로 들어가서 자신의 아내에게 소개했다. 그의 아내는 오트밀 빵과 펀치를 내왔다. 내가 그것을 정신없이 먹고 마시는 동안 옆에 지키고 앉아 내 이야기를 듣고 있던 그의 아내는 내가 정말 운이 좋다고 말했다.

그들은 내게 하룻밤 묵는 것을 허락했고, 나는 펀치의 알코올 힘을 빌려 푹 잘 수 있었다.

다음날 정오경에 나는 다시 길을 나섰다. 행선지는 두말할 것도 없이 앨런이 말한 토로세이였다. 내가 가진 돈은 몇 푼 안 되었고, 하일랜드의 지리를 전혀 몰랐기에 일단 앨런을 만나서 로랜드로 들어갈 수 있는 방법을 강구할 생각이었다.

하일랜드는 로랜드와는 완전히 딴판이었다.

들판과 주위 경관이 말할 수 없이 황량했다. 반역이 일어난 후부터 하일랜드인들은 전통적으로 내려온 고유의 옷차림을 금지당했으므로 그들이 싫어하는 로랜드 옷을 입어야 했다. 그들은 하나같이 비참하고 가난한 생활을 하는 것처럼 보였다. 길거리에는 거지 행세를 하는 사람이 여럿 보였다. 거지들의 태도조차도 로랜드와는 많이 달랐다. 로랜드의 거지들은 굽실거리는 경향이 있었고, 만약 누군가 돈을 주고 거슬러달라고 하면 공손하게 거슬러주었다. 하지만 하일랜드 거지들은 점잔을 빼면서 담배 살 돈을 달라고 하고는 거스름돈을 아예 주려고도 하지 않았다.

밤 아홉 시 경이 되었을 때였다. 매우 지친 나는 외딴집한 채를 발견하고 하루만 묵어가게 해달라고 간청했지만 단번에 거절당했다. 그러나 금화 한 닢을 보여주자 주인의 태도가 순식간에 달라졌다. 그는 내게 안으로 들어오게 했고, 하룻밤 묵고 토로세이까지 길 안내를 해주는 데 5실링을 받기로 하고 동의했다.

그날 밤, 나는 몇 푼 안 되는 돈을 털릴지 모른다는 불안감에 쉽게 잠을 이루지 못했다. 그 집 주인은 강도는 아니었지만 끔찍하게 가난해서인지 사기꾼의 본능이 꿈틀거릴 들정도로 심리적으로 황량했다.

다음날, 나는 그 남자에게 부탁해 금화를 거스름돈으로 바꿀 수 있는 한 허름한 부잣집을 찾아갔다. 그곳에서 금화를 거스름돈으로 바꾼 다음 부자에게 증인이 되어주기를 부탁했다. 그러나 안내한 남자는 돈을 받고 난 후 태도가 완전히 달라졌다. 그는 술을 마시며 놀 생각만 할 뿐 길을 나서려고 하지 않았다. 그곳에서 하룻밤을 잔 후 내가 주인에게 사정 이야기를 해서 주인의 도움으로 겨우 길을 떠나게 되었다.

히스 계곡을 따라 내려가면서 안내하는 남자가 자꾸 나를 힐끔거리며 쳐다보았다. 내가 그 이유를 묻자 그는 히죽거리며 웃기만 했다. 그러다가 언덕 뒤쪽을 가로질러 가지마자 그는 토로세이가 얼마 남지 않았으며, 앞에 보이는 언덕 꼭대기가 경계표라고 말했다.

"상관없어요. 당신이 안내해주면 되니까."

그때 그 사람이 내가 알아듣지 못하는 게일어로 뭐라고 지껄였다.

"이봐요. 당신이 영어를 한다는 걸 알고 있어요. 도대체 왜 이러세요? 돈을 더 달라는 겁니까?"

"5실링." 그가 말했다. "그럼 그곳으로 가지."

나는 잠시 생각하고 2실링을 더 주었다. 그는 그것을 탐욕스럽게 받아 챙기고는 다시 길을 걷기 시작했다. 그러나 몇 마일도 못 가 다시 걸음을 멈추었다.

그러고는 길가에 주저앉아 쉬려고 작정한 사람처럼 신발을 벗었다. 주저앉은 그는 또 게일어로 말했다. 나는 분노가 머리끝까지 치밀어 올랐다. 그리고 그를 한 대 후려치려고 손을 들었다. 그러자 그는 옷 속에서 칼을 꺼내 야생 고양이처럼 뒤로 물러나면서 나를 보고 히죽 웃었다.

그 녀석의 꼬락서니를 본 나는 완전히 자제심을 잃어버리고 그에게 달려들었다. 왼손으로는 칼을 막고 오른손으로는 그의 아가리를 한 대 쳤다. 그는 나의 완력 앞에서 힘없이 꼬꾸라졌다. 운 좋게도 그가 넘어질 때 칼이 그의 손 아래로 떨어졌다.

나는 재빨리 그의 칼과 신발을 집어들었고, 그를 맨발에 비무장 상태로 내버려둔 채 길을 걷기 시작했다. 길을 가면서 그 사기꾼에게 복수한 것을 생각하니 통쾌하기 짝이 없어 웃음이 절로 나왔다. 이제 그에게 내 돈을 더 이상 뺏기지 않아도 되었고, 그리고 그 신발은 그 지방에서 일이 펜스 정도의 값이 나갔으며, 호신용 단검이 새로 생긴 셈이었다.

그 후 약 30분 정도 걸었을 때, 나는 지팡이로 앞을 더듬으며 비교적 빠른 걸음으로 걸어가는 누군가와 마주쳤다. 그는 맹인임이 분명했다. 그는 자신을 전도사라고 소개했다. 그러나 그의 인상은 음침하고 비밀스럽기 짝이 없었다.

우리가 길을 따라 걷기 시작했을 때, 그의 포켓 안주머니에 꽂힌 권총의 강철 손잡이 뒷부분이 내 눈에 들어왔다. 나는 종교적인 일에 종사하는 사람이 왜 그런 무장을 하고 있는지, 또한 맹인이 그런 권총으로 무엇을 할 수 있다는 것인지 의아해했다.

나는 그에게 조금 전의 가이드 이야기를 해주었다. 나는
자랑스럽게 말했지만 가이드에게 5실링을 주었다는 말을
듣고 그가 큰소리로 부산을 떠는 바람에 사실 2실링을 더
주었다는 말을 차마 할 수가 없었다. 그나마 그가 내 얼굴이
붉어진 것을 볼 수 없는 것이 얼마나 다행인지 몰랐다.

"너무 많이 준 건가요?" 내가 물었다.

"너무 많지. 많고말고!" 그가 말했다. "브랜디 한 병만 사
주면 내가 토로세이까지 데려다주겠네. 동행이 있다는 건
즐겁기도 한 일이야." 그가 말했다.

내가 그에게 맹인의 몸으로 어떻게 안내를 하는지 이해
를 할 수 없다고 말했다. 그러자 그는 내 말에 소리 내어 웃
으며 지팡이가 눈 역할을 톡톡히 한다고 대답했다.

"멀 섬은 하도 많이 돌아다녀서 돌멩이 하나, 나무 하나
도 샅샅이 알 정도지." 그는 그렇게 말하면서 그곳의 여러
가지 구체적인 지리와 세부적인 묘사를 했다.

나는 그 말을 듣고 솔깃해져서 여러 가지 궁금한 것들을
물었다.

"뭐? 총을 쏠 수 있냐고? 당연히 쏠 수 있지. 만약 자네가
그것을 가지고 있다면 당장 시범을 해 보여줄 수도 있지."

나는 총 같은 것은 가지고 있지 않다고 하면서 거리감을

조금 두었다. 그가 내게 단도가 있다는 걸 알았다면 분명 그의 호주머니에 꽂혀 있던 총구가 나를 겨냥했을 것이다. 다행히 그는 내가 자신이 총의 가지고 있다는 걸 알고 있다는 사실을 눈치 채지 못했다.

잠시 후 그는 속이 뻔히 보이는 갖가지 간교한 질문들을 던지기 시작했다. 내가 어디 출신인지, 부자인지 아닌지, 그리고 5실링을 거슬러줄 수 있는지 등등을……. 그러는 사이에 그는 나에게 점점 더 가까이 접근해오고 있었고, 나는 의식적으로 그를 피했다.

우리는 어느새 토로세이로 가는 언덕을 가로지르는 좁은 소로까지 와 있었다. 나는 릴 춤(켈트 족의 민속 사교춤)을 추는 무희처럼 그의 주위에서 수시로 위치를 이동했다.

시간이 갈수록 그는 나의 이런 행동에 점차 화를 내기 시작하더니 끝내 내가 전혀 알아들을 수 없는 게일어로 큰 소리로 외치면서 지팡이로 내 다리를 내리치기 시작했다.

그러자 나는 '내 주머니에도 총이 있다. 만약에 조금이라도 허튼짓을 하면 머리통을 날려버리겠다'고 으름장을 놓았다.

그제야 그는 다소곳해졌다. 그러나 얼마 가지 않아 또 무엇 때문에 화가 났는지 내가 알아들을 수 없는 욕설을 마구 퍼붓고는 오던 길로 발걸음을 돌렸다. 나는 그가 지팡이로 땅을 더듬으며 언덕 끝으로 사라질 때까지 시야에서 그를 놓치지 않았다. 그리고 토로세이로 가는 발걸음을 재촉했다. 나는 혼자가 된 것이 정말이지 홀가분해졌다.

정말 기분 나쁜 하루였고, 그 두 사람은 내가 하일랜드에서 만난 최악의 인간들이었다.

멀 해협에 있는 토로세이에 몰벤 지역이 내려다보이는 곳에 작은 여인숙이 있었다.

나는 하룻밤 묵을 생각으로 그곳으로 들어갔다. 여관 주인은 맥클린이라는 남자였다. 나는 그가 내주는 펀치를 마시며 이런저런 이야기를 주고받다가 점차 안면을 익히게 되자 우연을 가장하며 앨런의 은단추를 보여주었다.

그러나 그는 은단추에 대해서는 본 적도 들은 적도 없는 것이 분명했다. 그러나 내가 길에서 만난 맹인 선교사 이야기를 꺼내자 안다는 듯이 고개를 끄덕이며, 내가 무사히 그에게서 빠져나온 것이 다행이라고 했다.

"그는 아주 위험한 인간이지. 그 자의 이름은 던컨 멕키인데, 바로 몇 야드만 떨어져 있어도 총을 쏠 인간이야. 게다가 그는 여러 번 노상강도에 살인자로 범죄자 리스트에 오른 적이 있는 자야."

"한데 자기를 전도사라고 하던데요." 내가 말했다.

"맹인이라고 전도를 못하라는 법은 없잖아? 언제나 여기

저길 다니면서 젊은 사람들이 종교에 대해 말하는 것을 주워 들었을 테니까. 의지할 데 없는 인간에게는 큰 유혹일 테지."

마침내 술자리를 끝내고 주인은 내가 묵을 방을 보여주었고, 나는 오랜만에 상쾌한 기운을 되찾으며 자리에 누웠다. 그곳을 헤매고 다닌 지 며칠 만에 몸과 마음은 다시 예전처럼 건강을 되찾게 되었다.

다음날 나는 토로세이에서 킨로첼린으로 정기적으로 운행되는 배를 탔다. 사운드의 양쪽 해안이 모두 맥클린 가문을 주축으로 이루어진 땅이었기 때문인지는 몰라도 배를 탄 사람들이 거의 맥클린 가문 사람들이었다. 반면 배의 노를 젓는 사람은 네일 로이 맥크롭이라는 남자였다. 맥크롭가는 앨런의 일족들 중 하나였다. 게다가 이곳으로 오게 한 사람이 앨런이었기 때문에 나는 네일 로이와 개인적으로 이야기를 할 수 있는 기회를 노렸다.

물론 많은 사람들이 타고 있는 배 안에서 그것은 쉽지가 않았다. 바람이 별로 없는데다 배의 장비가 제대로 갖추어져 있지 않았기 때문에 배가 매우 느리게 움직이고 있었다.

그러나 얼마 지나지 않아 나는 매우 낯익은 장면을 보게 되었다. 로즈 에일린의 어귀에 거대한 배 한 척이 정박되어 있었다. 처음에 나는 이것이 본토인들이 프랑스인들과의 소통을 막기 위해 해안을 감시하는 왕의 함선 중 하나일 것이라고 추측했다. 그러나 좀 더 가까이 다가가보니 그것은 분명 상선이었다. 게다가 나를 한층 더 당혹스럽게 한 것은 배뿐만 아니라 해안에 모여 있는 사람들이 모두 흑인이라는 점이었다. 보트 한 대가 그들 사이를 오가며 부지런히 태워 나르고 있었다. 좀 더 가까이 다가가자 그곳 사람들의 말소리를 들을 수 있었는데, 배를 탄 사람들과 해안에 있는 사람들이 서로를 향해 구슬픈 탄식을 내뱉고 있었다. 이는 보는 사람들의 마음을 매우 아프게 했고, 캐롤라인으로 팔려갈 뻔한 나의 운명을 다시 한 번 떠올리게 만들었다.

마침내 배가 킨로첼린에 도착했을 때, 나는 네일 로이를 해변 한쪽으로 오게 해 혹시 에핀 출신이 아닌지 물어보았다.

"그건 왜?" 그가 말했다.

"사람을 찾고 있어요. 아저씨가 알 것 같다는 생각이 들었어요. 앨런 브렉 스튜어트라는 사람인데요."

그리고 멍청하게도 나는 은단추를 보여주는 대신 그의 손에 1실링을 쥐어주었다.

그러자 그가 한걸음 뒤로 물러났다.

"이건 날 모욕하는 거야. 신사라면 절대로 이렇게 하지 않아. 네가 찾고 있는 사람은 지금 프랑스에 있어. 그는 바람 같은 사람이야. 설사 그가 내 수중에 있고, 자네가 아무리 돈을 많이 준다고 해도 그의 머리카락 하나 다치게 할 수 없다는 걸 명심해."

나는 나의 방식이 잘못되었다는 것을 깨닫자 사과하는 것은 시간 낭비라는 것을 알았다. 그래서 그에게 은단추를 꺼내 보여주었다.

"오호! 네가 은단추를 가진 아이냐? 잠시 오해를 했지만 이제 안심해도 되겠군. 넌 안전해. 그리고 그는 무사하다. 그가 먼저 도착해서 일러주고 갔다. 그리고 한 가지 충고하지만 이곳에서 절대로 입 밖에 발설해서는 안 될 이름이 있어. 바로 앨런 브렉이란 이름이야. 그리고 또 한 가지 절대 해서는 안 될 일이 있다. 그건 하일랜드 신사에게 더러운 돈을 집어주는 거야."

나는 그 일에 대해 그에게 어떻게 사과를 해야 할지 알 수가 없었다. 그가 그렇게 말할 때까지 그가 신사일 것이라는 생각을 꿈에도 하지 못했다는 말이 입에서 나오지 않았기 때문이다. 네일은 더 이상 시간을 끄는 건 낭비이고, 자신의 임무를 완수하는 것이 우선이라고 생각한 것 같았다. 그는 서둘러 내가 가야 할 길을 일러주었다. 킨로첼린의 한 여관에서 하룻밤을 묵고, 다음날 몰벤을 가로질러 아르고로 가서 존 오브 클레이모어의 집에서 하룻밤을 묵고(그 사람은 내가 올 지 모른다는 전갈을 받았을 것이라고 했음.) 셋째날 코랜을 가로

질러 가서 에핀의 두로에 있는 오차른으로 가서 제임스 오
브 글렌즈의 집을 물어보라고 했다. 마지막으로 그는 배를
탈 때 명심해야 할 것에 대해 자세히 알려주었다. 그곳은 주
변이 바다와 대륙을 구석구석 휘감고 들어가 있는 지역이라
고 했다. 그리고 보니 그 지역은 여행하기가 매우 험난한 곳
이라는 사실을 알 수 있었다.

네일은 그 외에 또 다른 충고도 해주었다. 휘그나 캠벨 혹
은 붉은 코트와 마주치는 것을 피하려면 길을 가는 중에 사
람들과의 대화를 삼가고, 불가피하게 그들과 마주치게 되었
을 때는 잠시 길을 벗어나 덤불 속에 들어가 잠을 자라고 했
다. 그리고 위기에 처하면 차라리 강도나 자코바이트 스파
이인 양 행동하라고 했다.

킨로첼린의 여인숙은 한마디로 거지 소굴이라고 할 만한
곳이었다. 희뿌연 연기에 휩싸인 그곳은 허름한 하일랜드인
들로 가득 차 있었는데, 어쨌든 내가 지금껏 본 잠자리 중
가장 지저분하고 누추한 곳이었다. 나는 그런 곳에 묵는 것
이 내키지 않은데다가 네일에게 실수한 것이 마음이 편치
않았다.

하지만 내게 가장 중요한 것은 한시바삐 앨런을 만나는
것이었고, 로랜드로 들어갈 수 있는 방법을 생각해내는 것
이었기에 나는 곧 잠에 빠져들 수 있었다.

붉은 여우의 죽음 16

　이튿날 나는 린 락을 가로질러 에핀으로 들어가는 고기
잡이배를 타고 있었다. 나를 태워주는 것을 순순히 허락한
어부는 네일 로이의 연줄을 거쳐 소개받은 사람이었다. 고
기잡이배는 때마침 그곳으로 들어가는 어선이었는데, 그 배
를 타지 못했다면 며칠을 고생할 뻔했다. 그 배는 내가 가려
고 하는 목표 지점을 지름길로 가고 있었다.

　그 배를 타게 됨으로써 나는 뱃삯을 절약할 수 있었다.

　내가 어부와 함께 어선을 타고 출발했을 때는 정오경이
었다. 하늘은 잔뜩 찌푸려져 있었고, 바다는 수심이 매우 깊
고 물결이 잔잔했다. 나는 배를 타고 가면서 주변을 둘러보
았다. 한쪽에는 높고 험준해보이는 산이 있었는데, 봉우리

는 구름에 가려져 어둡고 음산해보였다. 하지만 산을 타고 흘러내려오는 작은 물줄기에는 밝은 햇살이 비치고 있었다. 한 마디로 에핀은 서늘한 냉기가 감도는 시골처럼 보였다.

출발한 직후 우연히 산 쪽을 바라보다가 햇빛이 비치는 곳에 진홍색 점 같은 것들이 물길을 따라 북쪽으로 조금씩 이동하는 것을 보았다. 그것은 병사들이 입고 있는 붉은색 코트였다. 그때 그것들의 움직임과 함께 강철에 반사되는 빛 같은 것이 주변에서 번쩍거렸다.

나는 배 주인에게 그것의 정체가 무엇인지 물었다. 그는 에핀의 소작인들을 향해 가고 있는 붉은 기병대라고 대답했다. 앨런에 대한 생각 때문인지 무엇 때문인지는 모르지만 그러한 광경은 내게 매우 슬픈 생각이 들게 했다. 비록 그 병사들이 내가 지지하는 조지왕의 군대였음에도 불구하고 그다지 호감이 가지 않았다.

마침내 배가 약속한 육지에 도달했다(그 어부는 소개시켜준 사람과의 약속을 충실히 지켰다). 나는 그에게 앨런의 고향과 가장 근접한 곳인 레터모어 숲의 해안 근처에 내려달라고 부탁했다.

레터모어 숲에는 가파른 산허리에서 호수 쪽으로 가지를 늘어뜨린 박달나무 군락이 있었다. 그곳에는 많은 오솔길이 나 있었고, 양치식물 골짜기도 있었다. 그 골짜기 중심부에 말발굽이 찍힌 오솔길이 남북으로 나 있고, 그 가장자리에 샘이 하나 있었는데, 나는 그 물가에 앉아 오트밀 빵을 먹으며 내가 처한 상황을 생각했다.

내 마음을 심란하게 만든 것은 짙은 구름 때문만은 아니었다. 정체를 알 수 없는 불안감이 나를 서서히 엄습해오기 시작했다. 앨런이 살아 있다는 것을 처음 들었을 때는 더없이 반갑기만 했고, 모든 것이 순조로울 것처럼 보였다. 그러나 갑자기 이 낯선 땅에서 무엇을 어떻게 해야 할지 알 수 없었다. 그리고 탈주자에 무법자이고 어쩌면 살인을 예사롭게 저지를지도 모르는 앨런을 찾아서 무엇을 한단 말인가……. 미래에 대한 회의가 여느 때보다도 머리를 복잡하게 했다.

내가 이런 상념에 잠겨 있을 때, 숲을 가로지르는 말발굽 소리와 함께 사람들의 웅성거림이 다가오고 있었다. 곧 교차로에 사람이 한 명씩 나타나기 시작했다. 모두 네 사람이었다. 길이 워낙 험하고 좁았기에 한 사람씩 차례로 말고삐를 쥐고 걸어오고 있었던 것이다. 첫 번째 사람은 붉은 혈색에 오만해보이는 붉은 머리카락을 가진 신사였다. 그는 숨이 가쁜지 모자를 들고 연이어 부채질을 했다. 두 번째 사람은 검은 복장에 흰 가발을 쓰고 있었는데, 차림새로 보아 변호사가 분명했다. 세 번째는 하인이었는데, 주인이 하일랜드임을 나타내는 격자무늬 옷을 입고 있었다. 이 하인의 말에는 제법 큰 여행 가방이 매달려 있었고, 안장의 앞테에는 펀치를 만드는 데 사용되는 레몬이 몇 개 달려 있었다. 그들 일행은 어느 모로 보나 꽤나 사치스러운 여행자들이었다.

맨 뒤에 따라오는 네 번째 사람은 이전에 같은 차림을 한 모습을 본 적이 있었는데, 법을 집행하는 관리가 분명했다.

이들이 가까이 다가오자 나는 정신이 번쩍 들어 가던 길을 계속 걸어갔다. 첫 번째 사람이 내 옆을 지나칠 때, 나는 자리에서 벌떡 일어나 그에게 오차른으로 가는 길을 물었다.

그는 발걸음을 멈추고 호기심에 찬 표정으로 나를 바라보았다. 그리고 변호사를 돌아다보며 말했다.

"먼고, 젊은 아그 하나가 고사리 숲에서 날 염탐하고 있다가 오차른으로 가는 길을 묻는데…… 어쩔까나……."

"콜린 로이," 변호사가 말했다. "절대 가볍게 볼 일이 아닙니다."

콜린 로이라면 캠벨 가문의 붉은 여우였다.

"오차른에는 무슨 일로 가나?" 그가 물었다.

"그곳에 사는 사람을 찾아가요." 내가 말했다.

"제임스 스튜어트." 그가 생각에 잠기며 말했다. 그리고 변호사에게 말을 이었다. "그 작자가 자기 사람들을 불러 모으는 것 같군, 아닌가?"

"아무래도," 변호사가 말했다. "병사들에게 집합 명령을 내려야 할 것 같습니다."

"저는 그의 사람도 아니고 병사도 아닙니다. 조지왕의 정 직한 일꾼일 뿐입니다."

"조지왕의 정직한 일꾼이라…… 그렇다면 왜 이렇게 먼 지방까지 왔지? 왜 아드시엘의 형제를 찾느냔 말이야? 나는 여기서 힘깨나 있는 사람이다. 난 이 주변에 있는 몇 개의 지방을 관할하는 왕의 대리인이야. 그리고 내 등 뒤에는 열 두 개의 사단이 있다."

"저도 이 지방에서 그런 말을 들었습니다."

그는 의심스러운 듯 계속 나를 쳐다보았다.

"혀를 놀리는 폼이 제법 대담하구나. 하지만 난 불친절한 사람은 절대 아니다. 보통 때 제임스 스튜어트의 집으로 가 는 일을 물었더라면 친절하게 가르쳐주었을 것이다. 하지만 오늘은…… 먼고?"

그는 변호사에게 무슨 말을 하려고 다시 몸을 돌렸다.

그가 몸을 돌리는 순간 언덕 위의 높은 곳에서 총소리가 울려 퍼졌다. 그 소리와 함께 그 남자가 길 위에 쓰러졌다.

변호사가 재빨리 다가가 그를 부축해 안았다. 부상당한

사람의 눈에 극도의 두려움이 나타나 있었다.

"조······심······해······난 죽을······."

그는 부상당한 곳을 살펴보려는 듯 손가락으로 단추를 풀려고 했다. 그러나 그의 손가락이 단추에 닿는 순간 그의 고개가 어깨 뒤로 떨어졌다. 그리고 그는 죽었다.

변호사는 아무 말도 하지 않았지만 죽은 사람만큼이나 얼굴이 하얗게 질려 있었다. 하인은 비명을 지르며 울음을 터뜨렸고, 나는 공포감에 휩싸인 채 그들을 물끄러미 바라보고 서 있었다. 법 집행관은 병사들을 소집하기 위해 온 길을 되돌아 달려갔다.

마침내 변호사가 죽은 사람을 내려놓고 비틀거리며 일어섰다.

그제야 제정신이 든 것이다.

난 "살인이다! 살인!" 하고 소리치면서 언덕을 오르기 시작했다.

잠시 후, 내가 첫 번째 언덕 꼭대기에 올라섰을 때, 산 속이 어느 정도 보였다.

살인자는 멀지 않은 곳에서 움직이고 있었다. 그는 금속 단추가 달린 검은 코트를 입고 엽총 같은 것을 들고 있었다.

"여기 살인자가 있어요!" 내가 소리쳤다.

그 말에 살인자는 어깨 너머로 나를 힐끗 돌아보고는 달리기 시작했다.

다음 순간 그는 박달나무 숲으로 사라지더니 다시 위쪽에 나타났다. 그곳에서 그는 원숭이가 나무를 타는 것처럼 점점 경사가 가파르게 변해가는 산을 가볍게 달리고 있었다. 잠시 후 그는 내 눈 앞에서 영영 사라져버렸다.

나는 어쩔 줄 모르고 그 자리에 멍하니 서 있는데, 아래쪽에서 외치는 소리가 들려왔다. 나는 몸을 돌려 내려다보았다. 언덕 아래의 광경이 한눈에 훤히 들어왔다.

변호사와 법집행관이 나에게 내려오라고 소리치며 손짓을 하고 있었다. 그들 왼편으로 화승총을 든 붉은 코트의 병사들이 하나둘 나타나기 시작했다.

"왜요? 무슨 일로 그러십니까?" 내가 소리쳤다.

"저 아이를 잡아오면 10파운드를 주겠다!" 변호사가 소리쳤다. "저 아이는 살인 공모자다. 우리를 멈춰 세우기 위해 파견된 자야."

그가 병사들에게 지시한 말은 너무나 커서 내 귀에 정확하게 들려왔고, 내 심장은 밀려드는 공포감으로 순식간에 쪼그라들기 시작했다. 나는 예상 밖의 상황에 너무 놀라 어찌할 바를 몰랐다.

병사들이 흩어져 나를 향해 달려오기 시작했다. 그러나 나는 꼼짝도 하지 못하고 그 자리에 서 있었다.

"어서 나무 사이에 숨어!" 이때 누군가의 목소리가 아주 가까이에서 속삭이듯이 말했다.

나는 생각하고 판단할 겨를도 없이 그 말에 따랐다.

그 순간 총소리와 함께 총알이 자작나무 숲을 뚫고 지나 갔다.

잠시 후 고개를 들어 보니 나무 사이에 앨런 브렉이 서 있 었다. 등에 낚싯대를 매고.

그는 내게 인사말 같은 것은 하지 않았다. 그럴 틈조차 없 었다.

"이쪽으로!"라는 그의 말에 나는 그를 뒤따라 산허리를 타고 발라슐리쉬 쪽으로 무작정 달리기 시작했다.

우리는 자작나무 숲 속을 미친 듯이 달렸다. 산허리의 낮 은 언덕 뒤쪽에서 몸을 숙이고 달리다가 히스 숲에 당도해 서는 엎드려서 기었다. 숨이 막혀 죽을 것 같은 속도였다. 내 심장이 옆구리로 터져나올 것만 같았다. 잠시 생각할 틈 도, 숨 쉴 틈도 없었다. 가끔씩 기억나는 것이 있다면 한 번 씩 앨런이 몸을 일으켜 뒤를 돌아보는 것뿐이었다. 그가 그 렇게 할 때마다 멀리서 병사들의 외침이 들려왔다.

시간이 얼마나 지났을까? 앨런이 히스 숲 속에 털썩 주저 앉으며 나를 뒤돌아보았다.

"왔던 길로 돌아가야 해. 진심으로 하는 말인데, 네가 살고 싶다면 나처럼 따라 해야 해."

　이후에도 우리는 경계심을 조금도 늦추지 않았고, 달려올 때와 같은 속력으로 왔던 길을 따라 산을 가로질러 다시 돌아가기 시작했다. 아니, 조금 더 높은 곳일 수도 있었다. 마침내 앨런은 개처럼 헐떡이며 우리가 처음 마주쳤던 레터모어 숲의 위쪽 가장자리에 몸을 던지고 고사리 숲에 얼굴을 대고 누웠다.

　나는 옆구리에 심한 통증이 오면서 머리가 어지럽고 입 안이 바싹바싹 타들어가는 것을 느끼며 죽은 사람처럼 그의 옆에 누웠다.

17 앨런과의 재회

앨런이 먼저 기운을 회복했다. 그는 자리에서 일어나 숲의 경계선으로 가서 주위의 동태를 살폈다. 그리고 다시 돌아와 자리에 앉았다.

"휴! 마른하늘에 날벼락이 따로 없구나, 데이비드!" 그가 말했다.

나는 아무 말도 하지 않았다. 앨런을 만난 반가움과 안도감은 잠시일 뿐 불안한 의문이 고개를 들기 시작했다.

어떻든 나는 이곳에서 끔찍한 살인사건을 목격했다. 죽은 사람은 앨런이 총으로 쏘아 죽이고 싶을 정도로 증오하던 인물이었다. 총탄이 날아온 숲에서 앨런이 나타났고, 그는 군대를 피해 숲으로 도망치고 있던 중이었다. 그가 살인

의 주모자인지 실제로 총을 쏜 사람인지에 대해서는 내게
별로 중요하지 않았다. 내가 살아오면서 보아온 기준에 비
추어보면 그는 살인자나 다름없었다. 나는 바닥을 알 수 없
는 두려움으로 그의 얼굴을 똑바로 볼 수가 없었다.

"아직도 힘드니?" 마침내 그가 물었다.

"아뇨." 내가 대답했다. "앨런…… 생각해봤는데, 이제
우린 각자 자기 길을 가야 할 것 같아요. 난 당신을 좋아하
지만 당신의 너무 많은 부분이 나와 달라요. 모든 것을 같이
하기에는 신념도 다르고 믿음도 다르고……도저히……."

"난 너와 이렇게 헤어질 순 없어. 데이비드! 그 이유를 분
명히 알기 전에는. 혹시 누가 나에 대해 좋지 않은 말을 했
니?" 앨런이 휘둥그레진 얼굴로 진지하게 물었다.

"물어보고 싶은 게 있어요. 붉은 여우가 피를 흘리며 쓰
러진 것을 보았겠죠?"

"그래서? 그 일에 내가 관련이 있다는 거야?" 앨런이 잠
시 침묵을 지킨 후 말했다.

"그럼 그 일과 전혀 관계가 없는 건가요?" 내가 소리쳤다.

"데이비드…… 내가 친구로서 말하는데, 만약 내가 그를
죽이려고 작정했다면 적어도 내 고향에서는 아니야. 여기서
그를 죽이는 것은 우리 일족을 오히려 궁지에 몰아넣을 뿐
인데 왜 여기서 그런 짓을 하겠니? 이 언덕에는 붉은 여우를

증오하는 사람이 한둘이 아냐. 그리고 나한테 칼과 총이 어디 있니? 등에 있는 것은 낚싯대뿐이잖아? 내가 그 정도로 바보라고 생각하니?"

"그건……," 나는 잠시 생각에 잠긴 후에 말했다. "……그렇군요……."

그러고는 그가 작은 단검을 꺼내 그 위에 손을 얹었다.

"자, 이 성스러운 칼 앞에 맹세하지. 나는 살인자와 한 패도 아니고, 그런 행동을 한 적도 없을 뿐만 아니라 그럴 생각도 없다는걸."

"그게 사실이라면 정말 다행이네요!" 나는 그렇게 소리치고 그에게 손을 내밀었다. 그는 내 손을 보는 것 같지 않았다.

"그렇다면 혹시 누가 살인을 저질렀는지 아세요?" 내가 물었다. "검은 코트를 입은 사람을 아나요?"

"확실히 기억이 안 나지만 푸른 코트 아니었니?" 앨런이 교묘하게 반문했다.

"푸르건 검건 그게 문제가 아녜요. 그를 아나요?" 내가 물었다.

"못 봤어. 그가 내 가까이 지나간 건 맞지만, 그 순간 신발끈을 묶느라고."

"정말 그를 몰라요? 그를 모른다고 맹세할 수 있어요, 앨런?" 나는 점점 화가 치밀어 올라 소리쳤다.

"글쎄…… 기억했다가 잊은 게 너무 많아서……."

"한 가지는 분명히 해요. 당신이 내 앞에 나타난 것이 병사들을 유인하기 위해서가 아니었나요?"

"그랬을 수도 있지. 신사라면 누구라도 그렇게 했을 거야. 너와 나는 이 일과 관련해 아무 잘못도 없으니까 말이다."

"우리가 살인 용의자로 지목된 건 어떡하고요?"

"죄가 없는 사람은 법정에서 사면 받을 기회가 있지. 하지만 총을 쏜 사람에게는 그런 기회가 없단다. 그 사람에게 가장 안전한 은신처는 이 히스 숲이야. 최소한 그의 행동이 자신만을 위한 것이 아닌 이상에는 말이지. 그래야 하느님을 믿는 착한 아들이라고 할 수 있지."

마침내 나는 앨런에게 정확한 답변을 듣는 것을 포기해야 했다. 최소한 그가 죄가 없어보인다는 사실과 자신이 옳다고 믿는 것을 위해 희생할 준비가 되어 있다는 사실에 입을 다물 수밖에 없었다.

그제야 그는 심각해진 얼굴로 우리에게 그다지 시간이 없으며 둘 다 가능한 한 빨리 이곳을 빠져나가야 한다고 했다. 에핀 전체가 샅샅이 수색을 당할 것이 뻔하기 때문이라고 했다. 그리고 나 역시 살인 공모자로 공개 수배가 될 수 있다고 했다.

"잘못이 없으니 재판하는 건 별로 겁나지 않아요." 내가 말했다.

"여긴 네 고향이 아냐. 스튜어트의 지역이지."

"그래도 같은 스코틀랜드잖아요." 내가 말했다.

"캠벨 가문 사람이 죽었어. 열다섯 명의 캠벨 군단을 거느린 배심원들에게 정의를 기대할 수 있을 것 같니? 그리고 캠벨 가문의 수장이 이곳에서 총에 맞아 죽었는데, 같은 일족이 한 사람도 사형을 안 시키고 끝낼 수 있을 것 같니?"

이 말에 나는 겁이 덜컥 났다. 앨런의 예언의 정확성에 대해 좀 더 잘 알았더라면 훨씬 더 심하게 떨었을 것이다. 이후에 안 것이지만, 그의 말에 과장이 있다면 열다섯 명의 배심원이 아니라 열한 명의 배심원이라는 것뿐이었다. 그는 족쇄에 채여 붉은 코트 군대의 감옥에 갇히는 것보다는 히스 숲에 숨어서 굶어 죽는 편이 차라리 낫다고 했다. 그리고 살아남는 방법은 오직 도망치는 것뿐이라고 했다.

나는 우리가 어디로 도망가야 하는지 물었다. "로랜드"라고 그가 말했다. 나는 불행 중 다행이라고 생각했다. 나는 그와 함께 로랜드로 한시바삐 돌아가고 싶었다.

나는 로랜드로 돌아가 작은아버지를 내 손으로 응징하고 싶다는 생각이 간절했다.

"함께 가겠어요." 내가 말했다.

"하지만 명심해야 할 것이 있어. 그건 절대 쉬운 일이 아냐. 고난의 연속이라고 생각해야 해. 굶주리고 헐벗고 무기를 든 채 자야 하고, 때로는 죽을 각오를 수십 번은 해야 해. 그러나 달리 다른 길이 있느냐고 묻는다면 없어. 히스 숲으로 들어가거나 잡혀서 교수형을 당하거나 둘 중 하나야."

"달리 선택할 것이 없으니 오히려 단순해서 좋군요." 내가 그렇게 말하면서 그의 손을 잡았다.

"붉은 코트들의 동태를 한 번 더 살펴보자." 그는 내 손을 이끌고 숲의 북동쪽 끝자락으로 갔다. 나무들 사이로 내려다보니 산의 전체적인 보습이 보였다. 발 아래를 바라보니 박달나무 숲과 히스나무들 사이로 붉은 점들이 언덕과 계곡을 오르락내리락하는 모습이 보였다. 하지만 시간이 지날수록 점들은 점점 작아지고 있었다. 그것을 지켜보던 앨런의 얼굴에 마침내 회심의 미소가 떠올랐다.

"으음…… 그들은 곧 지쳐 나가떨어질 거야! 데이비드, 여기 앉아서 한숨 돌리고 쉬면서 뭔가를 좀 먹자. 그러고 나서 오차른에 있는 내 친척인 제임스 스튜어트의 집으로 직행하자. 그곳에 가서 옷이며 무기, 돈 같은 것을 좀 챙겨서 하일랜드로 떠나자."

우리는 자리를 잡고 앉아 음식물을 나누어 먹었다. 우리의 눈앞에서 광활하고 거친 숲 뒤로 붉은 석양이 지고 있었다. 우리는 석양을 바라보며, 그동안 있었던 일을 이야기했다. 그는 배가 난파된 후의 일을 말해주었다.

뱃사람들이 보트에 한두 명 옮겨 탔을 때 앞선 파도보다 더 거센 파도가 범선을 사정없이 덮쳤다. 뱃머리가 암초에 부딪쳤고, 배는 서서히 가라앉기 시작했다. 뱃머리가 서서히 침몰하는 동안 고물은 수면 위로 솟아 있었다. 그 틈을 타고 갑판에 있던 뱃사람들이 너도 나도 보트로 뛰어내렸다. 그들은 죽을힘을 다해 노를 저었다. 그런데 그들이 2백 야드도 가기 전에 세 번째 파도가 범선을 덮쳤고, 바다는 범선을 완전히 집어삼켰다.

공포감에 떨며 필사적으로 노를 저어 해안에 도달할 때까지는 모두 제정신이 아니었기 때문에 아무도 말을 하지 않았다. 하지만 해안에 발을 들여놓기가 무섭게 정신을 완전히 차린 선장이 선원들에게 앨런을 생포하라고 명령했다. 선원들은 순간 주춤했지만 호지손은 이미 악마로 돌변해 있었다.

"이제 앨런은 혼자다. 그놈은 우리 배를 잃게 한 놈이야. 게다가 우리 동료들을 익사시킨 장본인이지. 복수를 하고 가진 돈을 빼앗아야 해."

한 명이 여덟 명을 감당해야 하는 싸움이었다. 게다가 해안에는 바위가 없어 앨런이 등을 둘 곳이 없었다. 뱃사람들이 사방으로 흩어져 서서히 거리를 좁혀왔다.

"그런데 붉은 머리 있었잖니? 이름이 뭐였더라?"

"리아치."

"맞아, 리아치! 날 막아섰던 사람은 바로 리아치였어. 그가 갑자기 뱃사람들에게 하늘의 심판이 두렵지 않느냐며 자신은 내 편이라고 하더군. 그는 그렇게 나쁜 사람이 아니었어."

"그는 제게도 잘 해줬어요. 그런데 호지손이 가만히 있지 않았을 텐데요?"

"당연히 격분했지. 그러나 그는 사나이였어. 호지손이 뭐라든 내게 도망치라고 소리쳤어. 나는 있는 힘을 다해 달렸지. 내가 마지막으로 돌아봤을 때, 그들은 해안에서 웅성거리고 있더군. 무리를 지어서."

"무리를 짓다니요?"

"패를 갈라 싸우는 것 같았어. 더 이상은 보지 못했지만."

18 두려움에 휩싸인 집

    사방이 어둠에 깔린 길을 우리 두 사람은 걷고 또 걸었다. 어두운 하늘은 자욱한 구름으로 덮여 있어 한치 앞도 분간할 수 없었다. 우리는 깎아지른 듯한 험난한 산허리를 수도 없이 넘었다. 앨런은 자신감이 넘쳐흘렀는데, 나로선 그가 어떻게 그 길을 집안을 돌아다니듯 쉽게 샅샅이 알고 있는지 알 수가 없었다.

    마침내 밤 열 시 반경이 되었을 때, 우리는 나지막한 언덕으로 올라갔는데, 언덕 아래로는 여러 개의 불빛이 보였다. 그중에는 가정집의 불빛도 있었고, 움직이는 것도 있었다. 움직이는 것은 사람들이 들고 다니는 횃불이었다. 대여섯 명의 사람들이 횃불을 들고 부산하게 돌아다니고 있었다.

그는 사람들을 발견하자 생전 듣지도 보지도 못한 특이한 휘파람을 세 번 불었다. 첫 번째 소리에 움직이던 모든 횃불이 제자리에 섰고, 세 번째 소리가 들리자 다시 움직이기 시작했다.

우리가 구릉을 따라 내려가 어느 집의 뜰로 이어지는 정문으로 다가갔을 때, 오십대 정도로 보이는 키가 크고 잘생긴 신사 한 사람과 마주쳤다. 그는 앨런에게 게일어로 소리쳤다.

"제임스 스튜어트, 그냥 스코틀랜드 말로 해요. 여기 이 어린 청년은 알아듣지 못해요. 이 청년은 로랜드 출신이에요. 서로 인사하는 건 생략해요."

제임스 스튜어트는 잠시 나를 돌아보고 정중하게 인사했다. 그러고는 다시 앨런을 돌아보았다.

"이 주변에서 끔직한 사고가 있었어." 그가 소리쳤다. "보통 일이 아니야." 그는 손을 비틀었다.

"알아요. 마음 단단히 먹어야 해요. 콜린 로이가 죽었어요. 어쩌면 우리가 고마워해야 할 일이에요."

"차라리 살아 있는 게 백번 낫지. 그 책임을 어떻게 감당하라고? 사건이 일어난 곳도 에핀이야. 그 대가를 지불해야 하는 곳 역시 에핀이야. 앨런, 명심해라. 나는 한 일가를 거느린 사람이다."

그들이 대화를 나누는 동안 나는 주위에 있는 하인들의 행동을 유심히 관찰했다. 하인들은 사다리 위에 올라서서 농가의 짚 지붕을 파내고 총이며 칼 같은 무기를 꺼내고 있었다. 또 다른 몇몇 사람들은 그것을 다른 곳으로 운반하고 있었는데, 구릉 아래의 조금 떨어진 어딘가에서 곡괭이 소리가 들리는 것으로 보아 그곳에 파묻고 있는 것 같았다.

제임스는 앨런과 이야기를 하는 틈틈이 내가 알아듣지 못하는 게일어로 하인들에게 큰 소리로 지시를 내렸다. 횃불에 비친 사람들의 얼굴에는 다급함과 두려움이 나타나 있었다.

그때 집에서 한 여자가 뭔가를 싼 꾸러미를 들고 나왔다. 앨런이 반사적으로 물었다.

"저건 뭐죠?"

"발각될 때를 대비해서 모든 걸 없애고 있다. 곧 에핀은 샅샅이 수색당할 거야. 그래서 모든 것을 치우고 있어. 총이며 칼 같은 걸 말이다. 아마 저건 너의 프랑스 옷일 게다."

"프랑스 군복? 그건 안 돼요." 그는 나를 잠시 친척에게 맡겨놓고 그 꾸러미를 받아들고 헛간으로 들어갔다.

제임스는 나를 부엌 식탁으로 안내했고, 그곳에 앉아 친절하게 이야기를 건넸다. 그러나 그의 얼굴은 얼마 후 몹시 어두워졌다. 그는 미간을 찌푸리며 손톱을 물어뜯다가 가끔씩 나의 존재를 생각해내고는 한두 마디 건네고는 다시 심각한 표정을 지었다.

그의 맞은편에 앉아 있던 아내는 얼굴을 두 손에 파묻은 채 울고 있었다. 그의 아들 중 하나가 마루 위에 앉아 엄청난 서류더미를 화로에 던져 넣으며 태우고 있었다. 또 다른 하인은 방을 샅샅이 뒤지고 있었다. 가끔씩 하인들 중 하나가 뜰에서 뛰어나와 그의 지시를 받고는 나갔다.

마침내 제임스는 더 이상 자리에 앉아 있기가 힘들었는지 내게 양해를 구하고는 안절부절 못하는 표정으로 일어나 주변을 서성거렸다.

"지금 내 머릿속에는 이 사건만 가득 차 있을 뿐이네. 죄 없는 사람들에게 미칠 파장을 생각하니 너무나 끔찍해서……."

그때 프랑스 제복으로 갈아입은 앨런이 나타났다. 그를 보자 비로소 나는 안도의 한숨을 내쉬었다. 다음은 내 차례인지 그의 아들 중 하나가 나를 한 방으로 데리고 가더니 옷을 갈아입게 하고 하일랜드 사슴 가죽 신발을 내주었다. 하일랜드 의복과 신발은 처음에는 낯설고 어색했지만 곧 편안해졌다.

내가 옷을 바꿔 입고 돌아왔을 때, 앨런이 우리 이야기를 하는 것 같았다. 우리가 도주할 때 필요한 것들을 요구하고 있는 것처럼 보였기 때문이었다. 그들은 우리에게 칼과 권총을 주었다. 그리고 오트밀 자루와 철팬, 프랑스 브랜디까지 싸주었다.

"좋은 은신처를 찾도록 해라. 그리고 상황을 보고 나에게 전갈을 보내. 여기서 오래 지체해서는 안 돼. 그들은 반드시 너를 수소문해서 찾으려고 할 거야. 그리고 이 사건의 책임을 너에게 물을 거다. 그들은 너에게 은신처를 제공한 가장 가까운 친척인 나에게도 책임을 물을 거다. 내가 교수대에 선다면 우리 가문은 끝장이다……."

"생각하기도 싫어요, 그런 것은." 앨런이 말했다.

"오, 하느님! 앨런…… 내가 너하고 이런 바보 같은 말이나 하고 있어야 하다니!" 제임스는 그렇게 소리치며 손으로 벽을 쳤다. 그가 벽을 너무 세게 치는 바람에 온 집안이 울릴 정도였다.

"하지만 앨런." 제임스는 잠시 평정을 되찾은 뒤 말했다. "내 말 잘 듣거라. 아무리 생각해도 방법이 없다. 우리 두 사람이 이 사건에서 벗어날 방법 말이다. 내가 너를 수배하는 벽보를 직접 붙여야 할 것 같다. 현상금을 내걸고! 혈족끼리 이런 극단적인 처방을 쓰는 것이 가슴 아픈 일이지만, 내가 그 끔찍한 사건의 주동자로 책임을 지게 된다면 집안이 풍비박산이 날 지경이니……."

"알았어요." 앨런이 말했다.

"앨런…… 너는 한시바삐 이 지방을 빠져나가거라. 아니, 스코틀랜드를 떠나라. 이 로랜드 친구도 같이 말이다. 이 로랜드 친구에 대해서도 벽보에 붙여야 할 것 같다. 내 말이 무슨 뜻인지 알겠지? 알아들었지?" 앨런의 얼굴이 조금 붉어진 것 같았다.

"이 친구를 여기에 데리고 온 사람이 난데 그건 너무 잔인한 일이에요. 제임스, 그건 나를 배신자로 만드는 거예요!"

"자…… 앨런! 현실을 직시해야 해! 내가 벽보를 안 붙여도 이 청년은 곧 수배될 거야. 먼고 캠벨이 붙일 거다. 그런데 내가 먼저 붙인다고 해서 뭐가 문제냐? 그리고 너도 알다시피 나는 한 가문을 책임진 사람이다."

"그런데……," 앨런이 뭔가 생각난 듯이 말했다. "아무도 이 아이의 이름을 몰라요."

"이름을 모른다 해도 입은 옷, 생김새, 나이 등이 있지 않니?" 제임스가 소리쳤다

"기꺼이 아이를 팔고 싶으세요? 옷을 바꿔 입혀주고는 배신할 생각이세요?"

"아니, 아니다. 앨런, 그게 아니다. 이 아이가 입고 있던 옷은 이미 일행이 보았지 않니?"

그는 기세가 한풀 꺾인 것 같았지만 물에 빠져 지푸라기라도 잡으려는 사람 같았다.

　　"글쎄요……." 앨런이 나를 돌아보며 말했다. "네 생각을 말해봐라. 내 명예를 걸고 너를 보호할 생각이다. 하지만 네가 원치 않는다면 절대로 그렇게 하지 않을 거야."

　　"제가 하고 싶은 것은 이것뿐이에요. 누가 뭐래도 저는 이곳에서 이방인이에요. 상식적으로 그 일은 책임질 사람이 책임져야 해요. 책임을 져야 할 사람은 총을 쏜 사람이에요. 기억나는 대로 그 사람을 수배하는 벽보를 붙이세요. 그리고 그를 찾아내세요. 죄 없는 사람들이 다치지 않도록."

　　이 말에 앨런과 제임스는 놀라서 비명을 질렀다. 그리고 그것은 생각할 수도 없는 일이라며 내 입을 막았다.

　　"카메룬이 들었다면 뭐라고 할까?"

　　이 말에 나는 그 일을 저지른 사람이 맨모어의 카메룬이 틀림없다고 생각했다.

　　"너 설마 진심으로 그렇게 생각하는 건 아니지?" 그들이 너무나 간절하게 말하는 바람에 나는 손을 옆구리에 떨어뜨렸다. 그들의 뜨거운 논쟁이 절망스러웠다.

　　"알았어요. 붙이세요, 원한다면 앨런도 붙이세요. 조지왕도 붙이세요. 우리 세 사람 모두 죄가 없다고요. 모두가 원하는 것 아닙니까? 적어도 스튜어트 씨," 나는 약간의 분노가 가시자 제임스를 보고 말했다. "저는 앨런의 친구예요. 제가 그의 친구들에게 조금이라도 도움이 될 수 있다면 위험을 감수하겠어요."

나는 그 상황에서 동의해주는 것이 최선이라고 생각했다. 앨런의 입장이 매우 난처해보였기 때문이다. 게다가 내가 뭐라고 하든 그들은 내가 등을 돌리기가 무섭게 나에 관한 벽보를 붙일 것이 뻔했다. 그러나 곧 나는 내 의견이 지나치게 냉정했음을 깨달았다. 스튜어트 부인이 의자에서 벌떡 일어나 내 목을 끌어안더니 연이어 앨런의 목을 잡고 그런 결정을 해준 데 대해 신의 가호를 빌면서 눈물을 흘렸기 때문이다.

"앨런에게는 그것이 본분이나 다름없어요. 그러나 저 아이에게는 그렇지 않아요. 이름은 모르지만 내 심장이 저 아이를 결코 잊지 못할 거예요. 그리고 언제나 청년의 앞날에 좋은 일만 있기를 신께 기도할게요."

그녀는 그렇게 말하며 내게 키스했다. 그리고 다시 한 번 울음을 터뜨렸고, 나는 부끄러움을 느끼며 그 자리에 서 있었다.

우리는 그들과 작별 인사를 나누었다. 우리는 칠흑 같은 어둠 속에서 다시 출발했고, 이번에는 동쪽으로 발걸음을 옮겼다.

19 바위의 열기로 온몸이 달궈지고

우리는 또다시 도피길에 나섰는데, 상황이 상황이니만큼 거의 달리다시피 하며 걸었다. 새벽이 가까워졌을 무렵 생각해보니, 확실히 걸었을 때보다 달렸을 때가 더 많았다. 우리가 도착한 그 지역은 황량한 사막이었다. 하지만 언덕 아래의 한적한 곳에 몇 채의 오두막이 있었다. 정확한 가구 수는 알 수 없었지만 약 스무 가구 정도 되어보였다.

그 오두막들 중 한 곳에서 앨런은 나를 길가에 세워두고, 집의 측면으로 가서 창문을 두드려 자고 있는 사람을 깨워 잠시 이야기를 나누었다. 그것은 이곳 사람들이 새로운 뉴스가 생겼을 때 전달하는 방법이었다. 이곳에서 그것은 당연히 지킬 의무였기 때문에 앨런이 목숨을 걸고 도주하는 상황에서도 그것을 위해 걸음을 멈추어야 했다. 앨런이 잠시 걸음을 멈추고 들렀던 집의 절반 이상이 이미 그 살인 사건을 들어서 알고 있었다. 그들은 그를 보고 놀라워하거나 기뻐하기보다는 당혹스럽게 받아들이는 기색이 역력했다.

온 힘을 다해 발걸음을 재촉했음에도 불구하고 날이 밝아오기 시작했을 때, 우리는 마땅히 숨을 만한 곳조차 찾지 못했다. 우리가 들어온 곳은 물이 세차게 흘러내리고, 사방은 암석들로 즐비한 거대한 계곡이었다. 주변이 험준한 산들로 에워싸인 그곳은 숨을 만한 수풀도 나무도 없었다. 오직 물과 암석뿐이었다,

동이 터오면서 떠오른 태양은 우리에게 그곳의 광경을 적나라하게 보여주었다. 앨런이 미간을 찌푸리며 말했다.

"여긴 우리가 숨을 만한 곳이 한 군데도 없어."

이 말과 함께 그는 물이 굽이쳐 흐르는 강물 쪽으로 발걸음을 재촉했다. 그곳에는 세 개의 바위를 중심으로 물줄기가 양쪽으로 갈라져 흐르고 있었다.

엄청난 물이 쏟아져 내려가면서 내는 우렁찬 굉음은 등줄기를 오싹하게 만들었다. 게다가 바위 주위에는 물보라가 안개처럼 퍼져 있었다. 앨런은 물길을 따라가지 않고 그것을 가로질렀다. 먼저 그는 물 가운데에 있는 바위에 점프를 하며 뛰었다. 그는 손과 무릎으로 안전하게 바위에 착지했

다. 그 바위는 별로 넓지는 않았다. 나는 그곳까지 거리가 얼마나 되는지, 어느 정도 위험한지 생각할 시간도, 판단할 시간도 없었다. 나는 그를 따라 무작정 바위로 몸을 날렸다. 그가 나를 붙잡았다.

우리는 끝없는 물보라로 미끄러워진 작은 바위 위에 나란히 섰다. 이제 조금 전에 우리가 뛰었던 것보다 훨씬 더 넓은 물길이 우리 앞에 있었다. 우리는 한 번 더 건너뛰어야 했다. 그쪽의 물살이 훨씬 더 거셌다. 나는 얼마나 큰 위험이 내 앞에 놓여 있는지 생각하자 끔찍한 두려움이 구토증처럼 밀려왔다. 나는 두 손으로 눈을 가렸다. 앨런이 나를 잡아 흔들었다. 그는 내게 뭐라고 말하는 것 같았는데, 폭포의 우렁찬 광음에 정신이 아뜩해져서 그의 말을 알아들을 수가 없었다. 내 눈에는 그가 분노로 얼굴이 붉어져 있는 것과 바위 위로 발을 구르는 모습만이 보일 뿐이었다. 무서울 정도로 세차게 흘러가는 물, 주위를 감싸고 있는 거센 물보라, 앨런의 분노하는 모습에 나는 저도 모르게 몸서리를 쳤다.

그러자 앨런이 브랜디병을 내 입에 대주면서 한 모금 마시게 했다. 알코올의 힘 덕분에 내 얼굴에는 다시 피가 흐르는 것 같았다. 그가 내 귀에 입을 대고 소리쳤다. "죽기 살기로 매달려라. 안 그러면 빠져 죽는다."

그리고 그는 내게 등을 돌리고 물길 맞은편으로 몸을 날렸고, 안전하게 착지했다.

이제 바위에는 나 혼자 남게 되었다. 그것은 좀 더 많은 공간을 주었다. 브랜디가 내 귓속에서 뭐라고 노래를 부르고 있었다. 그 순간 나는 지금 뛰지 않는다면 앞으로 결코 뛸 수 없을 것이라는 것을 알았다. 나는 무릎을 적당히 굽힌 다음 있는 힘을 다해 앞으로 몸을 날렸다. 용기보다는 분노로 인한 절망감이 나를 더 자극했다. 하지만 나는 완벽하게 건너지 못하고 가장자리에 아슬아슬하게 매달리게 되었다. 그 순간 나는 바위 아래로 미끄러져 내렸고, 그래서 바위를 다시 붙잡고 오르려고 했지만 또다시 미끄러졌다.

앨런이 손을 뻗어 내 머리카락을 움켜쥔 다음 내 옷을 붙잡고 나를 안전하게 끌어올려 주었다.

내가 올라오자 그는 한 마디 말도 없이 다시 달리기 시작했다. 나는 거의 쓰러질 듯한 상황에서 또다시 죽을힘을 다해 그를 따라갔다. 나는 너무나 지친 나머지 속이 매슥거렸을 뿐만 아니라 온몸이 멍투성이인데다 브랜디를 마셔 취기까지 있었다. 컨디션이 엉망이었던 나는 몸을 가누지 못해 비틀거리면서 달렸다. 목까지 숨이 차오르더니 드디어 통증이 왔다. 마침내 앨런이 수많은 바위 중 제일 높이 솟아 있는 한 바위 밑에서 걸음을 멈추었을 때 나는 겨우 그를 따라잡을 수 있었다.

'높이 솟아 있는 바위'라고 한 바위는 상층부가 비스듬하게 기울어진 두 개의 바위였다. 둘 다 높이가 4~5미터 정도였고, 힐끗 보는 것만으로도 아찔할 정도로 경사가 져 올라가는 것이 불가능해보였다. 앨런이 올라가려고 두 번이나 안간힘을 써보았지만 모두 실패했다. 세 번째 시도는 그가 내 어깨를 박차고 뛰어오르는 전략을 썼는데, 가까스로 성공할 수 있었다. 일단 그곳에 올라가자 그는 가죽 혁대를 풀어 아래로 내려주었다. 나는 그것을 붙잡고 두어 개의 바위 발판을 버팀목 삼아 무사히 기어오를 수 있었다.

올라가 보고서야 나는 그가 왜 그곳으로 오자고 했는지 알 수 있을 것 같았다. 두 바위 윗면이 마치 접시처럼 움푹 패어 있어 서너 사람이 몸을 숨기고 누워 있을 정도의 공간이 되었다.

앨런은 내가 바위로 올라온 이후 한 마디도 하지 않았다. 그가 말없이 서두르는 것으로 보아 일이 잘못될까봐 매우 긴장하고 있다는 것을 알 수 있었다. 그는 걱정스런 얼굴로 바닥에 몸을 붙이고 누워 한쪽 눈만 바위 가장자리로 내밀고 주위를 살펴보았다. 어느새 날이 밝아오고 있었다.

사방을 둘러보아도 보이는 것이라곤 암석지대뿐이었다. 얼마 후, 그곳에서 조금 떨어진 곳에 하얀 폭포수처럼 흘러내리며 물보라를 일으키는 강이 보였다. 우리는 어느 때보다 집이 그리웠지만 아무리 살펴보아도 사람이 사는 집에서 나오는 연기 같은 것은 보이지 않았다. 절벽 주위에서 선회하는 독수리를 제외하면 살아 있는 것이라곤 아무것도 없었다.

마침내 앨런이 미소를 지었다.

"이제야 한숨 돌리겠군." 그는 그제야 안도하는 표정으로 나를 바라보며 말했다.

"너는 점프를 하는 데는 소질이 없는 것 같던데?" 그가 말했다.

이 말에 나는 모욕감으로 얼굴이 붉어졌다. 그러자 앨런이 이렇게 덧붙였다.

"별 것 아냐! 두려워하는 마음을 극복하기만 하면 최고의 남자가 될 수 있어. 조금 전에 넌 저 강물을 건너면서 두려웠지? 나 역시 강물은 두려워. 그러나 사실 내가 가장 두려워하고 있는 것은 나 자신이야."

나는 그에게 그 이유를 물었다.

"왜냐하면 오늘 바보 같은 짓을 한 사람은 나야. 이쪽으로 오지 말았어야 했어……. 에핀은 누구보다도 내가 잘 아는데…… 잘못 길을 선택했기 때문에 이렇게 위험하고 불편한 곳에 누워 있는 거야. 두 번째 실수는 물을 가지고 오지 않은 거야. 긴 한여름 낮을 여기 누워서 보내야 하는데 물이 없다는 것은 큰 문제야. 너는 물 같은 거야 별 것 아니라고 생각하겠지. 하지만 밤이 되기 전에 물이 얼마나 중요한지 알게 될 거야."

나는 본래의 내 성격을 되찾고 싶었다. 그래서 그에게 브랜디를 부어버리고 아래로 내려가서 물을 담아오자고 제안했다.

"그나마 남아 있는 맑은 정신을 그런 데 소모하긴 싫어. 그건 그렇고, 네가 먼저 자라. 내가 망을 볼 테니까⋯⋯."

그래서 나는 자려고 눈을 감았다.

내가 정신없이 곯아떨어졌다가 눈을 떴을 때는 아침 아홉 시경이 되어 있었다. 내가 정신을 차린 것은 앨런이 손으로 내 입을 막고 있었기 때문이다.

"쉿!" 그가 속삭였다. "코를 고는 소리 때문에⋯⋯."

"한데⋯⋯," 그의 근심 어린 얼굴에 놀라 내가 물었다. "코를 골면 안 되나요?"

그는 바위 가장자리에서 아래를 내려다보면서 내게도 그렇게 해보라는 신호를 보냈다.

구름 한 점 없는 무더운 날씨였다. 계곡은 그림처럼 선명하게 눈에 들어왔다. 강에서 반 마일 정도 떨어진 곳에 붉은 코트들이 설치해놓은 천막이 보였다. 천막 중앙에는 불이 피어오르고 있었고, 불 앞에는 몇몇 병사들이 요리를 하고 있었다. 근처에 우리가 있는 바위만큼 높게 솟은 바위 위에 감시병 한 명이 총을 들고 서 있었는데, 그 총이 햇빛에 반사되어 번쩍 하고 빛을 발했다.

강을 따라 내려가는 길목 곳곳에 감시병들이 지켜 서 있었다. 그들 중 일부는 높은 곳에 올라가서 망을 보고 있었고, 또 다른 일부는 행진해 내려가고 있었으며, 또 다른 일부는 중간에서 만나기 위해 행진해 올라오고 있었다. 골짜기의 오르막 부분에는 기병대가 있었다. 그들이 말을 타고 근처를 왔다 갔다 하며 돌아다니는 모습이 우리의 시야에 들어왔다. 그보다 더 낮은 곳에는 보병대가 대기하고 있었다. 하지만 계곡으로 흐르는 물의 양이 갑자기 불어난 탓인지 그들은 비교적 넓게 공간을 두고 서서 우리가 건너온 바위가 있는 곳을 지키고 있었다.

나는 더 이상 그들을 바라볼 힘이 없어 얼른 내 자리로 돌아왔다. 계곡의 이런 장면은 낯설기 짝이 없었다. 동틀 무렵만 해도 쥐죽은 듯한 정적 속에 빠져 있던 계곡이 순식간에 무장한 붉은 코트들에게 점령당해 있었기 때문이다.

"내가 가장 두려워했던 일이야, 데이비드! 2시간 전에 한두 명씩 나타나기 시작하더니 순식간에 쫙 깔렸어. 그런데 넌 잘도 자더구나! 우린 어쩌면 독 안에 든 쥐가 될지도 몰라. 그들이 언덕 위에서 망원경으로 보면 우린 독 안에 든 쥐가 될 거야. 하지만 그들이 계곡 발치만 지키고 있으면 도 망갈 기회를 얻을 수 있지. 물길 쪽으로는 비교적 드문드문 하게 보초를 서 있으니까 밤이 되면 시도를 해볼 만해."

"그럼, 밤이 될 때까지는 뭘 하죠?" 내가 물었다.

"여기서 꼼짝 않고 누워 있어야지."

우리가 누워 있는 곳은 바위 꼭대기의 꽤 넓게 팬 부분이 었다. 뙤약볕이 잔인하게 내리쬐면서 암석이 열기로 뜨거워 지기 시작하자, 바위에 몸이 조금만 닿아도 견딜 수가 없을 정도로 따가웠다. 약간의 흙과 양치식물이 붙어 있는 부분 은 겨우 한 사람이 몸을 누일 수 있는 정도의 넓이였다. 우 리는 교대로 자리를 바꾸었다. 같은 기후인데도 하루이틀 간격을 두고 섬에서는 추위로 고생하다가 지금은 바위의 뜨 거운 열기로 고통을 받고 있었다.

그러나 뭐니 뭐니 해도 가장 큰 문제는 앨런의 예언처럼 물이었다. 마실 것이라곤 독한 브랜디뿐이었지만 그나마 아 무것도 없는 것보다는 훨씬 나았다. 우리는 될 수 있는 한 시원하게 마시기 위해 그것을 흙이 있는 곳에 보관해놓고 한 번씩 가슴과 관자놀이를 적심으로써 위안을 얻었다.

병사들은 여전히 계곡 아래쪽에 진을 치고 있었다. 시간 이 지날수록 병사들은 병력을 더욱 보강해 암석들 사이사이 를 샅샅이 수색하고 있었다. 그들은 이 광활한 숲에서 사람을 찾는 것이 건초 더미에서 바늘을 찾기보다 힘들다고 생각했는지 철저히 수색한다기보다 다소 건성으로 살펴보고는 다음 장소로 이동하는 것처럼 보였다. 하지만 그들이 우리가 있는 곳에서 얼마 안 되는 히스 덤불을 총검으로 푹푹 찔러보는 모습을 보자 등에 오싹한 전율이 지나갔다. 그들이 우리가 누워 있는 바위 근처로 이동해오는 움직임이 느껴지자 우리는 숨도 제대로 쉴 수가 없었다.

내 귀에 뭔가 영어로 말을 하는 한 병사의 말소리가 선명하게 들렸다. 그는 우리가 누워 있는 바위의 정면을 손으로 탁 치면서 저주의 욕설을 퍼부었다.

그가 단어를 온전하게 발음하지 않고 중간 발음을 싹둑 자르듯이 빼먹는 것에 난 적잖이 놀랐는데, 그것은 마치 죽은 랜섬을 떠올리게 했기 때문이다.

그들이 그 부근을 지나치는 동안 암석 상층부는 갈수록 견디기 어려운 열기로 우리를 괴롭혔다. 암석은 한여름의 뙤약볕에 점점 뜨겁게 달궈지고 있었고, 시간이 갈수록 정도는 더욱 심해져갔다. 현기증과 구토증이 나면서 관절의 날카로운 통증이 나를 짓눌렀다.

마침내 두 시경이 되자 도저히 인간의 한계로는 버텨내기가 어려운 환경이 조성되었다. 고통이 얼마나 극심했든지 목숨을 포기해버리고 싶은 유혹까지 들었다.

얼마 후 해가 서쪽으로 살짝 기울어지자 우리가 누워 있는 바위 동쪽에 그림자 같은 것이 슬며시 비쳤다. 그쪽은 병사들을 등지고 있는 방향이라 안심하고 있던 곳이었다.

"이렇게 죽으나 저렇게 죽으나……." 앨런은 그렇게 말하며 바위 가장자리 아래의 그림자가 진 곳으로 뛰어내렸다.

나도 그를 뒤따라 키 높이나 되는 곳을 훌쩍 뛰어내렸다. 오랜 시간 동안 뙤약볕을 쬐고 있어서인지 열사병에 걸린 사람처럼 기운이 하나도 없었고, 지칠 대로 지쳐 세상이 아득하게 보였다. 우리는 허기와 타는 목마름을 달래며 두어 시간가량 꼼짝 않고 숨어 있었다. 병사들이 그쪽으로 온다면 우리는 완전히 독 안에 든 쥐나 다름이 없었다. 하지만 그들이 한번 스쳐간 곳이어서 그런지 아무도 우리가 있는 곳으로는 되돌아오지 않았다. 우리가 누웠던 바위는 우리에게 방패막이 역할을 했다.

우리는 곧 기운을 되찾기 시작했다. 때마침 계곡 위쪽에 있던 병사들 일부가 차례로 강을 따라 내려가고 있는 모습이 보였다. 그러자 앨런은 산의 정상 쪽으로 올라가자고 제안했다. 나는 정상을 오르는 것이 너무나 두렵고 겁이 났지만, 다시 뜨거운 바위 위에 올라가는 것만 아니라면 그 어떤 것도 할 수 있을 것만 같았다. 그래서 우리는 즉시 채비를 하고 바위와 바위 사이를 건너뛰며 숨바꼭질하듯이 이동하기 시작했다.

　상대편 병사들은 계곡 쪽을 수색한 후에 오후의 무더위에 다소 나른함을 느꼈던지 철통 같은 경계 태세를 다소 풀고 졸기도 하면서 느슨하게 강을 주시하고 있었다. 우리가 계곡 아래쪽의 동태를 수시로 살펴가며 산의 정상이 있는 쪽으로 올라가고 있는 동안 그들이 점차 시야에서 멀어져갔다. 내 평생 그런 고된 노동은 해본 기억은 처음이었다.

　경사가 가파른 산에서 사방을 살펴가며 산을 오르기 위해서는 눈이 백 개는 있어야 할 것 같았다. 탁 트인 공간을 지나가야 했을 때는 속도가 문제가 아니라 돌이 어느 정도 단단한지에 대한 빠른 판단이 필요했다. 사방이 숲의 거대한 정적 속에 빠져 있었으므로, 조약돌이 굴러가는 소리가 총소리처럼 들리면서 언덕과 절벽 사이로 메아리를 만들었다.

　그때 어딘가에서 우리 앞에 두려움을 완전히 가시게 만드는 것이 나타났다. 그것은 세찬 물줄기가 흘러내리며 내는 소리였는데, 그것은 얼마 후 강으로 합류하였다. 물줄기를 보자 우리는 몸을 던지듯이 물속에 첨벙 뛰어들었다.

　우리는 물을 마실 수 있을 만큼 실컷 들이마신 다음 오한으로 손목이 아릴 때까지 차가운 물속에 몸을 담그고 있었다. 마침내 기력을 다소 회복한 우리는 식량 봉지를 열어 철 팬에서 오트밀죽을 만들었다. 오트밀에 차가운 물을 섞는 것이 요리의 전부였음에도 불구하고 배고픈 사람에게는 그 어떤 성찬보다 훌륭했다. 불을 피울 만한 도구도 없었을 뿐더러 언제나 히스 덤불로 뛰어들 준비를 하고 있는 사람들에게 요리를 한다는 것은 위험했기 때문이다.

밤이 오면서 사방에 어둠이 내려깔리자 우리는 다시 출발했다. 처음에는 경계심을 늦추지 못하고 극도로 조심했지만 시간이 가면서 점점 대담해져서 몸을 곧게 펴고 걷기 편한 곳을 따라 걸었다. 가파른 산비탈과 절벽 꼭대기에 있는 길은 마치 미로처럼 복잡하게 뒤얽혀 있었다. 밤길이 너무 어둡고 날씨가 시원해 길을 걷는 것이 이전처럼 고통스럽지는 않았지만 자칫 잘못하면 산 아래로 굴러 떨어질 것 같은 두려움은 여전히 사라지지 않았다.

접 선 *20*

　우리가 목표로 했던 거대한 산 정상의 골짜기에 도달했
을 때 사방은 여전히 어둠 속에 잠겨 있었다. 골짜기 역시
중앙에 물이 흐르고 있었고, 부근의 거대한 바위에는 얕은
동굴이 있었다. 우리가 지나왔던 듬성듬성한 자작나무 숲이
이제는 소나무 숲으로 바뀌어 있었다. 개울에는 송어 떼들
이 무리지어 있었다. 숲의 여기저기에 흑비둘기들의 집이
있었는데, 숲을 지나자 앞쪽의 시야가 트인 산모퉁이 쪽에
마도요들이 울고 있는 가운데 뻐꾸기들이 사방에서 날아다
녔다.

　그 골짜기의 입구에서 내려다보니 마모어(지역명)가 살짝
보이기 시작했는데 협만을 사이에 두고 에핀과 분리되어 있

었다. 그곳은 매우 높은 지대였기에 앉아서 멀리 풍경을 바라보고 있노라니 경이로움과 함께 탄성이 절로 나왔다.

그 골짜기의 이름은 휴 오브 코리네이케프heugh of corry nakiegh였다. 주변에 바다가 있는 지형적인 문제 때문이었는지 그곳은 구름으로 에워싸여 있었고, 날씨는 비교적 좋았다. 우리가 그곳에 머물렀던 5일간은 적어도 그랬다.

우리는 동굴로 들어가 주변에서 베어온 히스 덤불로 잠자리를 만들고, 앨런의 코트를 이불 삼아 잠을 청했다. 우리는 골짜기 한쪽 모퉁이에 은밀한 장소가 눈에 띄자 대담하게 그곳에 불을 피웠다. 구름이 깔렸을 때, 불로 몸을 녹이고 죽을 끓였다. 그리고 바위틈에서 잡은 송어를 석쇠를 이용해 구워 먹었다.

위기가 닥칠 때를 대비해 틈만 나면 앨런은 나에게 검술을 가르쳤다. 내가 검술을 전혀 모르는 것이 그가 볼 때 많이 답답했던 것이다. 그러나 물고기 잡는 솜씨만은 내가 그보다 한수 위였다. 내가 물고기 잡는 솜씨를 뽐낼 때면 그는 자신이 나보다 훨씬 더 잘하는 검술 연습을 하자고 재촉했다. 나는 검술 연습을 피하고 싶은 유혹을 간간이 느꼈지만 한 걸음도 물러서지 않고 교습을 받다 보니 실력이 점점 늘어났다. 그리하여 나는 나의 선생을 흡족하게 만족시키지는 못했지만 그런대로 즐거웠다.

"붉은 코트들이," 첫쨋날 아침 그가 말했다. "이곳을 수색할 생각을 할 때까지는 며칠이 걸릴 거야. 그러니 지금이 제임스에게 전갈을 보낼 절호의 찬스다. 그에게 우리 소식도 전하고 돈을 좀 구하도록 해야겠어."

"하지만 어떻게 전갈을 보내죠?" 내가 물었다. "우리가 이토록 외진 곳에 있는데 말이에요. 우리가 직접 갈 수 있는 일도 아닌 다음에야 하늘을 나는 새가 아니라면 어떻게 전갈을 주고받을 수 있죠?"

그는 타다 남은 불을 바라보며 잠시 생각에 잠겼다. 그리고 나를 조금 겸연쩍은 표정으로 바라보았다.

"내 단추 좀 줄래?" 그가 말했다. "선물 준 것을 다시 달라고 하는 것이 이상하지만 또 하나를 떼기가 싫어서 그래."

나는 그에게 은단추를 돌려주었다. 그는 코트에서 좁고 긴 천조각을 떼어내 내가 준 은단추를 달아 나뭇가지 두 개를 십자가 모양으로 묶었다. 작은 전나무 가지와 이름 모를 나뭇가지를 교차시킨 후 천으로 묶었는데, 그 작업을 할 때 그의 표정이 매우 만족스러워보였다.

"여기서 별로 멀지 않은 곳에 작은 마을이 있어. 코알리나콘이라는 마을이야. 그곳에 우리 일족들이 몇몇 살고 있어. 믿을 수 있는지 완전히 장담하긴 어렵지만…… 너도 알겠지만 우리 목에 돈이 걸려 있으니까 말이야…… 제임스가 직접 현상금을 걸었을 테지. 캠벨도 스튜어트를 치는 일이라면 절대 돈을 아끼지 않아. 그곳도 위험하긴 마찬가지지만 몰래 마을로 내려가볼 거야."

"그래서요?"

"이 세상엔 나쁜 사람들이 쫙 깔렸어. 그곳에도 물론 그렇겠지. 하지만 날이 어두워지면 그 마을에 숨어들 거야. 그래서 에핀의 소작인이자 우리 일족인 존 브렉 맥콜의 창문에 이걸 가져다놓을 생각이야."

"그가 그것을 발견한다면 어떻게 생각할까요?"

"제발 그가 육감이 뛰어난 인간이었으면 좋겠는데. 사실 내 생각대로 되지 않을 수도 있어. 하지만 내가 말하려고 하는 것은 이거야. 나무 십자가나 혈화 십자가는 우리 일족에게 비밀 모임의 신호지. 하지만 그걸 보면 모임이 아니라는 것을 충분히 알 거야. 창문 사이에 세워져 있고, 아무 글자가 없는 것을 보고 이렇게 생각하겠지. '비밀 모임은 아니야. 하지만 뭔가가 있어.' 하고. 그리고 내 은단추를 발견하겠지. 척 보면 던컨 스튜어트 것인 줄 알아차릴 거야. 그러면 그는 또 이렇게 생각하겠지. '던컨의 아들이 히스 숲에 있구나. 무슨 일이 있어. 내가 필요하다'고 말이야."

"글쎄, 그럴듯하긴 하군요. 하지만 그렇게 된다고 해도 우리가 어디 있는지 어떻게 알 수 있을까요? 히스 숲만 해도 엄청난데……."

"그건 그래." 앨런이 말했다. "하지만 존 브렉은 자작나무와 소나무 가지의 의미를 알아차릴 거야. 그리고 생각하겠지. '앨런이 소나무 숲과 자작나무 숲이 있는 경계에 있어.'라고. 그리고 그들에게 이곳 지리는 훤하니 우리가 있는 곳을 쉽게 찾을 수 있을 거야."

"정말 그럴듯하군요. 하지만 글을 쓰는 것이 더 간단하지 않을까요?"

"글을 쓰는 것이 훨씬 간단하지만 두 가지 문제가 있어. 일이 잘못될 경우 다른 사람에게 발각될 수가 있지. 게다가 시골 사람이라 글을 읽는 것이 여의치 않을 수도 있어. 그러면 우리가 그를 기다리다 지쳐버릴 수가 있지."

그래서 그날 밤 앨런은 십자가를 가지고 몰래 마을로 내려가 아무도 모르게 소작인의 창문에 꽂아놓았다. 물론 그 모든 것이 아무런 문제가 없었던 것은 아니었다. 그가 지나는 길을 개들이 사정없이 짖어대는 바람에 마을 사람들이 모두 집에서 달려나왔던 것이다. 그런데 그 와중에 그는 화승총이 딸각거리는 소리를 들었고, 붉은 코트 하나가 그중 한 집으로 다가가는 것을 보았다.

우리는 모든 시나리오를 계산해서 다음날 숲의 경계 지역에 누워 주위의 동태를 살폈다. 만약 존 브렉이 온다면 그를 안내할 준비를 할 것이었고, 붉은 코트라면 도망갈 태세를 취하고 있었다.

정오경에 한 남자가 주변의 동태를 살피고 있었다. 그는 햇살을 받으며 홀로 걸어오면서 손으로 눈을 가린 채 주위를 살피고 있었다. 앨런은 그를 발견하자 휘파람을 불었다. 그 남자는 소리가 나는 쪽으로 방향을 돌렸고, 우리가 있는 쪽으로 조금 더 가까이 다가왔다. 그러자 앨런이 다시 휘파람을 불어 그를 좀 더 가까이 유인했다. 이리하여 그는 우리가 누워 있는 곳으로 인도되었다.

그는 덥수룩한 수염을 기른 마흔 살 정도의 남자였는데, 얼굴에 온통 천연두 자국이 나 있어 좀 거칠고 야만스럽게 보였다. 그는 비록 영어 실력은 형편없었지만 앨런은 끝까지 그에게 영어로 말하게 했다. 그래서인지 그는 좀 둔감한 사람처럼 보였을 뿐만 아니라 우리를 도와줄 의사가 별로 없는 사람처럼 보였다.

앨런은 그에게 메시지를 가지고 가서 제임스에게 전해주게 했다. 그러나 소작인은 '메시지'라는 말을 잘 알아듣지 못했다.

그러자 앨런은 눈에 띄게 초조해했다. 이토록 황량한 곳에서 글을 쓸 만한 수단을 찾기가 쉽지 않았기 때문이었다. 하지만 그는 모든 방법을 강구했다. 그는 주변 숲을 한참을

뒤진 끝에 비둘기 깃털을 찾아내어 그것을 펜 모양으로 만들었다. 그러고는 화약통에서 꺼낸 화약에 시냇물을 조금 부어 잉크처럼 만들었다. 잉크가 준비되자 주머니에 소중히 간직한 프랑스 군인 위임장의 한 귀퉁이를 찢었다. 그것은 앨런이 주머니 속에 자신을 지켜주는 부적처럼 넣어다니는 것이었다. 그리고 그는 자리에 앉아서 이렇게 썼다.

존경하는 어른께!
이 사람을 통해 돈을 좀 보내주십시오. -사촌 드림
A. S.

그는 소작인을 믿고 임무를 전적으로 위임했다. 소작인은 가능한 한 빠른 속도로 다녀오겠다고 약속하고는 부리나케 언덕 아래로 내려갔다.

연이어 3일 동안 그는 전혀 모습을 보이지 않았다. 3일째 되던 날 저녁 다섯 시경에 숲에서 휘파람 소리가 났다. 앨런이 교신을 했다. 곧 소작인이 물길이 있는 쪽에서 나타났고 좌우를 두리번거리면서 우리를 찾았다. 그의 표정을 보니 이토록 위험한 임무를 끝낸 것을 다행스러워하는 것이 분명했다.

그는 우리에게 에핀의 소식을 알려주었다. 에핀은 지금 붉은 코트들이 득실거리고 있다고 했다. 숨겨놓은 무기는 발각되었고, 제임스와 그의 하인들은 살인 공모 혐의로 잡혀가 포트 윌리엄스에 있는 감옥에 투옥되었다고 했다. 그 마을에는 총을 쏜 사람이 앨런 브렉이라는 소문이 무성하게 퍼져 있다고 했다. 그리고 그와 내가 공개 수배되어 있는데, 현상금이 1백 파운드 걸려 있다고 전했다.

그것은 최악의 소식이었다. 소작인이 스튜어트 부인으로부터 가져온 작은 쪽지에는 비탄에 잠긴 글이 씌어 있었다. 그녀는 앨런에게 제발 붙잡히지 말 것을 기도하고 있다고 쓰고 있었다. 만약 그가 붉은 코트의 군대에 붙잡히면 그녀와 제임스는 차라리 죽는 것이 더 나을지도 모른다고 덧붙였다. 그녀가 보내온 돈은 주위에 청하거나 애원해서 빌릴 수 있는 돈의 전부라고 했다. 그녀는 우리를 위해 기도하고 있다고 하며, 마지막으로 우리가 수배된 벽보 한 장을 동봉했다.

우리는 두려움보다는 마치 사람들이 거울 속에 있는 자신의 모습을 들여다볼 때의 호기심과 적이 총구를 제대로 겨냥하고 있는지 알고 싶은 마음으로 그것을 펼쳤다.

앨런은 「아담한 체격에 얼굴에 마마 자국이 있고, 활동적인 서른다섯 살의 남자. 깃털 달린 모자를 쓰고, 주렁주렁 레이스가 달린 옷에 은단추를 단 푸른색의 프랑스 사이드 코트 위에 붉은 웨이스트 코트를 입었으며, 검은 털바지를 입고 있다」고 기술되어 있었다.

나는 「약 열여덟 살 정도 되며, 키가 크고 건장한 소년으로, 매우 낡은 푸른 코트, 구식 하일랜드 보닛, 손뜨게질한 긴 웨이스트 코트, 푸른색 바지를 입고, 맨발에 저지대 신발 (아랫쪽 저지대 지방에서 주로 신는 신발로 로랜드에서 주로 신는 신발)을 신고 있으며, 로랜드 말투를 사용하며 수염이 없다」고 적혀 있었다.

앨런은 자신의 멋진 복장을 상세히 기술해놓은 것을 보고 만족스러워하는 것 같았다. 벽보 속의 나는 매우 비참한 인물로 묘사되어 있다는 느낌이 들었다. 하지만 그와 동시에 안도감이 들었다. 나는 이미 그 누더기를 모두 벗어버리고 다른 옷으로 갈아입고 있었기 때문이다. 벽보에 묘사된 것 때문에 위험해졌다기보다 오히려 안전을 보증 받은 것 같은 기분이 들었다.

"당신도 옷을 바꾸어 입어야 해요." 내가 말했다.

"아, 어쩐다? 사실은 다른 옷이 없어서 말이야. 한데 난 이런 차림으로 모자를 쓰고 프랑스에 돌아가고 싶어."

나는 다시 생각에 잠겼다.

'안전을 위해서는 앨런과 헤어져야 한다. 그래야 쇼스 저택과 작은아버지와 내 문제를 해결하는 일에 집중할 수가 있다. 게다가 혼자라면 붙잡힌다고 해도 크게 불리한 증거가 없다. 하지만 살인자라는 소문이 자자한 앨런과 동행하다가 붙잡히게 되면 내 문제는 걷잡을 수 없이 심각해질 것이다.'

나는 이런 사실을 감히 입 밖에 내뱉지는 못했지만 계속 생각하고 있었다.

내가 그런 생각에 잠겨 있었을 때, 소작인이 금화 4기니와 얼마간의 동전이 든 초록색 지갑을 내밀었다. 사실 그 돈은 내가 가진 돈보다 큰 액수였다. 그러나 앨런은 5기니도 채 안 되는 돈으로 먼 프랑스까지 가야 했다. 내가 가진 돈은 2기니도 되지 않았지만 목적지가 퀸스페리를 넘지 않았다. 앨런의 존재는 내 목숨에 위협이 될 뿐만 아니라 내 지갑에도 엄청난 부담을 주었다.

그러나 내 동료의 단순한 머리는 나처럼 복잡한 생각이나 계산을 하지 않는 것 같았다. 그는 그저 단순하게 내게 도움이 되고 있고, 날 돕고 있으며, 날 보호하고 있다고 믿고 있었다.

"넉넉한 돈은 아니지만 나머지는 우리가 알아서 해야죠." 앨런이 지갑을 호주머니 속에 넣으면서 말했다. "존 브렉, 이제 내 단추만 주면 이 신사와 내가 길을 떠날까 하는데요."

그러나 그 소작인은 이상하게 눈을 굴리기 시작하더니

202

마침내 전혀 이해하기 어려운 영어로 이렇게 말했다. "없어…… 없어……." 결국 이 말은 자신이 그것을 잃어버렸다는 말이었다.

"뭐라고요!" 앨런이 소리쳤다. "내 단추를 잃어버렸다고요? 내 아버지의 단추를? 세상에, 이런 끔찍한 일이 일어나다니! 정말이오?"

앨런이 그렇게 말하며 손을 무릎 위에 올려놓고 입으로는 미소를 지었지만 눈에는 사나운 불을 켜고 소작인을 바라보았다. 그것은 적에게 해를 입힐 때 하는 행동이었다.

어쩌면 소작인은 정직한 사람이었을 것이다. 단지 한순간 속이려고 했지만 황량하고 외진 곳에 우리 두 사람과 자신만 있는 것을 알고 안전을 위해 다시 정직함을 되찾았을 것이다. 갑자기 그는 단추를 찾다가 발견한 것 같은 시늉을 하더니, 반짝이는 은단추를 앨런에게 돌려주었다.

"맥콜가의 명예를 위해 잘 하셨습니다." 앨런이 말했다. 그리고 그는 내게 말했다. "자, 여기 단추 다시 돌려줄게. 빌려줘서 고마워. 이건 우정의 정표야."

그리고 그는 소작인과 더없이 따뜻한 이별의 인사를 했다.

"정말 수고했어요. 나를 위해 이렇게 목숨을 걸고 임무를 완수해주셨으니……. 언제까지나 좋은 사람으로 기억하겠어요."

그 말을 끝으로 앨런과 나는 소작인을 보내고 다음 목적
지를 향해 발걸음을 옮겼다.

죽음의 도주 21

열한 시간 이상 쉬지 않고 걷는 강행군을 한 결과 우리는 새벽녘에 산맥의 끝자락에 도달했다. 우리의 앞에는 사막 같은 황무지가 낮게 펼쳐져 있었다. 우리는 그곳을 가로질러 가야만 했다. 해가 서서히 떠오르면서 매우 옅은 안개가 무어랜드 정면에서부터 연기처럼 피어오르고 있었다.

우리는 안개가 사라질 때까지 움푹한 골짜기에 앉아 허기를 달래면서 앞으로 전진해야 할 루트에 대해 의논했다.

"데이비드, 밤이 올 때까지 여기 누워 있을까? 아니면 위험을 각오하고 계속 걸어갈까?" 앨런이 말했다.

"오! 난 정말이지 너무 지쳤어요. 하지만 다시 걸어야 한다면 걸어야죠." 내가 말했다.

"한데 문제가 있어. 남쪽이 캠벨 땅이야. 그러니 그쪽을 지나간다는 것은 생각도 할 수 없어. 북쪽으로 가면 얻을 게 없어. 퀸스페리로 가야 하는 너에게도, 프랑스로 가야 하는 나에게도."

"그럼 동쪽은 어때요?" 내가 말했다.

"동쪽도 만만치 않아. 붉은 코트는 언덕 위에서 수마일 밖까지 내려다볼 수 있는데, 우리는 발가벗겨진 채 아무 보호막도 없는 평지에 내던져진 꼴이니 말이야……. 역시 별로야. 밤보다 낮이 더 나쁜 것은 말할 것도 없고."

"우린 돈이 얼마 남지 않았어요. 먹을 것도 없고요. 시간이 지연되면 될수록 그들은 우리 쪽으로 점점 더 가까이 접근할 거예요. 그러니 정말 위험해요. 붙들릴 때 붙들리더라도 그쪽으로 가요."

순간 앨런의 표정이 밝아졌다.

"넌 나 같은 신사가 동행하기에 보통 까다로운 아이가 아니구나."

안개가 사라지면서 모습을 드러낸 그곳은 말 그대로 개간되지 않은 황무지였다. 동쪽 먼 곳을 보니 사슴 떼들이 움직이는 점처럼 보였고, 숲의 많은 부분이 히스 관목 때문인지 붉은 색깔을 띠고 있었다. 그 주위에는 마치 삐쩍 마른 갈비뼈처럼 서 있는 죽은 전나무 숲이 있었다. 그 어디에도 사람의 흔적이라곤 찾을 수가 없었다. 최소한 붉은 코트조차 없는 것 같았다. 그래서 그곳은 우리의 목적지 아닌 목적지가 되었다.

우리는 서로의 합의에 따라 황무지로 내려갔고, 동쪽 경계선을 향해 고된 행군을 시작했다. 사방에 정찰이 가능한 산꼭대기가 있었기에 조그마한 실수만 있어도 한 순간 발각될 수가 있었다. 황무지의 움푹 팬 부분은 어느 정도 몸을 숨겨주었다. 우리는 매우 조심스럽게 이동했다. 하나의 히스 덤불에서 다른 곳으로 이동할 때는 마치 사냥꾼들이 사슴을 쫓을 때 하는 것처럼 포복자세로 기어갔다.

다시 작열하는 태양이 머리 위로 내리쬐기 시작했다. 브랜디 병의 물은 이미 동이 나 있었다. 포복자세로 기어가다가 다시 허리를 반쯤 굽히고 가기를 여러 번 반복했다. 그것이 얼마나 고단한 것인지 미리 알았더라면 나는 죽어도 못하겠다고 꽁무니를 뺐을 것이었다.

힘겨운 전진을 계속하고 나자 오전 중에 녹초가 되었다. 정오경에 우리는 무성한 히스 덤불 깊숙한 곳에 몸을 던져 잠을 청했다. 앨런이 먼저 보초를 섰다. 얼마 후 그가 나를 흔들어 깨웠는데, 마치 내가 눈을 감기가 무섭게 일어난 것 같은 느낌이 들었다.

우리에겐 시계가 없었으므로, 앨런이 히스 가지를 땅에

꽂아놓았다. 그는 그 그림자가 동쪽으로 길게 뻗었을 때 자신을 깨우라고 했다. 그러나 나는 너무 지쳐 있었기 때문에 12시간을 계속해서 자버리고 말았다. 목구멍으로 잠의 달콤한 맛이 생생하게 느껴질 정도였다. 히스 덤불의 매콤한 냄새와 야생벌들이 윙윙거리는 소리까지도 달콤했다. 가끔씩 나는 벌떡 일어났으나 그것조차도 수면 상태에서의 일이었다.

그러다가 한 순간 나는 벌떡 일어나 반사적으로 히스 가지를 보았다. 그러고는 비명을 질렀다. 내가 나의 믿음을 배반하고 만 것이다. 나는 두렵고 수치스러운 생각이 들었다. 깜짝 놀란 나는 주변의 황무지를 둘러보았다. 그런데 눈에 띈 어떤 광경을 보고 심장이 멎는 것 같았다. 기병대가 우리가 자는 동안 우리 쪽으로 많이 접근해 있었다. 그들은 말을 탄 채 남동쪽에서 부채꼴 모양의 대열로 히스 덤불을 샅샅이 수색하며 다가오고 있었다.

내가 앨런을 깨웠을 때, 그 역시 먼저 주변부터 살폈다. 그리고 금세 병사들을 발견했다. 연이어 그는 태양의 위치를 보고 걱정스럽고도 사나운 표정으로 이맛살을 찌푸렸다. 나에 대한 질책의 표시였다.

"이제 어떻게 해요?" 내가 물었다.

"산토끼가 되는 수밖에 없지." 그가 말했다.

"산이 보이지?" 그가 북동쪽으로 손가락을 가리키며 물었다.

"네." 내가 대답했다.

"저곳으로 직행하는 거야. 산 이름은 벤 알더야. 언덕과 계곡이 계속되는 거칠고 황량한 산이야. 동이 트기 전까지 저곳에 무사히 도달할 수만 있다면 기회는 있어."

"하지만 앨런, 자칫 잘못하면 붉은 병사들과 마주칠 수도 있어요!"

"나도 알아. 하지만 에핀으로 후퇴하면 완전히 독 안에 든 쥐 꼴이 돼. 그렇게 되면 우리 두 사람은 죽은 목숨이라고 할 수 있지. 힘내자고!"

그 말과 함께 그는 손과 무릎을 이용해 믿을 수 없을 정도로 빠른 속도로 기어가기 시작했다. 그리고 그는 몸을 숨기기에 좋은 낮은 곳에 이르자 지그재그로 이동했다. 나는 그를 뒤따랐다. 황무지는 일부가 불에 타 훼손되어 있었다. 포복 자세를 취하자 얼굴 바로 앞에서 날리는 바닥의 미세한 먼지와 연기 때문에 숨쉬기가 매우 힘들었다. 물은 동이 난 지 이미 오래였다. 다리가 아닌 손과 무릎으로 이동하는 것은 말할 수 없이 힘겹고 고통스러운 일이었다. 우리는 완전히 초죽음 상태가 되었다. 얼마 안 있어 관절에 통증이 왔고, 손목이 몸무게에 눌려 힘이 없어졌다.

가끔씩 우리는 히스 덤불에 몸을 던지고 숨을 헐떡였다. 그리고 나뭇잎들 사이로 붉은 병사들의 동태를 살폈다. 그들은 아직 우리의 존재를 알아차리지 못한 것 같았다. 그들이 대열을 조금도 흐뜨리지 않고 올라오고 있었기 때문이다. 때맞추어 일어난 것만 해도 천만 다행이었다. 조금만 늦었어도 적들의 바로 눈앞에서 도망치는 불운을 당했을 것이었다. 가끔씩 뇌조가 지척에서 날개를 퍼덕거리며 날아오를 때면 우리는 죽은 듯이 누워 숨조차 쉴 수 없었다.

　온몸의 통증과 심장의 헐떡임, 손바닥의 견딜 수 없는 쓰라림, 목구멍의 통증, 끝없이 눈앞에 날리는 먼지와 잿가루 때문에 참을 수 없을 지경에 이르자 나는 모든 걸 다 포기하고 주저앉고 싶었다.

　앨런의 코트는 처음에는 선명한 붉은 색이었지만 시간이 지나자 퇴색한 붉은 색으로 변하기 시작했다. 그 역시 목구멍까지 숨이 차서 잠시 멈추며 내 귀에 뭔가를 속삭였는데, 그것은 인간의 말처럼 들리지 않았다. 하지만 그는 결코 낙담하지도 않았고, 움직임이 위축되지도 않았다. 그의 인내력은 정말 경탄을 자아내게 했다.

　마침내 땅거미가 깔리기 시작하자 트럼펫 소리가 들렸다. 히스 덤불 속에서 그들의 동정을 살피자 병사들이 한 장소에 집합하기 시작하는 모습이 보였다. 조금 후에 그들은 황무지 중앙에 불을 피우고 텐트를 쳤다.

그것을 본 나는 앨런에게 잠을 좀 자자고 간청했다.

"잠을 자자고? 이렇게 좋은 밤에? 안 돼!" 앨런이 말했다.
"이제는 지친 기병대들이 에핀을 완전히 포위할 거야. 벌레
한 마리도 빠져나가지 못하도록. 우리는 아슬아슬하게 벗어
났어. 이제야 겨우 위기에서 벗어났는데 다시 위험에 빠지
고 싶어? 절대 안 돼. 날이 밝을 때면 벤 알더에 도착해 있어
야 해."

"앨런, 단지 의지가 부족해서 이러는 게 아니에요. 힘이
없어요. 할 수 있다면 하죠. 하지만 난 지금 죽을힘도 없단
말예요."

"정 안 되면 내 등에 업혀서라도 가야 해."

난 그것이 그가 진심으로 하는 말일까 하는 의구심을 갖
고 그를 바라보았다. 하지만 농담이 아니었다. 이 작은 남자
의 열정은 거의 초인적이었다. 그리고 그것이 나를 부끄럽
게 만들었다.

"알았어요! 갈게요." 내가 말했다.

그는 '잘 생각했어, 데이비드!' 라고 눈으로 말하며 나를
지그시 바라보고는 전속력으로 발걸음을 옮기기 시작했다.

밤이 되자 날씨는 더욱 서늘해졌다. 하늘에는 구름 한 점
없었다. 여전히 7월 초였지만 촉촉한 이슬이 비처럼 숲 속

을 적시고 있었다. 촉촉한 이슬은 잠시 동안 정신을 상쾌하게 만들었다. 우리는 숨을 고르기 위해 다시 멈추어 사방을 둘러보았다. 황무지 중앙에 있던 불이 마치 점처럼 점점 약해져갔다. 그것을 보자 나는 갑자기 이렇게 끌려가듯이 그를 따라 가야 한다는 것과 벌레처럼 먼지를 먹어야 한다는 생각에 분노가 치밀어 오르는 것을 느꼈다.

그러나 나는 끓어오르는 분노를 목구멍으로 삼키고 다시 걷기 시작했다. 시간이 얼마나 흘렀을까, 조금씩 동이 터 오고 있었다. 우리는 아무 말도 하지 않았다. 각자 입을 다물고 앞만 바라보고 기계적으로 발걸음을 옮겼다.

동쪽에서 해가 떠오르기 시작했다. 우리는 히스 구릉을 따라가고 있었다. 앨런이 앞서가고 내가 몇 발짝 뒤에서 따라가고 있었다. 그때였다. 갑자기 히스 숲에서 바스락거리는 소리가 나면서 복면을 한 남자 서너 명이 튀어나왔다. 다음 순간 우리 목 앞에 단도가 겨누어졌다.

그들에게 거칠게 휘어잡히는 고통은 그동안 겪었던 힘든 과정에 비하면 차라리 편안했다. 나는 힘겹게 걷는 것을 중단하는 것만으로도 만족한 나머지 단도 같은 것은 전혀 무섭지가 않았다. 복면을 한 사람은 검은색 얼굴에 눈이 게슴츠레했지만 그런 것은 조금도 두렵지 않았다.

앨런이 파수병 하나와 게일어로 이야기하는 소리가 들렸다.

이야기가 끝나자 단도가 치워지면서 우리의 무기가 모두 압수되었다. 우리는 히스 덤불 속에 얼굴을 마주 보며 앉아 있어야 했다.

"클루니의 부하들이야." 앨런이 말했다. "어쩌면 불행 중 다행일지도 몰라. 한 사람이 대장에게 보고하러 갔으니까 여기서 외곽 보초병들과 기다리면 돼."

클루니 맥퍼슨은 6년 전에 일어난 대반역 사태의 리더 중 하나였다. 그의 목숨에는 여전히 현상금이 걸려 있었다. 나는 그가 오래 전에 프랑스로 건너갔을 것이라고 생각하고 있었다. 피곤해서 죽을 것 같은 와중에도 그의 이름을 들으니 정신이 화들짝 났다.

"뭐라고요?" 내가 소리쳤다. "클루니가 아직 여기에 있나요?"

"응, 그래!" 앨런이 말했다. "아직 자기 나라 땅에 있어. 조지왕도 더 이상 손을 못 써."

나는 더 물어보려고 했지만 앨런이 알 수 없는 핑계를 댔다. "피곤해서 죽을 지경이야. 잠을 좀 자두는 게 낫겠어." 그가 말했다.

그는 울창한 히스 덤불에 얼굴을 파묻고 즉시 잠에 곯아

떨어졌다.

그러나 나는 그렇게 되지 않았다. 사방이 한여름의 풀숲에서 뛰노는 메뚜기들로 들끓었다. 내가 눈을 감자마자 내 눈이, 몸이, 배가, 손목이 온통 메뚜기 떼로 뒤덮였다. 나는 눈을 떴고, 다시 일어났다가 앉았다. 그리고 다시 누웠다. 눈을 들자 눈부신 하늘과 우리를 내려다보면서 게일어로 잡담을 하고 있는 거칠고 지저분한 보초병들이 보였다. 얼마 후 보고하러 간 파수병이 돌아왔다.

클루니가 우리를 은신처로 받아들이겠다고 한 것 같았다. 우리는 다시 몸을 일으켜 출발했다. 앨런은 온몸에 활력이 넘쳐흘렀다. 깊은 숙면을 취하고 일어나 기력을 회복한 탓도 있었고, 허기진 배를 채워줄 상대를 만났기 때문에 그런 것 같기도 했다. 하지만 나는 먹는다는 생각을 하는 것만으로도 구토증이 났다.

조금 전만 해도 내 몸이 천근같이 무겁다는 느낌이 들었는데, 이제는 놀라울 정도로 가벼워져서 공중에 떠 있는 것같았다. 마치 땅이 구름처럼 느껴졌다. 그러자 어느 순간 공포스런 절망감이 나를 엄습했다. 나는 무기력해진 나 자신을 생각하자 눈물이 났다.

앨런이 미간을 찌푸리는 모습이 보였다. 나는 그가 내게 화를 냈다고 생각했다. 그것은 내게 두려움을 느끼게 했다.

그래서 그에게 미소를 지어보이려고 했다. 하지만 미소를 짓는 것도 우스꽝스러워 평상시의 모습으로 돌아가려 했으나 그것도 마음대로 되지 않았다. 다음 순간 두 명의 심복이 내 팔을 부축했다. 순간 대단한 속력으로 앞으로 끌려가고 있었다.

22 클루니의 본부

　우리는 마침내 가파른 숲의 기슭에 도착했다. 그곳을 올라가는 길은 바위투성이의 언덕 비탈이었고, 그 꼭대기에는 낭떠러지가 있었다.

　"여기예요." 그의 심복들 중 한 명이 대답했다. 우리는 언덕을 올라갔다.

　나무들이 비탈면에 다닥다닥 붙어 있었고, 나뭇가지가 마치 사다리처럼 뻗어 있었다. 우리는 나뭇가지를 붙잡고 사다리처럼 타고 올라갔다.

　우리가 '클루니의 본부'로 유명한 생소하고도 이상한 거처에 도착했을 때, 도저히 방향 감각을 잡을 수가 없었다. 그만큼 그곳은 철저하게 위장되어 있는 곳이었다. 언덕 비탈에서 무성하게 뻗은 나무가 지붕의 중앙 대들보 역할을 하고 있었다. 엉겨 있는 가지 사이에는 온통 이끼로 덮여 있었는데, 그것이 바로 벽이었으며, 집 전체가 달걀 모양을 하고 있었다. 집의 절반은 매달린 형상이고, 절반은 비탈진 면에 붙어 있었는데, 마치 푸른 산사나무 수풀 속에 있는 말벌의 둥지 같았다.

그 둥지의 안쪽에는 대여섯 명이 어느 정도 편안하게 거동해도 될 정도로 넓은 공간이 있었다. 또한 절벽의 돌출부는 난로의 굴뚝으로 사용할 수 있도록 교묘하게 잘려져 있었는데, 그곳은 연기가 피어올라도 쉽게 발각되지 않을 정도로 바위 색과 비슷했다.

이곳은 클루니의 여러 은신처 중의 한 곳이었다. 그 외에도 그는 몇 개의 동굴뿐만 아니라 지하굴도 가지고 있었다. 그는 병사들이 근처에 나타났다거나 사라졌다는 정찰병의 보고가 들어오면 수시로 이곳저곳으로 옮겨 다녔다. 이런 독특한 도주 방식과 친족의 애정 어린 보호 덕분에 그는 수많은 다른 리더들이 불운을 겪고 있는 중에도 비교적 안전하게 5년여 이상을 버티고 있었다.

우리가 문으로 다가가자 그는 바위 굴뚝에 앉아 요리를 하는 종복을 바라보고 있었다. 비록 귀를 덮는 오래 된 편물 나이트캡을 쓴 평범한 차림에 파이프 담배를 피우고 있었지만 그에게서는 왕족 특유의 근엄한 품위가 풍겨져 나오고 있었다. 그는 우리를 보자 환영하기 위해 자리에서 일어섰다.

"스튜어트 씨, 어서 오시오! 그런데 이 어린 청년은 누구신지……?"

"어떻게 지냈습니까? 여기 이 친구는 쇼스 가문의 지주인 데이비드 벨포입니다."

나와 단둘이 있을 때의 앨런은 나의 유산 상속에 관한 이야기를 할 때면 언제나 냉소를 띠고 있었다. 그러나 낯선 사람에게 이야기할 때는 마치 선전 포고를 하듯이 말했다.

"두 분 진심으로 환영하오! 안으로 들어갑시다." 클루니가 말했다. "이곳은 어찌 보면 기이하고 무례하게 보일지 모르지만 왕가의 사람이라면 즐겁게 지낼 수 있는 곳이지오. 스튜어트 씨! 자, 술을 한 잔씩 곁들이면서 식사를 한 후 저 사람들처럼 카드놀이나 할까요? 이곳은 좀 건조하다오." 그는 브랜디를 잔에 따르며 말했다.

"자, 건배를 합시다. 조지 왕의 몰락과 우리 왕조의 복권을 위하여!"

우리는 건배를 한 후 브랜디를 마셨다. 나는 조지 왕에게 나쁜 일이 생기지 않기만을 바랄 뿐이었다. 나는 술을 마시자 마음이 진정되고 긴장이 다소 풀리는 것을 느꼈다. 앨런은 클루니가 왜 이런 절벽에서 이렇게 외로운 생활을 하는지 설명했다. 그는 의회 칙령으로 왕족으로서의 법적 권한을 모두 다 빼앗겼음에도 불구하고 여전히 일족들에게 강한 영향력을 행사하고 있다고 했다.

클루니는 우리를 즐겁게 해주기 위해 하일랜드인들이 왕으로 받드는 찰스 에드워드 스튜어트가 이곳에 머물렀던 이야기를 했다. 그의 말을 듣고 느낀 것은 찰스 스튜어트 왕자는 모든 왕실 가문의 아들들이 그렇듯 기품 있고 혈기왕성한 사람일지는 모르지만 솔로몬처럼 현명하다는 느낌을 받지는 못했다. 그리고 클루니는 그가 그곳에 머물면서 술을 지나치게 많이 마셨다고 했는데, 내 생각에는 그것이 왕자를 파멸시킨 오점으로 보였다.

그러나 그들의 이런저런 설명에도 불구하고 클루니의 은신처뿐만 아니라 그 자신도 매우 이상한 사람이라는 인상을 받았다. 그는 오랜 은둔 생활을 해서인지 모든 일에 능숙한 노처녀들처럼 팔방미인이었다. 다시 말해 그는 그곳에 자신 외에는 그 누구도 감히 접근할 수 없는 지정석을 가지고 있을 정도로 높은 지위에 있으면서도 즐겁게 요리하는 취미를 가지고 있었는데, 그것이 나의 눈에는 참으로 아이러니컬해 보였다.

첫쨋날, 우리가 식사를 끝내자마자 그는 저급한 여인숙에서 흔히 하는 것처럼 오래 되어 기름때가 덕지덕지 묻은 카드 꾸러미를 꺼냈는데, 그는 카드놀이에 대한 기대감으로 눈빛을 반짝였다.

나는 어릴 때 내 아버지로부터 세상에 이름을 남기고 싶은 남자라면 카드놀이는 도박이니 삼가는 것이 좋다는 가르침을 받았던 것을 기억했다. 그래서인지 카드놀이를 하고 싶은 마음이 전혀 생기지 않았다. 나는 몸이 아프다는 핑계를 대고 카드놀이에 불참했다. 그러자 클루니가 카드를 섞는 일을 잠시 멈추고 언짢은 표정으로 나를 바라보았다. 앨런이 얼른 나서서 내가 다른 뜻이 있어서 그런 것이 아니라 지금 너무 지쳐 있는 상태라 잠이 필요한 것뿐이라고 설명했다. 그래서 내가 몇 마디 더 덧붙이려고 입을 열었을 때 클루니가 말을 막았다.

"됐네…… 됐어. 더 이상 듣기 싫네……." 그러고는 내키지 않는 어투로 내게 은신처 한쪽 모퉁이의 히스로 만들어진 침대를 가리켰다.

내 몸은 그곳에 닿기가 무섭게 반 혼수상태에 빠져들었다. 이후 나는 그 은신처에 머물러 있던 거의 내내 잠에 빠져 지냈다. 때로는 의식이 반쯤 들어 뭔가가 지나가는 소리를 들은 것 같기도 하고, 사람들의 대화 소리, 강물 소리, 코고는 소리를 들은 것 같기도 했다. 그러나 악몽 같은 것을 꾸지는 않았다.

클루니의 이발 담당자가 내가 얼마나 아픈지 살펴보기 위해 불려왔다. 그는 내게 게일어로 말을 시켰는데, 나는 온몸의 통증 때문에 통역을 요청할 기운조차 없었다. 내가 말할 수 있는 것은 견딜 수 없이 아프다는 것뿐이었다.

내가 그렇게 누워 있는 동안 다른 것에는 거의 신경을 쓰지 못했다. 앨런과 클루니는 카드 놀이를 하며 대부분의 시간을 보내는 것 같았다. 얼핏 정신이 들었을 때 보니 앨런이 돈을 따고 있는 것처럼 보였다. 반짝이는 금화가 앨런 쪽에 한 무더기 놓인 것을 보고, 그 와중에도 이런 조잡한 소굴에 그런 큰 돈이 있다는 것이 비현실적으로 느껴졌다.

그런데 이튿날은 판세가 역전된 것처럼 보였다. 정오 무렵 식사를 하라고 깨워서 일어나긴 했지만 입맛이 없어 식사를 거부하자 이발사가 처방해준 것이라며 쓴 액체가 섞인 술을 마시라고 했다.

그때 클루니가 테이블에서 카드를 만지고 있었다. 그러자 앨런이 침대로 와서 내게 몸을 숙이고는 자신의 얼굴을 갖다 대며 말했다.

"돈 좀 빌려줘."

"왜요?" 내가 물었다.

"그냥 좀 빌려줘." 그가 말했다.

"뭘 하려고요?" 내가 다시 물었다.

"제발, 데이비드! 설마 돈을 빌려주기 싫은 건 아니겠지?"

내가 의식이 있다면 생각해볼 문제였지만 그 순간에는 그가 성가시다는 생각밖에 없었다. 그래서 나는 그에게 수중에 있는 돈을 모두 꺼내주었다.

삼 일째 되는 날 아침이었다. 그제야 나는 정상적인 컨디션을 회복했다. 아직도 힘이 없고 지쳐 있긴 했지만 모든 것이 정상적으로 보이고 들리기 시작했다. 나는 오랜만에 허기를 느끼고 침대에서 일어나 몸을 움직였다.

그러고는 아침을 먹자마자 밖으로 나가 산마루의 꼭대기 위로 올라갔다. 하늘은 잔뜩 찌푸려져 있었고, 날씨는 서늘했다. 나는 꿈을 꾸듯이 멍하게 앉아 있었다. 그러다 부산한 소리에 정신을 차리고 바라보니 식량과 소식을 가지고 지나가는 클루니의 파수병들과 하인들이 보였다.

나는 그들을 따라 들어갔다. 클루니와 앨런이 카드를 한쪽으로 밀어놓고, 종복에게 질문을 하고 있었다. 그 종복이 몸을 돌려 게일어로 내게 말했다.

"나는 게일어를 몰라요." 내가 말했다.

카드 문제 이후 내가 말하고 행동하는 모든 것이 클루니를 화나게 했다.

그러자 클루니가 대답했다.

"파수병들 말이 남쪽은 지금 병사들이 다 철수했다고 하는데, 문제는 네가 걸어갈 힘이 있느냐는 거야."

나는 테이블의 카드를 바라보았다. 그러나 금화는 자취도 없었다. 모든 것이 클루니 쪽에 있었다. 이때 앨런은 뭔가 석연치 않은 표정을 짓고 있었다. 그제야 나는 강한 불안감이 들기 시작했다.

"돈은? 돈 모두 어딨어요? 돈은 우리에게 생명과 같은 것인데……."

"데이비드, 다 잃었어."

"내 돈도?" 내가 말했다.

"네 돈도 모두." 앨런이 신음하듯이 말했다. "그 돈 나한테 주지 말았어야 했어. 난 카드만 하면 정신을 못 차리는데……."

나는 그의 말을 믿을 수가 없었다. 마치 잠을 자면서 꿈을 꾸고 있는 것 같았다. 생명줄과도 같은 돈이 사라져버렸기 때문이다. 나는 주먹을 불끈 쥐고 얼굴을 붉혔다.

'이 낯선 지방에서 돈 한 푼 없이 뭘 할 수가 있단 말인가? 아! 빈털터리로 어떻게 로랜드까지 간단 말인가! 변호사를 만나 에베네저 저택까지 가기도 전에 굶어 죽지나 않을까?'

온갖 불길한 상상이 눈앞을 가렸다. 나는 클루니에게 감히 돈을 돌려달라고 말을 할 용기가 생기지는 않았다. 대신 갈수록 앨런에 대한 분노가 커져갔다. 나는 앨런이 무슨 말을 걸어오건 입을 완전히 닫아 걸었다.

분 열 *23*

우리는 다시 길을 떠났다. 앨런이 붉은 여우의 죽음과 관
련되어 있다는 소문이 클루니에게도 전해진 것처럼 보였다.
앨런은 자신이 한 일이 아니라고 말했지만 클루니는 그것에
아랑곳없이 그가 관련된 것으로 판단하는 듯했다. 그리고
그는 붉은 병사들이 철수되었다는 전갈을 받고 내게 갈 수
있겠느냐고 물어보던 날 우리를 보내주었다.

그는 나에 대한 반감에도 불구하고 카드로 딴 돈을 도로
돌려주었다. 그는 나와 정치적 견해가 달라 거북함이 있었
지만 그의 관대함이 고맙기 그지없었다.

그의 은신처 종복들 중 하나가 우리의 짐을 들고 우리를
안내해주었다. 오랜만에 짐이 없이 걸어가자 말할 수 없이

홀가분했다. 이 안도감과 자유와 가뿐한 느낌이 없었더라면 나는 더 이상 걷지 못했을 것이다. 나는 병석에서 막 일어난 사람이나 다름이 없었다.

오랫동안 우리는 아무 말 없이 걷기만 했다. 나란히 걸을 때도 있었고, 서로 앞서거니 뒤서거니 할 때도 있었다. 우리는 둘 다 침통한 얼굴로 걷고 있었다. 나는 화가 나 있었고, 앨런은 내 돈을 잃은 것에 대한 수치심에다 내가 그 문제로 속상해하는 것 때문에 화가 나 있었다.

'결별'이란 말이 내 머릿속에 강렬하게 자리잡기 시작했다. 내가 그것에 동의하면 할수록 그것에 대한 수치심이 점점 더 커졌다. 만약 앨런이 먼저 내게 이렇게 말하기라도 했다면 정말이지 멋지고 관대해보였을 것이다.

'가거라! 내가 위험하니 나와 동행하면 너까지 위험해진다.'

그렇다고 내가 이렇게 말할 수는 없는 노릇이었다.

'당신은 매우 위험한 상황에 있지만 저는 그렇지 않아요. 아, 당신과의 우정은 너무나 짐스러워요. 우리 앞에 놓인 위험과 고난은 당신이 감당하세요.'

사실 내가 이런 생각을 하는 것만으로도 두 뺨이 붉게 달아올랐다.

클루니의 은신처에서 앨런이 한 행동은 그야말로 아이

같았다. 솔직히 말하면 어디로 튈 지 알 수 없는 아이나 다를 바가 없었다. 내가 의식불명 상태에 빠져 있는 동안 그가 감언이설로 내 돈을 가져간 것은 도둑질보다 더 나을 것이 없었다. 그리고 그는 내 옆에서 한 푼 없는 빈털터리가 되어 터벅터벅 걸어가고 있었다. 물론 나는 내 돈을 그와 나누어 쓸 생각이었다. 그러나 그가 그것을 너무나 당연하게 받아들이는 것은 화가 났다.

이런 생각이 내 머릿속을 지배하는 상황에서 내가 입을 열면 그에게 싫은 소리를 할 것이 너무나 뻔했기 때문에 나는 그에게 아무 말도 하지 않았고, 그쪽으로는 눈길조차 돌리지 않았다.

마침내 락 에로츠의 맞은편에 비교적 평탄하고 골풀이 많아 걷기가 편안한 길에 접어들었을 때 앨런은 더 이상 참지 못하고 내게 다가왔다.

"데이비드, 계속 이렇게 갈 수는 없어. 사과하고 싶어. 미안해! 자, 너도 마음속에 담아둔 말이 있으면 해."

"할 말 없어요." 내가 말했다.

그는 내 앞에서 쩔쩔맸다. 그러자 나는 기분이 조금 풀렸다.

"아니, 내가 그렇게 심하게 비난받을 짓을 했어?"

"물론 그랬지요. 하지만 난 비난한 적 없어요."

"그래, 하지만 넌 자신이 더 나쁘다는 걸 모르는 모양이지? 나와 결별하고 싶은 마음 다 알아. 넌 전에도 그 이야기를 한 적이 있어. 또다시 그 이야기를 할 작정이야? 데이비드, 나도 내가 원치 않는 곳에 머물고 싶은 마음은 없어."

그의 말은 내 마음을 비수로 찌르는 것 같았고, 내 마음 속에서 행해진 은밀한 배신을 적나라하게 보여주는 것 같았다.

"앨런 브렉!" 내가 소리쳤다. "힘들다고 해서 내가 먼저 등을 돌릴 사람 같아보이나요? 내 면전에서 그렇게 함부로 말하지 말아요. 난 너무 지쳐 잠들어 있었을 뿐이에요. 한데 당신은 그것을 이용하여……."

"아니……." 앨런이 말했다.

"그게 아니더라도," 내가 말했다. "그런 억측으로 날 몰아붙이지 말아요. 내가 어떻게 하란 말인가요? 난 지금껏 친구를 저버린 적이 없어요. 하지만 당신과 다시 시작할 수는 없을 것 같아요. 우리 사이에서 내가 절대로 잊을 수 없는 진실이 있어요. 당신은 그렇게 할 수 있을지 모르지만……."

"데이비드, 내가 말하고 싶은 것은 이거야. 난 네게 목숨과 돈을 빚지고 있어. 아무리 힘들어도 넌 내 짐을 덜어줘야 해."

그 말을 듣자 나는 나의 행동이 잘못됐다는 것을 느꼈다.

그래서 앨런뿐 아니라 나 자신에게도 화가 났다. 그런 감정은 나 자신을 좀 더 매정한 사람으로 만들었다.

"당신 말을 듣고 보니 모욕을 받은 느낌이에요. 하지만 난 당신을 비난한 적이 없어요. 당신이 직접 말하기 전에는 그 부분에 대해 입도 벙긋 하지 않았어요. 그런데 오히려 날 비난하는군요. 내가 모욕을 당한 것이 기쁜 것처럼 웃지도 않고, 노래를 부르지도 않는다는 이유로 말예요. 날더러 무릎을 꿇고 그것에 감사라도 하라는 거예요? 앨런 브렉, 제발 다른 사람도 좀 생각해줘요. 만약 다른 사람을 조금이라도 생각하는 마음이 있다면 자신에 대해 그런 식으로는 말하지 못할 거예요. 당신 친구가 말하고 싶지 않다면 그냥 두세요. 꼬챙이를 만들어 상대방 등을 찌르지 말고."

"됐어. 그만해!"

우리는 다시 예전처럼 침묵에 빠졌다. 하루가 거의 다 가고 있었으므로, 잠을 자기 위해 자리에 누워야 했지만 약속이라도 한 듯 한 마디도 하지 않았다.

그 종복은 다음날 땅거미가 깔릴 때 로몬드 호수를 가로질러 우리를 바래다주면서 우리에게 가장 좋은 루트를 알려주었다. 클루니 정찰병의 대장격인 그 종복은 모든 지역의 군사력을 일일이 언급하면서 어디에 가나 캠벨의 땅만큼은 어려움이 있을 것이라고 말했다.

우리는 이 이정표에 따라 출발했다. 3일 밤을 등골이 오싹해질 정도의 위험을 무릅쓰고 산등성이를 헤맸고, 거칠게 흘러가는 강줄기와 여러 번 마주쳤다. 뿐만 아니라 안개 속에 갇히기도 했고, 무섭게 쏟아지는 비를 만나기도 했다. 햇살이 제대로 나온 날이 거의 하루도 없었다.

우리는 낮이면 흠뻑 젖은 히스 덤불 속에서 잠을 잤고, 밤이면 가파른 언덕과 험한 바위산을 끝없이 올라가야 했다. 우리는 자주 길을 잃고, 왔던 길을 되돌아오기도 했다. 안개에 갇혀 꼼짝도 못할 때에는 날이 밝아올 때까지 조용히 누워 있어야 했다. 불을 피우는 것은 생각할 수도 없었다. 우리의 식사는 오트밀죽과 클루니의 은신처에서 가져온 차가운 고기가 전부였다. 다행히 물은 부족하지 않았다.

우리의 여정은 음울한 날씨와 지형의 복잡함으로 인해 한층 더 두렵고 끔찍했다. 온기가 있는 곳이라곤 어디에도 없었다. 내 치아는 추위가 주는 무서운 통증으로 끊임없이 맞부딪혔고, 작은 섬에서도 그랬듯이 목이 몹시 따가웠고 옆구리에 심한 통증이 왔다. 비에 젖은 채 진흙에서 스며나오는 축축한 잠자리에 누워 눈을 감을 때면 내 모험의 최악의 부분에 대한 환영이 다시 되살아나는 것 같았다.

번갯불에 비친 팬쇼 저택, 남자들의 등에 둘러매어져 오던 랜섬, 선실 바닥에서 죽어가던 슈안, 코트의 가슴을 부여

잡던 콜린 캠벨 등의 얼굴들이 계속 머리를 스쳐 지나갔다.

그런 환영에서 깨어날 때면 나도 모르게 신음을 하면서 벌떡 일어나 한동안 자고 있던 진흙밭에 앉아 있곤 했다. 그러고는 차가운 오트밀 죽을 들이켰다.

이런 미로를 걷는 것 같은 끔찍한 배회를 하고 있을 때에도 우리 두 사람 사이는 무서울 정도로 냉랭했다. 따라서 우리는 거의 말을 거의 하지 않았다. 그런 생활이 계속되자 나의 몸은 점점 쇠약해지고 있었는데, 허약한 몸은 말을 하지 않는 것에 대한 좋은 핑곗거리였다. 나는 태생적으로 쉽게 분노하는 성격은 아니었지만, 한번 화가 나면 쉽게 용서하지 못했고, 쉽게 잊지도 못하는 성격이었다. 나의 분노는 동료를 향한 것이기도 했지만 나 자신을 향한 것이기도 했다. 이틀 동안 그는 놀라울 정도로 내게 친절했다. 그는 말이 없었지만 내 분노가 사라지기를 인내심을 갖고 기다리며 언제든 나를 도와줄 태세를 갖추고 있었다.

두 번째 밤이었는지 세 번째 날의 새벽이었는지 확실히는 알 수 없지만 우리는 사방이 확 트인 언덕에 올라서 있었다. 우리가 은신처에 도착하기 전에 계속 비가 내렸음에도 불구하고 잿빛 하늘은 맑게 개어 있었다.

앨런이 내 얼굴을 바라보며 근심어린 표정을 지었다.

"짐은 나한테 맡기는 것이 좋을 것 같은데……."

그가 정찰병과 작별한 이후로 그 말을 한 것이 아홉 번째였다.

"고맙지만 나도 이런 것쯤은 들고 갈 수 있어요." 내가 쌀쌀맞게 말했다.

그러자 앨런의 표정이 어두워졌다.

"두 번 다시 그런 말을 하지 않을 거야. 나는 그렇게 참을성 있는 사람이 아니야, 데이비드!"

"나도 그렇게 해달라고 한 적이 없어요."

나는 열 살짜리 아이처럼 무례하고 바보 같은 대답을 했다.

앨런은 아무 대답도 하지 않았다. 그러나 그때부터 그의 말과 행동이 달라졌다. 그는 클루니의 은신처에서 있었던 일에 대해 자신을 완전히 용서한 사람 같았다. 그는 모자를 눌러쓰고, 멋들어진 걸음걸이로 휘파람을 불며 걷고 있었는데, 그것도 모자랐는지 나에게 약을 올리는 듯한 미소를 지으며 조롱하듯 바라보았다.

3일째 되던 날, 우리는 발퀴더 지방의 서쪽 끝부분을 통과할 예정이었다. 대기는 서리가 낄 정도 맑고 추웠다. 그리고 북풍은 구름을 몰아내고 똘망똘망한 별들을 나오게 했다.

물론 우리가 마주치는 급류는 한결같이 수위가 높았고, 언덕을 사이에 두고 거대하고 기괴한 소음을 만들어내고 있었다. 앨런이 급류에 대해 별다른 걱정을 하지 않는 것을 보니 여전히 정신은 온전하고 기운도 남아 있는 것처럼 보였다. 나는 급격한 기후 변화로 몸이 최악의 상태에 있었으며 너무 자주 진흙 속에 뒹굴다 보니 옷도 말이 아니었다. 게다가 극심한 체력 저하로 심한 구토증과 오한이 났다. 냉기가 뼛속 깊숙이 파고들었고, 바람 소리는 귀를 먹먹하게 했다.

"어이, 휘그!" 그는 나를 그렇게 불렀다. "이곳은 자네가 반드시 뛰어넘어야 할 곳이지. 휘그! 넌 잘 넘을 수 있을 거야. 나는 너를 잘 알거든."

그의 말투는 이렇게 변했다.

나는 그를 그렇게 만든 사람이 다른 사람이 아닌 나 자신이라는 것을 알았다. 하지만 지난날을 후회하기에는 나 자신이 너무나 비참했다. 나는 나 스스로를 이끌고 갈 수 있다고 자신했지만, 한편으로는 한계에 도달할 날이 머지않았다고 생각했다.

어쩌면 나는 머지않아 깊고 깊은 산속에서 양이나 여우처럼 죽게 될 것이고, 내 뼈는 짐승의 그것처럼 그곳에서 표백될 것만 같았다. 그런 상상을 하고 더 이상 살아 있기를 포기해버리자 내 머리는 한결 가벼워졌다. 순간 그토록 음울했던 미래의 전망이 달콤하게 느껴지기 시작했다. 이제 사막 한가운데에서 야생 독수리들에게 포위당한 채 죽어간다고 생각하자 오히려 영광스럽다고 여겨졌다.

내가 죽고 나면 틀림없이 앨런이 후회할 것이라고 생각했다. 내가 죽고 나서야 그는 자신이 얼마나 나에게 많은 빚을 졌는지 기억하게 될 것이고, 그 기억은 그에게 영원한 고문이 될 것이었다. 내 무릎이 조금 나아지기 시작하자 나는 그 에너지로 앨런에 대한 분노에 영양분을 공급하는 심술궂은 아이가 되어갔다. 그리고 앨런의 조롱에 나는 이렇게 애써 위안했다.

'허! 내가 죽고 나면 얼마나 타격을 받을까? 정말이지 통쾌한 복수야! 그때야 자신의 배은망덕과 잔인성이 후회가 될 거야.'

그러는 사이에 나의 몸은 점점 더 절망적인 상태가 되어갔다. 한번 쓰러지자 내 다리는 힘없이 구부러져 버렸고, 이것은 한동안 앨런에게 큰 타격을 주었다. 얼마 후 나는 다시 일어섰고, 예전의 모습을 되찾아 다시 출발했다. 그러나 그는 내 건강이 나쁘다는 사실을 잊고 있었다. 또다시 온몸에 열이 났고, 오한과 경련이 일었다. 옆구리의 통증도 참기 힘든 지경이 되어버렸다. 마침내 나는 더 이상 발걸음이 나아가지 않았다. 그와 함께 앨런과의 관계도 끝났다고 생각하고 마구 분노를 터뜨렸다. 드디어 내 삶을 끝내고 싶다는 생각이 들었다.

바로 그때 앨런이 나를 "휘기!"라고 불렀다. 나는 걸음을 멈추었다.

"스튜어트 씨." 나는 떨리는 목소리로 말했다. "당신은 나보다 나이가 더 많아요. 당신은 사람 사이의 기본적인 매너를 무엇 때문에 지켜야 하는지 알아야 해요. 저의 개인적 정치적인 성향을 가지고 그렇게 장난을 치고 싶은가요? 아니면 그것을 조크라고 생각하나요? 나는 타인과 정치적인 성향이 다르더라도 상대의 의견에 대해 신중하게 행동하는 것이 신사다운 것이라고 배웠어요."

앨런은 맞은편에서 손을 바지 호주머니에 찔러 넣은 채 걸음을 멈추고 옆눈으로 나를 바라보았다. 그는 여전히 악의 어린 미소를 짓고 있었다. 그리고 내가 말을 끝내자마자 자코바이트풍의 노래를 흥얼거리기 시작했다. 그것은 프레스턴 팬스 전투에서의 제너럴 코프의 패배를 조롱하는 곡이었다.

그러자 나는 그가 배에서 프레스턴 팬스에서 탈주했다고 말한 것을 기억했다. 그날 그는 여전히 영국 왕실 편에 있다는 사실을 상기시켰다.

"스튜어트씨 왜 도망다니죠?" 내가 물었다. "그건 당신이 *양쪽에서 졌다는 것을 의미하는 게 아닌가요?"

양쪽에서~ 캠벨에게도 지고 휘그에게도 졌다는 뜻임.

앨런의 입에서 흘러나오던 곡이 딱 멈췄다. "데이비드!" 그가 소리쳤다.

"당신의 그런 태도는 더 이상 참을 수가 없어요." 내가 계속 말을 이었다. "제가 존경하는 왕과 나의 캠벨 친구들에 대해 말할 때는 좀 공손해졌으면 해요."

"난 스튜어트야." 앨런이 말했다.

"당신이 왕족이란 건 잘 알아요. 하지만 당신이 명심해야 할 게 있어요. 제가 하일랜드에 들어온 이후로 그런 성을 가진 사람을 수없이 봤어요. 그들에 대해 제가 말해줄 수 있는 건 이거예요. 그들은 그저 그렇고 그런 사람들로, 그 이상도 이하도 아니라는 거요."

"네가 나를 모욕하고 있다는 걸 알고 있니?" 앨런이 나지막하게 말했다.

"그런 생각이 들게 했다면 미안해요. 하지만 전 당신을 모욕할 생각은 아니었어요. 만약 당신이 설교 듣는 것을 싫어한다면 이런 말은 더더구나 마음에 들지 않겠죠. 당신들은 들판에서 우리 휘그당 일파에게 쫓겼어요. 캠벨과 휘그들은 당신들을 순식간에 물리쳤죠. 당신들은 그들 앞에서 산토끼처럼 도망가야만 했죠. 그들은 당신들보다 훨씬 우위에 선 존재들이에요. 적어도 당신은 그것을 인정해야 마땅해요."

"한데 말이야······." 그가 말했다. "듣고 보니 그냥 넘길 수 없는 말이 있어."

"나도 준비가 됐어요. 당신만큼이나 철저히."

"준비라니?" 그가 말했다.

"준비가 됐다고요." 내가 반복했다. "덤벼요!" 내가 칼을 뽑으며 말했다.

나는 앨런이 가르쳐준 대로 방어 태세를 취했다.

"데이비드!" 그가 소리쳤다. "너 미쳤어? 내가 너를 상대로 칼싸움을 하라고? 그건 살인이나 다를 바 없어."

"그건 내가 알 바 아니에요. 당신은 날 모욕했어요." 내가 말했다.

"난 사실대로 말했어!" 앨런이 소리쳤다. 그는 매우 당황한 사람처럼 손으로 입을 비틀며 한동안 제자리에 서 있었다. "그건 틀림없는 사실이야." 그렇게 말하고 그는 칼을 뽑았다.

그러나 내 칼날이 그의 칼날에 닿기도 전에 그는 자신의 칼을 땅바닥에 집어던졌다.

"아니, 아니! 할 수 없어······. 정말이지 할 수 없어······."

그의 이런 행동을 보자 극에 달했던 나의 분노가 순식간에 사라지기 시작했다.

나는 크나큰 육체적 고통 속에서 갑자기 그에게 굉장한

미안함이 느껴졌다. 나는 내가 한 말을 주워 담을 수만 있다면 세상에서 어떤 일이라도 했을 것이다. 하지만 일단 뱉어낸 말을 어떻게 다시 주워 담는단 말인가! 나는 지금까지 앨런이 보여준 친절과 용기가 떠올랐고, 그 끔찍한 고난의 날들을 내가 어떻게 견디게 했는지 생각나게 했다. 그가 나에게 어떻게 힘을 주었고, 세상을 견딜 수 있게 했는지 생각해 냈다. 그리고 나는 하찮은 모욕감 때문에 용맹스러운 친구를 영원이 잃어버렸다는 것을 알았다. 그렇게 생각하자마자 갑자기 내 몸이 두 배로 아파오는 것 같았고, 옆구리의 통증이 날카로운 칼로 찌르는 것처럼 아팠다. 그러고는 마침내 정신이 가물가물해지고 말았다.

이때 내 입에서 흘러나온 말은 사과의 말이 아닌 도와달라는 외침이었다.

앨런이 옆으로 와서 나를 부축하였다. 그 순간 나는 모든 자존심을 던져버렸다.

"앨런!" 내가 소리쳤다. "아, 당신이 없으면 난 여기서 죽을 것 같아요."

"걸을 수 있겠니?" 앨런이 물었다.

"아뇨." 내가 말했다. "혼자서는 못 걷겠어요. 영원히 주저앉아 살아야 할 것 같아요. 옆구리가 뜨겁게 달구어진 쇠에 닿은 것 같아요. 숨도 제대로 못 쉬겠어요. 만약 제가 여기에서 죽는다면 절 용서해주겠죠? 전 진심으로 당신을 좋아해요. 제가 정말 화가 났을 때조차도 말예요."

"쯧쯧!" 앨런이 소리쳤다. "그런 소리 하지 마. 데이비드!" 그는 흐느낌을 담은 목소리로 말했다.

"내가 부축해줄게. 자, 내게 기대봐. 잠시 쉴 만한 곳을 찾아보자고."

"아아! 이런 식으로 기대면 조금은 갈 수 있겠어요." 나는 그의 팔에 온몸을 실으며 말했다.

그는 순간 너무나 서글픈 얼굴을 했다.

"데이비드, 나는 절대 제대로 된 남자가 아냐. 둔감하기 짝이 없고 친절하지도 않아. 네가 아직 아이라는 것과 네가 이렇게 걷지 못할 정도라는 것을 진작 알아차렸어야 하는데. 아, 날 용서해줘. 데이비드."

"우리 더 이상 그런 말 하지 않기로 해요." 나는 그렇게 말하며 그의 사과를 중지시켰다. "아, 앨런! 몸이 너무 아파요. 얼마 동안 쉬었다 갈 만한 곳이 없을까요?"

"한번 찾아볼게. 여긴 발퀴더야. 저 개울을 따라 내려가면 그런 곳이 나올 거야. 영원히 이렇게 숨어서 달릴 수는 없어. 그리고 네 몸이 좀 회복되면 포스 강을 건너 퀸스페리로 들어가자."

"앨런!" 내가 말했다. "제게 왜 이렇게 잘해주는 거죠? 저처럼 은혜도 모르는 사람을 왜 이렇게 극진히 보살피는 거죠?"

"글쎄…… 그건 나도 잘 모르겠어." 앨런이 말했다. "그냥 네가 좋아. 싸움을 해도 네가 좋은걸."

마침내 로랜드를 향해 24

우리는 포스강 부근에 도달해 우암바의 비탈에 있는 히스 덤불에 몸을 숨겼다. 이때 사슴 한 무리가 시야에 들어왔는데, 우리는 그 녀석들을 바라보며 오랜만에 열 시간가량의 평화로운 수면을 즐겼다. 그날 밤, 우리는 앨런 워터를 따라 내려갔다. 언덕 가장자리에 이르렀을 때 발아래를 내려다보니 팬케이크처럼 평평하게 펼쳐진 *스털링 성의 전체 경관이 한눈에 들어왔다.

수중에 있던 몇푼 안 되는 돈이 완전히 떨어지기 바로 직전이었기에 우리는 최대한 서둘러야 했다.

스털링 성   스코틀랜드의 매우 유명한 성으로 영국으로부터 독립을 쟁취하기 위한 격전지가 되었던 오래 된 성임.

렌케일러 변호사 집에 도착하는 것이 조금이라도 늦어진다면 큰일이었다. 게다가 설사 그곳에 무사히 도착한다 하더라도 그의 도움을 받는 데 실패한다면 우리는 굶어죽을 수밖에 없었다.

포스강은 하일랜드를 넘는 마지막 관문이었다. 포스강에는 스털링 성의 다리가 있었고, 그것을 건너기만 하면 로랜드였다. 스털링 성의 다리는 포스강을 가로지르는 주요 통로였지만 별다른 주목을 받는 곳은 아니었다.

그래서 우리는 그 다리를 통해 가기로 결론을 내렸다.

포스강으로 물이 폭포수처럼 떨어져 내리는 앨런 워터 부근에는 작은 모래섬이 있었다. 우리는 그곳에서 야영을 하기로 결정했다. 그곳에 앉아 있으니 강의 한쪽 들판에서 일하는 사람들의 소리가 두런두런 들려왔다. 작은 섬의 모래는 낮 동안 햇볕을 받아 우리가 누워 있기에 더없이 포근했고, 초록색 잎을 드리운 나무들은 우리 머리 위로 시원한 그늘을 드리워주었다. 우리는 오랜만에 말할 수 없는 편안함을 맛보았다.

땅거미가 지기 시작하자 강 주변의 밭에서 일을 하던 사람들이 하나둘씩 떠나기 시작했다. 우리는 사람들이 모두 가버리자 스털링 다리를 향해 강을 따라 걸었다.

그 다리는 두 언덕 사이를 이어주는 것으로 매우 낡았는데, 높고 폭이 좁았다. 그 다리는 역사적으로 유명했지만 앨런과 나에게는 오직 구원의 문이었다. 우리가 그곳에 도착했을 때 달은 아직 모습을 보이지 않고 있었다. 요새 앞에는 한두 개의 불빛만이 비치고 있었다. 아래 시가지의 창문에서 흘러나오는 불빛이 있었음에도 사방은 거대한 적막과 정적에 싸여 있었다. 다리에는 검문하는 초소병 외에는 아무도 없는 것 같았다.

나는 아무 거리낌 없이 그곳을 지나치려고 했다. 그러나 앨런은 매우 신중했다.

"기분 나쁠 정도로 조용하군." 그가 말했다. "일단 제방 뒤에 누워서 한번 지켜보자."

우리는 약 30분가량 누워서 주변을 지켜보았다. 방파제에 물이 부딪치는 소리 외에는 아무것도 들리지 않았다.

한참 후 노파 한 명이 지팡이를 짚으며 그곳으로 다가왔다. 노파는 다리를 건너기 전에 우리가 누워 있는 곳 바로 옆에서 잠시 걸음을 멈추고는 힘겨운 탄식을 내뱉은 후 가파른 스프링 위에 발을 올려놓았다. 그녀의 몸집이 매우 작은데다 어두워 곧 우리의 시야에서 사라졌다. 발걸음 소리와 지팡이 소리, 그리고 경련하듯이 한 번씩 일으키는 기침 소리만이 간간이 들려올 뿐이었다.

"이제 다 건넜어요." 내가 속삭였다.

"아냐, 아직. 발소리가 울리잖아." 앨런이 말했다.

바로 그때였다.

"누구야?" 누군가의 목소리가 외쳤다. 그리고 화승총 끝 부분이 돌에 부딪칠 때 나는 찰칵! 하는 소리가 났다. 보초병이 잠들어 있어 잘만 하면 들키지 않고 건널 수 있을 것 같았다. 그러나 그는 깨어 있었고, 기회는 주어지지 않았다.

"여긴 안 되겠어." 앨런이 말했다. "여긴 정말 위험한 곳이야. 데이비드."

앨런은 말없이 들판을 기어가기 시작했다. 그리고 얼마 후 초소의 감시에서 벗어나자 다시 일어나 동쪽으로 나 있는 도로를 따라 걸었다. 나는 그가 어떻게 할 작정인지 알수가 없었다. 내 몸을 날카롭게 관통하는 실망감이 너무 커서 어떤 일도 즐거울 것 같지 않았다. 조금 전까지만 해도 나는 발라드의 어린 소년처럼 랜케일러 씨 집의 문에 도착하여 유산을 요구하는 나를 상상하고 있었다. 그런데 또다시 원점으로 돌아가 있었다. 우리는 포스강 기슭에 감시가 허술한 곳이 없는지 다시 정처 없이 배회하는 신세가 되었다.

"왜 동쪽으로 가나요?" 내가 물었다.

"응! 저쪽으로 가다보면 방법이 있을까 해서 말이야!" 그가 말했다. "여기서 강을 통과할 수 없다면 강어귀로 가서 방법을 찾아야 해."

"강에는 여울(강이나 바다의 바닥이 얕거나 폭이 좁아 물살이 세게 흐르는 곳)이라도 있지만 강어귀에는 그런 것도 없어요." 내가 말했다.

"물론 그렇지. 게다가 다리도 있지. 하지만 보초들이 지키고 있는데, 무슨 소용이 있냐고?"

"강을 건너는 것도 어렵지만 바다를 통해서 가는 것은 더 어려울 것 같아요."

"하지만 보트 같은 걸 구할 수도 있어." 그가 말했다.

"우리에겐 그만한 돈이 없잖아요? 우리에게 보트는 그림의 떡이에요." 내가 말했다.

"그림의 떡이라고?" 앨런이 말했다.

"네."

"데이비드, 넌 뭐든 할 수 있다는 믿음이 없는 것 같아. 자, 데이비드! 난 보트가 필요해! 간청해서 빌리거나 훔칠 수도 없다면 내가 직접 만들어낼 거야."

"그렇지만 생각해보세요. 만약 우리가 다리로 건넌다면 뒷일을 걱정할 필요가 없어요. 하지만 보트로 건너게 되면 보트는 맞은편으로 가게 될 것이고, 맞은편 마을 전체가 벌 떼처럼 일어나지 않을까요?"

"이봐!" 앨런이 소리쳤다. "보트를 만든다면 우릴 실어다줄 사람을 찾을 생각이니, 그런 건 걱정 말고 그냥 걸어. 생각은 내가 할 테니까."

우리는 밤새도록 북쪽을 향해 걸었다. 다음날 아침 열 시경에 우리는 허기진 배를 움켜지고 녹초가 된 채 리메킬른이라는 작은 마을에 도달했다.

그곳은 해변에 위치해 있어 호프만을 건너다보면 맞은편의 퀸스페리 읍이 보였다. 호프만에는 두어 대의 선박이 정박해 있었고, 보트가 해안을 오가고 있었다. 정말 유쾌하기 그지없는 광경이었다. 그런데 푸른 언덕과 들판과 바다에서 부지런히 움직이는 사람들을 바라보는 동안 가슴 한구석에서는 말할 수 없이 불안한 뭔가가 꿈틀거리고 있었다.

바로 맞은편 남쪽 해안에 랜케일러 변호사의 집이 있었고, 나를 기다리는 거대한 부富가 있었다. 그런데 지금의 내 수중에는 재산이라고 해야 단돈 몇 푼뿐이었고, 목에는 현상금이 걸려 위험에 노출되어 있었다. 게다가 유일한 동료인 앨런은 법과는 거리가 먼 사람이었다.

"오! 앨런! 바로 저기예요. 아, 저곳은 새들도 마음껏 날아다닐 수 있고, 보트도 마음대로 지나다니는데 나만 갈 수 없다니!"

리메킬른에서 우리는 작은 상점에 들렀다. 그리고 점원으로 보이는 착하게 생긴 젊은 아가씨에게서 약간의 빵과 치즈를 샀다. 우리는 그것을 바닷가의 숲속 덤불에서 먹을 생각으로 꾸러미에 싸서 나왔다. 나는 바다 건너편을 바라보며 계속 한숨을 지었다. 그러는 동안 앨런은 깊은 생각에 잠겨 있었다. 마침내 그가 걸음을 멈추고 말했다.

"너 아까 그 점원 아가씨 자세히 봤니?" 그가 빵과 치즈를 툭툭 치면서 말했다.

"물론이죠. 참 착해보이던데요."

"그렇지?" 그가 소리쳤다. "데이비드, 어쩌면 그게 가능할지도 몰라."

"뭐가요?"

"글쎄, 우리를 보트로 태워줄지도 모른다고."

"그런 꿈같은 희망일랑 일찌감치 잊으세요. 다른 방법을 찾는 게 더 나을 것 같은데요?"

"데이비드, 지금부터 내가 하는 말 잘 들어라. 난 그 여자가 너에 대해 정말 안타까운 마음이 들도록 만들 생각이다. 그러니 그 여자 앞에서 창백한 환자 연기를 좀 해다오. 보트를 얻어 타려면 어쩔 수 없어."

나는 그의 말에 푸 하고 큰 소리로 웃지 않을 수 없었다.

"데이비드 벨포! 네가 신사라는 건 알아. 하지만 너는 물론이고 내 목숨까지 달려 있는 이 일에 조금이라도 관심이 있다면 책임감 있게 내 말을 받아들였으면 좋겠다."

"휴…… 그럼, 좋을 대로 하세요."

우리가 다시 가게 쪽으로 갔을 때, 그는 마치 무기력한 환자를 부축하듯이 내 팔을 붙들어주었다. 그가 다시 가게 문을 열었을 때, 나는 그에게 거의 업히다시피 하고 있었다. 그 여자는 우리가 돌아간 지 얼마 되지도 않아 다시 돌아온 것을 보고 놀란 표정을 지었다. 그러나 앨런은 다른 설명 없이 나를 부축하여 의자에 앉히고는 그녀에게 브랜디를 부탁해 내 입에 몇 모금 넣어주었다. 그리고 빵과 치즈를 뜯어 마치 간호사가 하듯이 내가 삼킬 수 있도록 도와주었다. 나는 우리가 연출한 장면을 그녀가 어떻게 받아들일지 궁금했다. 아프고 지친 불쌍한 한 아이와 매우 정이 넘쳐보이는 동료로 보였던 것일까?

그녀는 테이블에 등을 기대고 서서 우리를 지켜보았다.

"무슨 일인가요?" 그녀가 물었다.

앨런은 마치 화가 난 것 같은 목소리로 그녀를 돌아보았다.

"무슨 일이라니요? 이 아이 얼굴을 한번 보시면 알겠지만 제대로 돌봐주지 않으면 죽게 생겼어요. 이 아인 수백 마일을 걸어왔어요. 게다가 제대로 된 방에서 자지도 못하고 히스 숲에서 늘 밤을 지새웠죠. 뭐가 잘못됐냐고요? 잘못된 건 이 아이가 끊임없는 불운 속에 지내느라 이제 나가떨어지게 생겼다는 사실이에요. 계속 앓는 소리만 하니…….”

“그런 일을 겪기에는 너무 어리군요.” 그 여자가 말했다.

“네, 아직 어려요.” 앨런이 다시 그녀에게 등을 보이며 말했다.

“뭔가 탈것을 구하면 좀 나을 텐데.” 그녀가 말했다.

“말이라도 좀 구해보고 싶은데, 어디서 그걸 구할 수 있을까요?” 앨런은 여전히 뭔가에 화난 사람처럼 그녀를 돌아보며 소리쳤다. “훔쳐서라도 구할 수만 있다면…….”

나는 그 말이 그녀를 분노하게 만들 것이라고 생각했다. 그녀는 예상대로 잠시 입을 닫았다. 하지만 앨런은 그 다음에 어떻게 해야 하는지를 잘 알고 있었다.

“그런 말씀을 하시면 안 되죠.” 그녀가 말했다. “적어도 신사라면…….”

“하지만 일단 사람을 살리고 봐야 되지 않겠어요?”

“……뭐 그야 그렇긴 하죠.” 그녀는 한숨을 내쉬며 말했다.

나는 내가 맡은 역할에 충실하려고 애썼지만, 내가 가장 증오하는 거짓말을 하고 있다는 사실이 나를 위축시켰고, 내 목소리까지 어색하게 만들었다. 그러나 당황해서 어눌하게 나온 목소리는 오히려 그녀에게 내가 몹시 지친 환자가 틀림없다는 확신을 갖게 했다.

“이 청년에겐 혈육이 없나요?” 그녀가 말했다.

"아뇨, 있어요! 가기만 하면 먹이고 재워주고 의사를 보내줄 혈육이 있어요. 지금까지야 거지처럼 히스 덤불에서 자고 아무거나 먹고 지냈지만."

"그렇다면 왜?" 그 여자가 말했다.

"상세히 말할 수는 없어요. 피치 못할 사정이 있어요. *말로 하는 대신 노래를 부르죠."

앨런은 그렇게 말하고 휘파람으로 하일랜드의 〈찰리는 나의 사랑〉이라는 곡을 불렀다.

"쉿!" 그녀는 뭔가를 알아차린 것처럼 어깨 너머 문으로 얼른 고개를 돌렸다.

"우리를 좀 도와주세요. 어떻게 해야 하는지 지금부터 말씀 드릴게요."

"아뇨. 저는 전혀 도와 드릴 수 없어요. 저는 그럴 만한 능력이 없어요."

"만약 누군가가 죽어가는 데도? 당신이 노력하면 가능한데도?"

그녀는 아무 말도 하지 않았다.

"부탁합니다. 이 주위에 보트 몇 대가 있더군요. 해안에 있는 것을 봤어요. 그것으로 밤중에 우리를 맞은편의 루시언

말로 하는~　　하일랜드 음악으로 자신들의 사정을 알려줄 수 있다는 것을 의미한다. 다시 말해 '찰리' 란 하일랜드 인들이 따르는 찰리 왕자를 말함.

해안으로 좀 실어다줘요. 그리고 보트를 제자리에 갖다두고 우리의 일을 비밀로 해줘요. 그것이 우리 두 사람을 살리는 길이에요. 우리에게 남은 돈이라곤 겨우 3실링뿐입니다. 우린 건너편 해안으로 가지 못하면 솔직히 교수대 외에는 달리 갈 만한 곳도, 할 만한 일도 없습니다. 게다가 병들고 불쌍한 이 청년은 이곳에 친척도 없어서 여기에 있다간 손가락을 빨면서 굶어죽을 수밖에 없습니다. 제발 부탁합니다."

그의 간절한 호소에 그녀는 순간 혼란에 빠진 것처럼 보였다. 마치 우리를 도와주는 것이 나쁜 죄를 지은 범인을 도와주는 것이 아닐까 하는 불안감을 갖게 한 것처럼 보였다. 그래서 나는 실낱 같은 진실로 그녀에게 양심의 가책을 덜어주려는 마음에 이렇게 말했다.

"혹시 퀸스페리의 랜케일러 씨를 아세요?"

"랜케일러 씨라면 변호사……?" 그녀가 말했다. "그분이라면 당연히 알죠!"

"제가 가려는 곳이 바로 그 변호사 집이에요. 나쁜 사람인지 아닌지는 직접 판단하세요. 어쩌다 일이 끔찍하게 잘못되어 목숨을 위협받고 있지만 조지 왕에 대한 저의 충성은 변함이 없습니다."

이 말에 그녀의 얼굴이 순식간에 밝아졌다. 반면에 앨런은 표정이 어두워졌다.

"그만하면 됐어요. 랜케일러 씨는 잘 알려진 사람이에요."

우리의 식사가 끝나자 그녀는 될 수 있는 대로 빨리 그곳을 벗어나 해안 가까이에 있는 숲 속에 가서 누워 있으라고 했다.

"저를 믿어도 돼요. 제가 그곳으로 갈 수 있는 수단을 한 번 찾아볼게요."

이 말에 우리는 굳은 믿음으로 그녀와 악수를 나누고는 레메클린을 출발하여 다시 숲 속으로 들어갔다. 숲 속은 해안의 통행인으로부터 우리를 감춰줄 만큼 자란 딱총나무와 산사나무 덤불이 있었다. 우리는 앞으로 우리가 해야 할 일을 생각하며 누워 있었다.

우리가 그 누구의 방해도 받지 않고 누워 있었던 것은 아니다. 우연히 그곳을 거닐던 백파이프 연주자 한 사람이 다가와 우리 옆에 앉았다. 그러고는 자신의 이야기를 장황하게 늘어놓는 것이었다. 하지만 덤불 속에 몸을 숨긴 채 아무 대꾸도 하지 않는 우리 두 사람에게 뭔가 이상한 낌새를 느꼈던지 이런저런 질문을 했다. 그러고는 곧 숲 속에서 나가버렸는데, 안도감은 잠깐이었다. 왜냐하면 그가 우리를 보았던 것을 혼자만 알고 있을 사람이 아니라는 생각이 들었기 때문이다. 그래서 우리는 매우 초조해졌다.

마침내 하루가 지났다. 밤하늘은 맑고 적막했다. 작은 마을의 인가에서 흘러나오기 시작한 불빛이 하나둘씩 꺼지기 시작했다. 밤 열한 시가 지났을 무렵이었다. 우리는 정체 모를 불안감에 휩싸였다. 얼마 지나지 않아 노를 저을 때 나는 삐걱거리는 소리 같은 것이 들려왔다. 강을 살펴보니 상점의 그녀가 혼자 배를 타고 노를 저으며 오고 있었다. 그녀는 이 일과 관련해서 그 누구와도 의논을 하지 않았던 것이 분명했다. 그녀는 자신의 아버지가 잠들기가 무섭게 혼자 창문으로 빠져나와 이웃집 배를 훔쳐 우리를 도와주러 온 것이었다.

나는 부끄러웠지만 감사를 표시했고, 그녀는 머뭇거릴 시간이 없다는 말로 대답을 대신했다. 우리는 배에 올라탔다. 그녀는 힘차게 노를 저어 가서 우리를 루시언 해안에 내려주었다. 그녀는 우리와 짧은 작별의 악수를 나누고는 곧 다시 노를 저어 리메킬른으로 되돌아갔다. 우리는 그녀와 다시 한 번 감사의 인사를 나눴다.

우리는 그녀가 돌아간 후에도 한동안 감동 때문에 아무 말을 할 수가 없었다. 앨런은 머리를 흔들면서 오랫동안 해안에 서 있었다.

"정말 좋은 여자야." 그가 마침내 말했다. "정말 착한 여자……."

한 시간 후 우리가 해안의 인적이 없는 곳에 누워 졸고 있을 때, 앨런은 그녀의 의리에 대한 이야기를 다시 꺼냈다.
나는 아무 말도 할 수 없었다. 그녀가 너무나 순수해 양심의
가책과 두려움조차 느껴졌다. 양심의 가책은 우리가 그녀의
무지를 이용했다는 것 때문이었고, 두려움은 우리가 처한
위험한 상황에 어떤 식으로든 그녀가 개입되지 않도록 해야
한다는 것 때문이었다.

랜케일러 변호사와의 만남 25

다음날, 앨런과 나는 각자 떨어져 시간을 보내기로 했다.
그리고 어둠이 지면 길옆의 들판에 누워 내가 휘파람을 불
면 그가 달려오기로 했다. 처음에는 내가 좋아하는 곡인
'에를리의 보니 하우스'를 우리의 만남 신호로 제안했다.
그러나 그것은 너무나 잘 알려진 곡이라서 길을 지나가던
쟁기꾼조차 무심결에 귀를 기울일 수 있었다. 그래서 그는
하일랜드풍의 노래 한 구절을 가르쳐주어 그것을 우리 만남
의 신호로 정했다. 나는 곧장 랜케일러 변호사의 집으로 향
했다.

내가 퀸스페리의 긴 거리를 따라가고 있을 때 해가 떠올
랐다. 퀸스페리 읍은 매우 잘 정돈되어 있었으며 좋은 돌집

들이 즐비해 있었다. 아침이 되어 햇살이 비치기 시작하면서 창문이 열리고, 사람들이 하나둘 밖으로 나오기 시작했을 때, 나의 근심과 우려는 표면적으로 나타나기 시작했다. 내게는 의지할 만한 언덕도 없었을 뿐 아니라 재산의 권리가 있다는 명확한 증거도 없었으며, 내 신분을 확인시킬 만한 증거조차 없었다.

만약 모든 계획이 수포로 돌아간다면, 아니 내가 뭔가 잘못 알고 있는 것이 분명하다면 난 말 그대로 비렁뱅이 신세를 면치 못할 것이었다.

설사 모든 것이 나의 예상대로 맞아 들어간다고 할지라도 순순히 이루어질 수 있을까?

분쟁이 해결되려면 어느 정도의 시간이 필요했다. 그 시간 동안 살인자로 수배되어 있으며, 3실링도 안 되는 돈을 가진 사람을 어떻게 국외로 보낼 수 있단 말인가! 자칫 실수라도 하는 날이면 최악의 경우 우리는 두 사람 다 교수형에 처해질 수도 있었다.

나는 길을 따라 걸어가면서 나를 본 사람들이 힐끗거리며 수군거리는 것을 보았을 때, 또 다른 새로운 사실을 알아낼 수 있었다. 랜케일러 변호사에게 내 이야기를 믿게 하는 것은 말할 것도 없고, 그에게 가서 말할 기회를 얻는 것조차 쉬운 일이 아닐지도 모른다는 것이었다.

당시는 죽을힘을 다해도 나는 이런 번듯한 시민들 어느 누구에게도 말을 건넬 용기가 생기지 않았다. 누더기 차림으로 그들에게 말을 걸어야 한다는 사실이 말할 수 없이 부끄럽게 느껴졌다. 이런 한심한 꼬락서니를 한 내가 그들에게 랜케일러 변호사의 집을 물어본다면 그들이 나의 면전에서 냉소를 터뜨릴 것이 분명하다는 생각까지 들었다. 그래서 나는 잠자코 걷기만 했다. 나는 마치 주인을 잃은 개처럼 낙담한 채 거리 끝에서 항구 쪽으로 내려갔다.

오전 아홉 시경이 되자 해가 중천에 떠올랐다. 나는 몇 시간을 쉼 없이 걸어왔기 때문에 매우 지쳐 있었다. 그래서 매우 번듯한 집 한 채를 발견하고 그 집 앞에서 잠깐 쉬려고 걸음을 멈추었다. 그 집은 창문의 창틀이 유난히 아름답고 깨끗했으며, 한 묶음의 꽃이 창틀에 놓여 있었다. 그 집 현관문에는 개 한 마리가 마치 자기가 집주인인 것처럼 하품을 하며 누워 있었다.

나는 말을 못하는 짐승이 말할 수 없이 부러웠다. 그때 현관문이 열리며 예리한 인상에 얼굴빛이 좋고, 친절과 위엄을 동시에 갖춘 남자가 나왔다. 그는 안경을 끼고 있었다. 다른 사람들은 나의 비참한 행색을 보자마자 먼저 눈길을 돌려버렸지만 그는 나를 유심히 바라보았다. 이 신사는 내 행색을 보고 오히려 심상치 않은 뭔가를 느꼈는지 곧장 걸어와 무얼 하는 사람인지 물었다.

나는 퀸스페리에 볼일이 있어서 왔다고 말한 후 랜케일러 변호사의 집으로 가는 길을 좀 가르쳐달라고 했다.

"무슨 일로 그러나? 우연치고는 묘하군. 이 집이 바로 자네가 찾는 집이고, 내가 바로 자네가 찾는 당사자라네."

"네? 당신이 랜케일러 변호사라고요? 그렇다면 면담할 기회를 좀 주셨으면 합니다."

"난 자네 이름도 모르는걸……." 그가 말했다. "게다가 얼굴은 말할 것도 없고!"

"제 이름은 데이비드 벨포입니다."

"데이비드 벨포?" 그는 놀란 듯이 어조를 높여 반문했다. "어디서 오는 길인가, 벨포 군?" 그가 나를 걱정스럽게 바라보면서 물었다.

"오해는 말아주십시오. 제가 걸어온 여정을 한 마디로 말하기가 어렵습니다, 랜케일러 씨. 두 사람만 이야기할 수 있는 곳에서 말씀드리고 싶습니다."

그는 나를 바라보며 잠깐 생각에 잠겼다.

"좋아요." 그가 말했다. "그렇게 합시다."

그는 나를 자신의 집 안으로 안내했고, 눈에 보이지 않는 누군가에게 오전에 일이 있다고 큰 소리로 외쳤다. 그러고는 나를 책과 서류들이 가득 차 있는 작은 서재로 데리고 갔다.

그는 자리에 앉으며 내게도 앉기를 권했다. 비록 깨끗한 의자에 내 누더기가 닿는 것을 조금 유감스러워하는 것이 살짝 그의 얼굴을 스치기는 했지만.

"내게 할 말이 있다고 했나? 될 수 있으면 짧고 간략하게 요점만 말하게."

그의 말에 얼마간 용기를 얻었음에도 불구하고 다음과 같은 말을 내뱉었을 때는 얼굴이 확 달아올랐다.

"제게 쇼스 가문의 재산에 대한 권리가 있다고 믿는 이유가 있습니다."

그는 서랍에서 수첩을 꺼내 가지고 와서 그것을 펴고 앉았다.

그에게 해야 할 말의 화살은 이미 내 입에서 떠났지만 더 이상 말이 나오려고 하지 않았다.

"어서…… 계속하게 벨포 군." 그가 말했다. "어디서 태어났지?"

"에센딘에서 태어났습니다. 1734년 3월 12일에……."

그는 수첩에 나의 진술을 기록하고 있었다. 그러나 나는 그것이 정확하게 무슨 뜻인지 알지 못했다.

"아버지와 어머니는?" 랜케일러 씨가 물었다.

"아버지는 알렉산더 벨포이고 교사이셨습니다. 어머니는

그레이스 피타로이고 안구스 출신입니다."

"뭐라도 좋으니, 자네 신분을 증명해줄 만한 서류를 가지고 있나?"

"아뇨, 없습니다." 내가 말했다. "중요한 서류들은 목사이신 캠벨 씨에게 있습니다. 캠벨 씨 가 증언해줄 것입니다. 하지만 그런 부분이라면 제 작은아버님도 부인하진 않을 것입니다."

"에베네저 벨포 씨 말인가?"

"네, 그렇습니다." 내가 말했다.

"그를 본 적이 있나?" "그분의 안내로 집에까지 들어갔었습니다." 내가 대답했다.

"혹시 호지손이라는 사람을 만난 적이 있나?"

"네, 있습니다. 아, 그들을 믿은 게 제 잘못이죠. 제가 읍이 보이는 곳에서 유괴되어 바다로 실려 가다가 도중에 난파되어 갖은 고생을 하다가 이렇게 오게 된 것도 바로 제 작은아버지와 그 사람의 계략 때문입니다."

"난파되었다고?" 랜케일러 씨가 말했다. "그런 일이 있었던 곳은 어딘가?"

"멀 섬 남쪽 끝에서였죠. 제가 바다에서 빠져나온 섬은 이레이드섬이라고 하더군요."

"그렇군!" 그가 미소를 지으며 말했다. "지리는 나보다

한수 위구먼. 하지만 지금까지 한 얘기로 미루어보면 내가 알고 있는 정보와 아주 비슷하네. 자넨 유괴되었다고 했지? 어떤 근거로 유괴되었다는 건가?"

"말 그대로입니다. 랜케일러 씨! 저는 랜케일러 씨를 만나러 가던 중에 범선을 타보라는 유혹을 받게 되었습니다. 한데 타자마자 누군가에게 붙들려서 머리를 강하게 한 대 얻어맞고 기절해버렸어요. 그리고 바다로 멀리 나갈 때까지 의식을 잃었습니다. 미국의 플랜테이션 농장에 팔려갈 운명이었죠. 그런데 기적적으로 탈출하게 된 것입니다."

"범선이 실종된 날짜는 6월 27일이네. 지금은 8월 24일이고. 벨포 군, 그동안 거의 두 달이란 기간이 비어 있네. 그 기간이라면 이미 자네 혈육이나 친구들로부터 자네를 찾는 문제가 제기되고도 남았을 기간이야. 그 부분에 대한 설명이 있어야겠지?"

"랜케일러 씨, 그동안 무슨 일이 있었는지 설명하는 것은 어렵지 않습니다. 하지만 제가 이야기를 시작하기 전에 랜케일러 씨가 저를 이해할 수 있는 사람이란 것을 확신할 수 있었으면 합니다."

"그것은 내가 지금 답할 수 있는 문제가 아니네. 자네 이야기를 다 듣고 정보를 확인해볼 때까지는 아직 이르다고 할 수 있지."

"랜케일러 씨가 절대 잊어서는 안 되는 것은 제가 남을 무조건 믿다가 크나큰 고통을 당했다는 사실과 배에 태워져 노예로 팔려갈 뻔했던 것이 당신을 고용한 바로 그 사람 때문이라는 사실입니다."

이야기를 이어나가면서 나는 랜케일러 씨에게서 확실한 지지를 얻게 되었고, 그러는 사이에 자신감도 생겨났다. 그러나 나의 이 반격에 그는 큰 소리로 웃었다.

"아니, 아니……." 그가 말했다. "그건 그렇지 않네. 사실을 말하자면 난 자네 작은아버지의 사업체의 변호사가 틀림없지. 그러나 자네가 서쪽에서 방랑하고 있었을 때, 뭔가 알 수 없는 많은 일들이 연속적으로 터졌네. 자네가 바다에서 재난을 당한 바로 그날, 캠벨 씨가 내 사무실을 수소문해서 자네를 찾아달라고 왔더군. 난 그 전까지만 해도 자네의 존재에 대해 들어본 적이 없었네. 그러나 자네 아버지는 알고 있었지. 내가 변호사인만큼 최악의 상황에 대한 두려움은 있었네. 에베네저 씨는 자네를 만났다는 사실을 인정했네. 그리고 자네에게 상당한 액수의 돈을 줘서 보냈다는 것을 알려주었네. 그는 자네가 공부를 하러 유럽으로 갔다고 했지. 그건 비난받을 일과는 거리가 먼 아주 좋은 일이었네. 내가 캠벨 씨에게 어째서 자네로부터 편지 한 장이 없는지 묻자, 그는 자네가 과거와는 완전히 인연을 끊고 싶다고 했다고 하더군. 아무리 그래도 조카가 지금 어디에 있는지 모른다는 건 말이 안 된다고 다그쳤더니, 자네가 레이덴에 있는 것 같다고 하더군. 그런 말들이 그와 나 사이에 있었던 얘기였네. 그런데 그가 한 말들을 곧이곧대로 믿을 사람이 어디 있겠나? 그래서 내가 질책을 좀 했지. 한데 내 질책이 조금 지나쳤던지 나더러 나가라고 문쪽으로 손짓을 하더군. 그때 내 입장은 말할 수 없을 정도로 난처했지. 한데 문제는 호지슨 선장이 자네가 익사했다는 소식을 가지고 오는 바람에 원점으로 돌아가 버렸다네. 그 소식은 캠벨 씨에게는 께름칙한 근심을 안겨주었고, 내게는 금전적 손해를 안겨주었지. 그리고 에베네저 씨는 또 다른 오명을 얻었네, 벨포 군. 이제 자네가 모든 정황을 알았으니 내가 믿을 수 있는 사람인지 아닌지는 알아서 판단하게나."

나는 그가 내 존재를 확실하게 인정하는 것 같다는 생각이 들기 시작했다. 첫 번째 문제였던 내 신원에 대해 더 이상 문제 제기를 하지 않는 것처럼 보였다.

"랜케일러 씨, 만약 제가 그동안 있었던 이야기를 모두 털어놓는다면 내 친구 한 사람의 목숨을 랜케일러 씨의 손에 넘겨야 합니다. 먼저 그 부분에 대한 의논이 필요합니다."

내가 말했다.

그러자 그는 매우 진지하게 대답했다.

"만약 자네 이야기에 자네와 관련된 누군가가 법을 위반한 사항이 있다면 내가 변호사라는 사실을 명심하고 가볍게 넘어가길 바라네."

그렇게 해서 나는 그에게 모든 이야기를 털어놓게 되었다. 그는 안경을 벗고 눈을 감은 채 이야기를 듣고 있었으므로, 나는 가끔씩 그가 잠이 든 것이 아닐까 하는 생각을 했다.

하지만 아니었다. 그는 놀라울 정도로 내 말을 정확하게 이해하고 있었다. 나는 이후에 그것을 알게 되었다.

그런데 내가 앨런 브렉이라는 그의 완전한 이름을 내뱉었을 때 묘한 장면이 연출되었다. 앨런의 이름은 너무나도 유명해서 스코틀랜드 전역에 퍼져 있었다. 그는 에핀의 살인과 관련하여 현상 수배되어 있는 사람이었던 것이다. 그의 이름이 내 입에서 내뱉어지자 랜케일러 변호사가 갑자기 몸을 움직이며 눈을 떴다.

"자네가 방금 언급한 이름을 난 정확하게 듣지 못했네. 이름을 정확하게 알아듣지 못했으니 괜찮다면 자네 친구를 그냥 톰슨 씨라고 부르지. 달리 생각할 것은 없네. 그리고 앞으로 자네가 언급하는 하일랜드 인은 누구라도 그렇게 하게. 죽은 사람이든 살아 있는 사람이든."

이 말에 나는 그가 그 이름을 정확하게 들었다는 것과 내가 살인 사건에 연루되어 있을지도 모른다고 추측하고 있음을 알았다.

그가 앨런이라는 이름을 모르는 것으로 연극을 하는 쪽을 선택했다면 그 부분을 문제 삼지 않겠다는 것임이 분명했다. 그래서 나는 미소를 짓고 톰슨이란 이름이 하일랜드인의 이름 같지 않다는 말로 가볍게 동의했다. 이리하여 앨런은 톰슨 씨가 된 것이다. 뿐만 아니라 제임스 스튜어트, 콜린 캠벨 등도 모두 다른 이름으로 언급되었다.

"음……." 변호사가 말했다. "대단한 방랑의 모험이군. 자넨 그 부분에 놀라운 재능이 있는 것 같군그래. 아주 잘 처신하여 이렇게 살아남은 걸 보면 말이야. 톰슨 씨가 약간 거친 면이 있는 것은 틀림없지만 비교적 신사처럼 보이네. 북쪽 바다에 빠졌다면 그 이상 나쁜 일도 없었을 것 같은데. 정치적으로 보면 서로 몹시 당혹스런 존재인데, 이렇게 끈끈한 동료가 되다니……. 아무튼 정말 다행이야. 이제 자넨 고생이 끝났다고 봐도 되네."

그가 나의 갖가지 모험에 찬 이야기를 듣고 이런 말을 했을 때, 매우 유머러스하고 인자한 사람이라는 인상을 받았다.

너무나 오랫동안 배를 탄 탓에 거친 무법자들과 오랜 시간을 떠돌았고, 어쩌다 한 번씩 말끔한 집에서 잠을 자고 제복 차림의 신사와 이야기했을 뿐 대부분의 날들은 하늘이 지붕이고 언덕이 침대였다.

지난날을 생각하는 순간 나의 시선은 입고 있는 보기 흉한 누더기로 향했다. 순간 나는 쥐구멍에라도 숨고 싶은 마음이 간절했다. 랜케일러 변호사는 그런 나의 마음을 알아챈 것 같았다. 그는 층계 위를 향해 벨포 씨도 식사를 함께할 것이라고 소리쳤다. 그러고는 위층에 있는 욕실로 나를 데리고 가더니 따뜻한 물과 비누와 빗을 가져다놓았다. 그러고는 자신의 아들이 입던 옷을 주며 갈아입으라고 했다.

유산을 요구하고 26

거울 속에 비친 내 모습은 정말이지 전혀 딴 얼굴이 되어 있었다. 조금 전의 거지는 온데간데없고 데이비드 벨포가 옛 모습을 되찾아 앉아 있었다. 그러나 나는 아직은 그런 변화가 겸연쩍었다. 특히 빌려 입은 옷은 더욱 그랬다. 내가 몸단장을 다 끝낸 것을 보고 랜케일러 씨는 찬사의 말을 던졌다.

"아, 너무나 근사해! 정말 멋져."

그러고는 나를 데리고 작은 방으로 갔다.

"자, 앉게. 이제야 본래의 자네 모습을 찾은 것 같군. 내게 궁금한 것이 있으면 뭐든지 물어보게." 그가 말했다. "자네 아버지와 작은아버지가 왜 그런 관계가 되었는지 궁금하겠지? 그 사람들은 일반적인 형제가 아닌 것만은 분명해. 설명을 하려고 하니 왠지 좀 뭣하구먼. 사랑과 관련된 얘기라네." 그는 정말로 당혹스러운 것처럼 말했다.

"사랑……? 세상에! 제 작은아버지가 사랑을 한 적이 있었던가요?"

"하지만 데이비드 군, 자네 작은아버지도 한때는 늙은이가 아니었다는 걸 명심하게나. 더 놀라운 것은 그는 길거리를 지날 때면 사람들이 그를 보려고 몰려다니거나 대문간에 기다리고 서 있을 정도로 대스타였다네. 젊은 시절 나도 그런 그를 구경한 적이 있었네. 평범하기 그지없었던 내가 그를 부러워하지 않았다면 거짓말이겠지."

"믿기지가 않는군요." 내가 말했다.

"자네 아버지와 작은아버지는 젊은 시절 한 여자를 사랑했지. 믿을 수 없겠지만 말이야. 자네 작은아버지는 말할 수 없는 응석받이로 온갖 사랑을 독차지하며 자랐지. 그래서 무엇이든 원하는 것은 손에 넣을 수 있다고 생각했고, 승리를 자신했어. 하지만 사랑 문제만큼은 완전히 자신의 생각을 빗나간 것을 알고 난동을 피우고 앓아눕게 되었지. 가족들은 눈물을 흘리며 침대에 누워 있는 그를 지켜볼 수밖에 없었어. 반대로 자네 아버지는 매우 다감한 신사였지. 하지만 강한 카리스마를 지닌 사람은 아니었어. 그는 침착하게 모든 일을 받아들였지. 그리고 그 여자를 단념했어. 그러나 네 어머니는 두 남자에게 휘둘리는 바보가 아니었어. 그런 상황에서 거래 아닌 거래가 이루어진 거야. 네 아버지는 네 어머니를 차지하고 멀리 떠나기로 하고, 네 작은아버지는 남아서 쇼스 가문의 전 재산을 차지하는 것으로 일이 마무리가 되었지. 그래서 네 어머니와 아버지는 평생을 가난의 굴레에서 벗어나지 못했고, 외아들인 자네를 어렵게 키워야만 했지. 그런 시간들이 쇼스 저택의 소작인들에게 얼마나 힘든 나날이었겠나? 또 에베네저 씨에게는 어떤 고통이었겠나? 그 이야기를 알고 있는 사람들은 그에게 냉소를 보냈고, 모르는 사람들은 형이 사라지고 동생이 쇼스의 모든 재산을 물려받은 것을 보고 그를 살인자로 여겼지. 모든 면에서 그는 자신이 기피 인물이 되었다는 것을 안 거야. 결국 돈밖에 남은 것이 없었지. 그러자 그는 점점 더 심하게 돈에 집착하게 된 거야. 그는 젊었을 때도 이기적인 면이 강했는데 나이가 들어서도 여전히 그걸 못 버리더군."

"그렇다면 랜케일러 씨, 저의 법적 권리에 대해 설명을 좀 해주시죠." 내가 말했다.

"전 재산은 자네 거네. 그건 의심의 여지가 없어." 랜케일러 씨가 말했다. "자네 아버지가 서명한 것과 상관없이 쇼스 가문의 법적 재산 상속인은 자네야. 한데 문제는 자네 작은아버지가 이런 싸움에 도가 튼 사람이란 사실이네. 그는 자네의 신분을 문제삼을 거야. 소송은 비용이 많이 들지. 게다가 가족 소송은 수치를 당할 각오를 해야 해. 또한 톰슨 씨와의 일이 소송 과정에서 노출되면서 더 큰 문제가 될 거야. '유괴 당했다'는 것을 증명할 수만 있다면 그것은 이쪽에서 유용하게 쓸 수 있는 카드가 되겠지. 하지만 그것을 증명하기란 쉽지 않은 문제야. 내가 권해줄 만한 방법은 그와 거래를 하는 거야. 작은아버지를 반평생 뿌리를 내린 곳인 쇼스 저택에 그대로 살게 하고, 일정 부분은 손해를 감수하는 거지."

나는 그에게 그의 의견을 기꺼이 받아들일 생각이며, 우리 가족사를 재판소로 가져가는 것은 정말 싫다고 말했다. 그리고 나는 우리가 앞으로 취해야 할 계획의 윤곽을 잡기 시작했다.

"유괴의 증거를 찾아 제시하는 것이 좋지 않겠어요?"

"그야 당연하지." 랜케일러 씨가 말했다. "그리고 가능하다면 법정 밖이 좋아. 어쩌면 커버넌트호에 탔던 사람들 중에 증언을 해줄 사람을 찾을 수도 있어. 그러나 그들이 일단 증인석에 앉으면 그들의 증언을 중단시키거나 저지할 수 없네. 톰슨 씨에 대한 이야기도 불가피하게 할 수밖에 없고."

"제게 생각이 있어요." 내가 말했다. 그리고 그에게 나의 생각을 밝혔다.

"날더러 톰슨 씨를 만나라고 하는데……."

"네, 그랬으면 좋겠어요." 내가 말했다.

"안 돼. 안 돼. 유감스럽게도 그 사람은 증인으로 채택할 수가 없어. 하지만 난 자네 친구 톰슨 씨에 대해 나쁘게 말하지는 않았네. 그에게 불리한 내용에 대해 아는 것도 없어. 만약 내가 그를 안다면 붙잡아야 하는 것이 내 의무겠지. 그 자신이 책임져야 할 문제가 있을지도 모르니까. 그는 자네에게 모든 것을 이야기하지 않았을지도 몰라. 어쩌면 그의 이름이 톰슨이 아닐지도 모르지!"

변호사가 눈을 반짝이며 말했다. "어떤 사람들은 길거리에서 이름을 줍기도 하지. 산사나무 열매를 줍듯이 말일세."

"랜케일러 씨는 판단력이 정확하군요." 내가 말했다.

그러나 나의 계획이 그의 상상력을 사로잡은 것이 분명했다. 저녁 식사가 준비되었다는 외침이 들려올 때까지 그는 깊은 생각에 잠겨 있었기 때문이다. 그리고 혀끝으로 와인을 음미하면서 이런 질문을 던졌다.

"언제, 어디서 톰슨 씨를 만날 예정인가? 그리고 톰슨 씨가 신중한 사람이란 것은 자신할 수 있나? 발빠른 늙은 여우(작은아버지)를 붙잡는다고 가정한다면 내가 제안한 그와의 합의 조건에 동의하는가?"

내가 그의 모든 의견에 동의한다고 하자 그는 또다시 깊은 생각에 빠져들었다. 그러고 나서 그는 종이와 연필을 꺼내 뭔가를 쓰기 시작했다.

마침내 그는 벨을 눌러 사무관을 우리가 있는 방으로 오게 했다.

"오늘 밤에 쓸 것이니 이걸 깔끔하게 정서해주게. 그리고 그 일이 끝나면 수고스럽겠지만 모자를 쓰고 이 신사와 나와 함께 떠날 준비를 했으면 좀 하네. 목격자로 말이네."

앨런과 만나기로 한 시간이 가까워졌을 때 우리는 집을 나섰다. 랜케일러 씨와 내가 앞장 섰고, 토렌스가 뚜껑 덮인 바구니를 들고 우리의 뒤를 따랐다. 읍을 빠져나가는 동안 랜케일러 변호사는 거리를 걷는 사람들을 향해 연이어 목례를 하기에 바빴다. 공적인, 혹은 사적인 문제로 지나가는 남자들이 계속 그에게 인사를 건넸다. 그가 그 지역에서 존경받는 인물임을 한눈에 알 수 있었다. 마침내 우리는 집들이 드문드문한 항구 쪽을 따라 호스 여인숙과 내가 불행한 일을 당한 페리 선착장으로 향했다. 길을 가는 동안 지난 날 그곳에서 어떤 일이 일어났는지 생각하자 자신도 모르게 마음이 울컥 했다.

랜섬, 슈안, 불쌍한 영혼들과 범선…… 아무튼 나는 그 모든 것을 견디고 살아남은 생존자였다. 나는 끔찍한 고난과 위험 속에서 안전하게 벗어나 있었다. 이젠 오직 감사하는 마음뿐이었다. 그러나 옛일을 생각하자 당시의 일들이 온몸을 엄습해왔다.

내가 고통스런 지난날을 생각하고 있을 때 랜케일러 씨가 갑자기 호주머니 속으로 손을 집어넣더니 웃기 시작하였다.

"오, 이런…… 재미있는 모험은 못 되겠는걸! 안경을 두고 왔군!"

나는 그가 말하는 것을 정확하게 이해했다. 그가 안경을 집에 두고 왔다는 것은 일부러 그렇게 했을 가능성이 컸다. 앨런과의 맞대면을 피한 채 그의 도움을 받겠다는 것이었다. 다른 해석은 전혀 생각할 수 없었다. 내 친구의 신분에 대한 안전의 맹세를 달리 어떻게 할 수 있단 말인가?

호스 여인숙을 지나자마자 랜케일러 씨는 뒤따라오던 토렌스와 보조를 맞추며 나를 앞서가게 했다. 나는 앨런이 가르쳐준 게일풍의 노래를 휘파람으로 흥얼거리며 언덕을 올라갔다. 마침내 비슷한 소리가 들리면서 앨런이 덤불에서 모습을 나타냈다. 그는 하루 종일 주변의 눈을 피해 시골을 돌아다닌 탓인지 기운이 없어보였다. 그러나 내 모습을 보자마자 금방 활기를 되찾았다. 내가 그에게 앞으로 우리의 문제가 어떻게 진행될 것이며, 그가 해야 할 역할에 대해 말하자 그는 완전히 딴사람이 된 것 같았다.

"정말 좋은 생각이군. 감히 말하지만 그런 일이라면 이 앨런 브렉만큼 잘 해낼 사람은 없을 거야. 하지만 변호사가 나를 대면하는 것이 썩 내키지는 않을 텐데." 앨런이 말했다.

그 말에 나는 랜케일러 변호사를 소리쳐 부르며 손을 흔들었다. 그러자 그가 다가와 톰슨 씨에게 인사했다.

"톰슨 씨, 만나서 반갑습니다. 한데 제가 안경을 깜박 잊고 가져오지 않았군요. 여기 데이비드 군이 제가 눈이 얼마나 나쁜지 말해줄 것이니, 혹시 내일 마주칠 때 못 본 척하더라도 놀라지 마십시오." 그는 내 어깨를 치며 말했다.

"우리가 만난 것은 벨포 군의 법적 권리를 찾아주기 위한 것이니만큼 그런 거야 별로 문제가 될 것이 없습니다." 앨런이 대답했다.

"하지만 톰슨 씨와 제가 이 일의 주연 배우입니다. 우리가 말을 잘 맞추어야 합니다. 날이 어두운데다 안경이 없어 길이 잘 보이지 않으니, 톰슨 씨께서 팔을 좀 빌려주십시오. 데이비드 군은 토렌스와 이야기를 하며 오게. 단지 명심할 것은 모험 이야기는 더 이상 할 필요가 없네."

그렇게 해서 두 사람은 친숙하게 이야기를 나누며 앞서 걸었고, 나는 토렌스와 함께 그들 뒤를 따랐다.

쇼스 저택이 보였을 때, 밤은 매우 깊어 있었다. 어느새

10시를 알리는 종소리가 울렸다. 날은 완전히 어두워져 있었고, 날씨는 온화했으며 남서쪽에서 부는 바람 소리가 부드럽게 들리고 있었다.

쇼스 저택으로 다가갔을 때, 건물의 어느 곳에서도 불빛은 보이지 않았다. 작은아버지는 이미 잠자리에 든 것 같았다. 그것은 우리에게 더없이 좋은 기회였다. 우리는 출입문에서 50m 정도 떨어진 곳에서 나지막한 목소리로 마지막 논의를 했다. 나는 랜케일러 변호사, 토렌스와 함께 집의 모퉁이 뒤로 살금살금 걸어가서 몸을 감추었다. 우리가 안전하게 몸을 숨기자마자 앨런이 당당하게 문으로 걸어가 노크를 했다.

27 담판을 짓다

  앨런이 계속 문을 두드렸다. 그런데 그의 노크 소리는 그
저택과 이웃에 메아리가 되어 울리기만 할 뿐 집 안에서는
아무런 인기척이 없었다. 마침내 창문이 가볍게 밀려 올라
가는 소리와 함께 작은아버지가 밖의 동태를 살피기 시작했
다. 어슴푸레한 빛이었지만 그는 어둠 속에서 문 앞에 서 있
는 앨런의 그림자를 발견한 것 같았다. 우리 세 사람은 어두
운 곳에 몸을 꼭꼭 숨기고 있었다. 그는 누군가가 왔다는 것
을 알면서도 한동안 방문객을 유심히 바라보고 있기만 했
다. 그러다가 마침내 말을 내뱉었는데, 그 목소리는 심한 불
안감으로 떨리고 있었다.

  "……뭐하는 놈이야?" 그가 말했다. "정신 나간 사람이

아니라면 도대체 이런 한밤중에 무슨 일로 사람을 깨운단 말이야! 난 총을 가지고 있다."

"벨포 씨입니까?" 앨런이 한 걸음 뒤로 물러나 어둠 속에서 창문을 올려다보며 말했다. "총은 조심해서 다루십시오. 잘못하여 총알이 날아가기라도 하면 곤란하니까요."

"무슨 일이냐고! 그리고 네놈은 누구야?" 작은아버지가 화가 난 목소리로 말했다.

"이런 시골에서 제 이름을 밝히기는 싫습니다. 하지만 제가 여기 온 것은 저보다는 벨포 씨와 관련된 일 때문입니다. 만약 알고 싶으시다면 알려드리죠."

"그게 뭐냐?"

"데이비드." 앨런이 말했다.

"뭐라고?" 내 작은아버지가 확 바뀐 음성으로 소리쳤다.

"나머지 이름도 마저 알려드릴까요?" 앨런이 말했다.

잠시 정적이 흘렀다.

"안에서 이야기하는 것이 나을 것 같군." 작은아버지가 의심에 찬 목소리로 말했다.

"들어오라고요? 그 일에 대해 이야기를 해야 할 곳은 이곳 문간입니다. 저는 이곳 외엔 어떤 곳도 싫습니다. 저도 좋은 집안 태생으로, 벨포 씨만큼이나 목이 뻣뻣한 사람이라는 걸 알아두시길 바랍니다."

그 순간 앨런의 어조 변화는 숙부를 당혹스럽게 했다. 그가 그것이 무슨 뜻인지 이해하는 데는 시간이 조금 걸렸다. 잠시 후 그가 말했다.

"으음…… 그래야 한다면 그렇게 하지." 그러고는 창문을 닫았다.

그러나 그가 아래층으로 내려오는 데는 시간이 제법 걸렸고, 빗장과 걸쇠를 푸는 데는 더 오래 걸렸다. 마침내 문의 돌쩌귀가 삐걱거리면서 작은아버지가 밖으로 나왔다. 그는 앨런이 한두 걸음 물러나 있는 것을 보고 화승총을 쥐고 현관문의 돌계단 제일 높은 곳에 앉았다.

"여기 총이 있다는 것을 명심하라고! 더 가까이 다가오면 좋을 게 없어."

"그렇게 친절하게 알려주시다니, 당신은 매우 다정한 분이군요." 앨런이 말했다.

"좋게 볼 일은 아니네. 난 지금 무장한 상태라는 사실을 명심하게. 이제 서로를 이해했으니까 할 말이 있으면 해보게."

"이해력이 남다른 분이니 제가 하일랜드 사람이라는 것은 이미 아셨을 것입니다. 저는 이 일과는 관련이 없습니다. 내 친척들이 사는 마을이 멀 섬에서 멀지 않은 곳에 있습니다. 멀 섬은 들어보셨을 겁니다. 그 부근에서 배 한 척이 난

파되었죠. 다음날 저희 집안사람 하나가 모래사장에서 반쯤 익사해서 쓰러져 있는 아이 하나를 발견했습니다. 그리고 그가 그 아이를 데리고 왔지요. 저희 집안사람은 그 아이를 오래 된 성으로 데리고 가서 보살폈고, 그 아이는 지금까지 그들의 신세를 지고 있습니다. 그들은 조금 거칠고, 법을 그다지 중요시하지 않습니다. 그들은 그 아이가 번듯한 집안의 자손으로 당신 조카라는 것을 알아냈습니다. 벨포 씨, 그들이 내게 당신을 찾아가서 이 문제를 의논하라고 했습니다. 몇 가지 조건에 동의하지 못하면, 그 아이가 어떻게 될지 모릅니다. 제 친척들은 생활이 별로 넉넉하지 못하니까요."

그러자 작은아버지가 헛기침을 했다.

"나하고는 관계없네. 그 아이는 원래 질이 좋지 못한 아이였어. 그러니 내가 그런 일에 상관할 이유가 없지."

"으으음, 속셈이 보이는군요. 상관이 없는 척하는 것은 몸값을 적게 내려고 그러는 것 아닙니까?"

"아니," 작은아버지가 말했다. "사실이야. 난 그애에게 관심이 없어. 몸값 같은 건 꿈도 꾸지 마. 마음대로 하게. 나하고는 상관없으니."

"쯧쯧…… 피는 물보다 진하다고 하지 않습니까! 아무튼 당신의 조카인데 버릴 수 있나요? 만약 그것이 알려지기라도 하면 여기서 얼굴을 들고 다니지 못할 텐데요. 안 그렇습니까?"

"난 원래 사람들이 젖혀놓은 인간이니까 상관없어." 작은아버지가 되받았다. "그리고 알려질 수가 없지. 내가 알릴 리도 없고, 당신이나 당신 친척들이 그럴 리도 없으니. 그렇다면 뭐가 문젠가?"

"데이비드가 직접 말할 수도 있지 않겠어요?" 앨런이 말했다.

"어떻게?" 작은아버지가 날카롭게 물었다.

"우리 집안사람들은 단돈 한 푼이라도 받을 가능성이 있다면 당신 조카를 데리고 있을 것입니다. 그러나 그럴 가능성이 없다면 그가 어디로 가든 개의치 않고 풀어줄지도 모릅니다. 그러면 그가 이곳에 와서 모든 사실을 말하게 될지도 모르죠."

"음, 어쨌든 난 관심 없는데. 그럴 마음도 없고." 작은아버지가 말했다.

"난 그렇지 않은데요." 앨런이 말했다.

"뭣 때문에?" 작은아버지가 물었다.

"벨포 씨, 제가 듣기로는 당신은 두 가지 중 하나를 택해야 합니다. 데이비드를 원하면 돈을 지불하고 데려가고, 그를 원하지 않는다면 우리가 그를 지금까지 돌보았던 것에 대한 대가를 지불해야 합니다. 첫 번째가 마음에 들지 않는다면 두 번째도 마음에 들지 않을 것 같군요."

"점점 모를 소리를 하는군." 작은아버지가 말했다.

"못 알아듣겠다고요? 아이를 돌려받기를 원치 않으신다면 어떻게 처리하기를 원합니까? 그리고 얼마나 지불하실 생각입니까?"

나의 작은아버지는 아무 대답을 하지 못했다. 그는 자리를 불안하게 옮겼다.

"벨포 씨, 저는 왕족으로 신사입니다. 당신 집의 문 따위를 발로 차서 해결하고 싶은 생각은 없습니다. 당신 생명줄 따위는 3피트 2짜리 단도만으로 단칼에 해결됩니다."

"이봐……," 나의 작은아버지가 몸을 일으키며 소리쳤다. "잠깐만! 도대체 어디서 그따위 소리로 날 위협하는 거야? 나는 평범한 시민이야. 이런 나에게 그런 몰상식한 소릴 하다니……나 원 참! 기가 막혀서. 생명줄이라고 했나? 내 손에 있는 총은 안 보이나?" 그가 코웃음을 쳤다.

"당신의 주름진 힘없는 늙은 손은 내 손놀림에 비하면 물찬 제비 앞의 달팽이라는 것을 모르시는군요. 당신이 방아쇠에 손을 대기도 전에 내 단도가 당신 가슴 한가운데를 관통해 있을 것입니다."

"……뭘 원하는가? 이야기나 한번 들어보지!"

"진실입니다. 간단한 거래죠. 둘 중 하나를 선택하십시오. 아이를 죽이기를 원합니까? 아니면 데리고 있기를 원합니까?"

"제기랄! 무슨 말을 그렇게 하나?"

"죽일까요? 데리고 있을까요?" 앨런이 반복했다.

"……데리고 있어야지!" 작은아버지가 소리쳤다. "피를 흘리는 건 원치 않아."

"글쎄요…… 그게 더 비싸게 치일 겁니다."

"더 비싸게 치인다고?" 작은아버지가 소리쳤다. "범죄를 저지르겠다는 건가?"

"범죄라고 한다면 둘 다 범죄죠. 죽이는 것이 그나마 더 쉽고 빠르고 확실하죠. 아이를 데리고 있는 것은 보통 성가신 일이 아니거든요."

"그래도 양심이 있다면 데리고 있게 해야지."

"하하, 양심은 있는 모양이군요." 앨런이 코웃음을 쳤다.

"난 원칙주의자야. 만약 내가 돈을 지불해야 한다면 지불할 거야. 조건은 그 아이가 내 조카라는 것을 발설해서는 안 돼."

"그렇다면 가격에 대해 논의해보죠. 딱히 적당한 어휘를 찾기가 쉽지 않군요. 우선 작은 문제부터 알아야겠습니다. 그리고 출항할 때 호지손에게 뭘 주었습니까?"

"호지손?" 나의 작은아버지는 놀란 듯 소리쳤다. "뭣 때문에?"

"유괴하는 대가로 말입니다."

"억지야! 순전히 억지라고! 그 아이는 유괴된 게 아냐! 그 아이가 그렇게 말했다면 거짓말한 거야. 절대 아냐!"

"내 잘못도 당신 잘못도 아니죠. 그가 신뢰할 만한 사람이라면 그의 잘못도 아니겠죠."

"도대체 무슨 말인가?" 작은아버지가 소리쳤다. "호지슨이 그렇게 이야기하던가?"

"말하지 않았다면 제가 어떻게 알았겠습니까? 호지슨과 저는 파트너입니다. 많은 부분을 공유하고 있지요. 뱃사람을 사적인 문제의 해결사로 만들었을 때부터 이미 실수였어요. 하지만 엎질러진 물이죠. 요지는 이겁니다. 그에게 얼마를 지불했습니까?"

"그가 직접 그런 말을 했나?" 나의 작은아버지가 물었다.

"그렇습니다." 앨런이 말했다.

"글쎄…… 그가 뭐라고 했는지 난 관심 없어. 그는 거짓말을 했어. 하늘에 맹세코 진실은 이거야. 나는 그에게 20파운드를 주었네. 하지만 솔직히 말해 그 아이를 캐롤라인에 팔려고 한 사람은 그야."

"수고하셨습니다. 톰슨 씨. 이제 됐습니다."

랜케일러 변호사가 한 걸음 앞으로 나오며 말했다. 그리고 공손하게 말했다.

"오랜만입니다. 에베네저 씨."

"안녕하세요. 작은아버지." 내가 인사했다.

"멋진 밤입니다. 벨 포씨." 토렌스도 덧붙였다.

그 순간 내 작은아버지의 입이 딱 벌어졌다. 그는 마치 석상으로 변한 것처럼 층계 꼭대기에서 뻣뻣하게 굳어진 채 멍하니 우리를 바라보았다. 앨런은 민첩한 동작으로 그의 총을 빼앗았다. 그 순간 변호사가 그의 팔을 잡고 부축하여 부엌으로 데리고 들어갔다. 우리는 그의 뒤를 따랐다. 그리고 그는 화로 옆의 의자에 나의 작은아버지를 앉게 했다. 불은 꺼져 있었지만 불씨는 남아 있었다.

그곳에서 우리는 한동안 승리감을 감추지 못한 채 그를 바라보았다. 하지만 우리들의 마음 깊숙이에는 작은아버지가 느낄 수치심에 대한 동정심도 포함되어 있었다.

"너무 상심하지 마세요, 에베네저 씨." 변호사가 말했다. "까다롭게 하지 않을 것이라고 약속드립니다. 여기 토렌스에게 창고 열쇠를 줘서 포도주 한 병만 가져오게 하시죠." 그리고 그는 나를 돌아보며 손을 잡고 말했다.

"이제 자네 고생은 끝났네. 진작 그렇게 됐어야 할 일이지만." 그리고 그는 앨런에게 말했다.

"톰슨 씨 정말 수고 많으셨습니다. 정말 잘 하시더군요. 한 가지만 빼고 나면. 왕족이라고 했는데 그 왕이 제임스입니까? 찰스입니까? 조지입니까?"

"그게 뭐든 무슨 상관인가요?" 앨런이 말했다.

"적어도 톰슨이라는 왕은 없지 않나 해서요?" 랜케일러 변호사가 말했다.

앨런은 이 말을 언짢게 받아들이는 것처럼 보였다. 그는 부엌 한쪽 끝으로 가서 말없이 앉아 있었다. 그러나 내가 그에게 손을 내밀며 '성공의 주요 원동력' 이라는 말로 고마움을 표시했을 때 그는 다시 웃기 시작했고, 우리는 한마음이 되어 내가 되찾은 성공을 맘껏 즐겼다.

우리는 불을 피우고 포도주병을 땄다. 토렌스가 들고 온 바구니 안에는 훌륭한 요리가 들어 있었다. 우리가 그것을 식탁에 차려 먹는 동안 랜케일러 변호사는 작은아버지와 옆 방으로 가서 유산 상속 문제를 논의했다. 그들은 그곳에서 약 한 시간가량 이야기했다. 그들이 다시 나타났을 때는 합의점을 찾은 다음이었다. 나와 작은아버지는 형식적인 태도로 합의서에 손을 놓고 동의했다. 그것은 내 작은아버지가 내게 쇼스 저택 연간 수입의 2/3를 지불하는 것을 약속하는 내용이었다.

이렇게 하여 발라드 속의 거지는 마침내 자신의 집으로 돌아오게 되었다.

28 앨런과의 작별

    내 문제는 해결이 되었지만 앨런의 문제는 여전히 해결되지 못한 채 남아 있었다. 게다가 나는 살인 사건과 제임스 스튜어트와 관련하여 무거운 책임감을 느꼈다.

    나는 다음날 아침 여섯 시경에 랜케일러 변호사와 함께 쇼스 저택을 나와 이제 내 소유가 된 들판과 숲을 걸어가면서 두 사람에 관한 것을 그에게 털어놓았다. 나는 막대한 유산을 되찾았기 때문에 심각한 문제를 이야기할 때조차도 내 눈은 앞날에 대한 희망으로 빛났고, 마음은 자부심으로 뛰고 있었다.

    친구에 대한 의무를 말할 때의 랜케일러 변호사는 단호했다. 어떤 위험을 감수하더라도 그가 이 나라를 벗어나도록 도와주어야 한다고 조언하였다. 그러나 제임스 스튜어트의 문제와 관련해서는 생각이 달랐다.

"톰슨 씨와 톰슨 씨 친척 문제는 별개야. 나로선 아직 정확한 사실 관계를 잘 모르지만, 일부 추측할 수 있는 것은 네가 만약 상대의 복수를 완전히 좌절시키려고 시도하면 그들은 너의 증언을 차단하려고 온갖 방법을 다 동원할 거야. 그리고 너를 피고석에 세우려고 할 거야. 그러면 너는 톰슨 씨 친척만큼이나 입장이 난처해질 거야. 분명하게 말할 수 있는 것은 하일랜드에서 일어난 사건에 대해 자네가 하일랜드 판사와 하일랜드 배심원 앞에 서는 것은 단두대로 직행하는 길이라고 생각하면 되네."

나는 할 수 있는 모든 추론을 다 해본 끝에 그 문제에 뾰족한 답이 없음을 발견했다. 그래서 단순하게 생각하기로 했다.

"최악의 경우 목이 날아가기밖에 더 하겠어요?"

"신의 이름을 걸고 옳다고 생각하는 일을 하게. 안전하지만 수치스러운 방법을 선택하라고 권하고 싶지 않네. 가서 의무를 다하게. 그리고 그렇게 해야 한다면 당당하게 받아들이게. 신사처럼. 이 세상에는 사형당하는 것보다 나쁜 것도 있네."

"별로 많지는 않죠." 내가 미소를 지으며 말했다.

"아니, 아주 많지. 자네 작은아버지가 점잖게 교수대에 선다면 열 배나 좋은 일이겠지. 그리고 그는 자기 집으로 가면서 내게 두 통의 편지를 써주었어. 이건 브리티시 리넨 컴퍼니 은행의 내가 아는 은행가들에게 보내는 거야. 자네에 대한 내 신용장이 들어 있네. 나머지는 톰슨 씨와 상의하게. 그 자신이 누구보다도 가장 정확한 방법을 알 거야. 그리고 자네는 이 신용장으로 그에게 필요한 수단을 제공해주게. 돈은 자네가 알아서 쓸 것이라고 믿네. 그리고 톰슨 씨 문제에 관한 한 돈을 아끼지 말고, 그의 친척에 관한 것은 변호사를 구해주는 것이 최선의 방법이네. 그에게 모든 이야기를 하고 자네가 증언을 해주게. 만약 그가 그렇게 해달라고 요구를 하든 하지 않든 그건 별개의 문제네."

그리고 그는 나와 작별 인사를 하고, 토렌스와 함께 배를 타고 출발했다. 한편 나는 앨런과 함께 다시 에든버러 시로 향했다. 미완성된 건물의 좁은 길을 따라 걸어가면서 우리는 나의 조상들이 살던 집을 계속 돌아보았다. 대저택들이었지만 가느다랗게 피어오르는 연기 한 가닥 보이지 않는 황폐한 형상을 하고 있었다. 마치 그 누구도 살지 않는 집처럼. 단지 높은 창문 한 곳에서 마치 굴에서 나오는 토끼의 머리처럼 위아래로 재빨리 움직이는 한 인간의 나이트캡의 윗부분이 보일 뿐이었다. 내가 처음 그곳에 갔을 때도 환영

받지 못했고, 그곳에 머물렀을 때도 푸대접을 받기는 마찬가지였다.

앨런과 나는 너무나 깊은 생각에 빠져 있었으므로, 한동안 서로 아무런 말도 하지 않았다. 계속해서 같은 생각이 우리의 머릿속을 가득 채웠다. 이별할 시간이 점점 다가오고 있다는 것은 고통스러웠다. 내 머릿속에는 지난날의 모든 기억들이 한꺼번에 떠올랐다.

잠시 후 우리는 앞으로 풀어나갈 일들에 대한 이야기를 나누었다. 앨런은 적절한 때를 기다리며 좀 더 안전한 카운티에 가서 잠시 머물기로 결론지었다. 물론 그곳에서 내가 보낸 사람과 소통할 수 있는 장소로 한 번씩 가야 했다. 그동안 나는 에핀의 스튜어트 출신의 완전히 믿을 수 있는 변호사를 구할 예정이었다. 그 변호사가 배를 구해 앨런이 안전하게 승선하여 프랑스로 갈 수 있는 길을 마련해줄 것이다. 일에 대한 논의가 끝나자마자 우리는 잠시 말을 잃었다. 내가 앨런을 톰슨 씨라고 잠시 놀렸음에도 불구하고 우리는 웃음 위로 눈물이 떨어지는 것을 막을 수 없었다.

우리는 콜스토파인 언덕에 있는 갈림길에 도달했다. 레스트 베 생크펄이라고 불리는 곳 근처에 이르러 콜스토파인의 소택지와 도시와 언덕의 성을 내려다보면서 우리는 걸음을 멈추었다. 말을 하지 않아도 우리는 그곳이 이별해야 할 곳임을 너무나 잘 알고 있었기 때문이다.

그는 우리 사이에서 논의된 것들을 한 번 더 확인했다.

변호사의 주소.

정해진 장소로 나와야 하는 시간.

그를 찾는 신호 등등을……

그리고 나는 얼마 되지 않았지만 가진 돈(랜케일러 변호사가 준 돈이었다)을 모두 그에게 주었다. 프랑스를 가는 동안 그가 굶어죽지 않도록. 그리고 우리는 침묵 속에서 한동안 에든 버러 시내를 내려다보았다.

"잘 가라." 앨런이 말했다. 그리고 그는 왼손을 내밀었다.

"잘 가세요." 그렇게 말하고 나는 그의 손을 가볍게 잡고 언덕 아래로 줄달음치듯이 내려갔다.

우리는 서로를 돌아보지 않았다. 그가 내 시야에서 사라 지자 나는 떠난 친구를 다시 한 번 돌아보았다. 그러나 나는 집으로 향하는 발걸음을 옮기다가 너무 깊은 상실감과 외로 움으로 도랑가에 앉아 아기처럼 소리 내어 울었다.

내가 컬크와 그래스마켓을 지나 수도의 거리로 접어들었 을 때, 정오가 가까워지고 있었다. 10층 혹은 15층의 까마득 한 빌딩들, 그리고 수많은 사람들을 연이어 토해내는 건물 의 아치형 입구, 창문에 진열된 갖가지 상품, 역겨운 냄새와

유행하는 옷들, 그리고 너무 자질구레해서 일일이 다 언급할 수조차 없는 수많은 것들이 나를 놀라움으로 멍해지게 만들었다.

나는 한동안 사람들 사이를 이리저리 떠밀려다녔다. 하지만 아무리 안간힘을 써도 내 머릿속에서 사라지지 않는 것은 레스트 베 생크펄에서 작별한 앨런이었다. 그리고 뭔가 잘못한 것에 대한 자책처럼 나를 괴롭히는 한기가 나를 놓아주지 않았다.

어쩌다보니, 아니 신의 섭리대로 나는 브리티시 리넨 컴퍼니 은행 바로 앞까지 떠밀려와 있었다.

스티븐슨의 연보

1850   11월 13일 스코틀랜드의 에든버러, 하워드 브레이스 8번지에서 태어남. 아버지 토머스 스티븐슨은 유명한 등대건축 기사였고, 어머니 마거릿 이사벨라는 프랑스계의 목사 루이스 벨포어의 막내딸이었음.

1860   에든버러 아카데미에 입학함.

1862   어머니의 건강이 악화되어 양친과 함께 독일 라인 연안을 지나 프랑스 망토에서 겨울을 보냄.

1863   스프링 그로브의 기숙학교에 들어가지만 1학기를 겨우 마치고 아버지를 졸라 되돌아옴. 이후 정규적인 교육을 받지 않고 대학 입학 전까지 가정교사에게서 교육을 받음.

1866   아버지가 에든버러 교외에 별장을 빌림. 스티븐슨은 이 고장을 몹시 사랑함. 『펜틀랜드의 봉기』를 출간함.

1867   에든버러 대학 토목공학과에 입학함.

1868   여름, 아버지의 권유로 여러 섬을 견학함.

1869 아버지에게 등대 건축의 실습을 받음. 그러나 이 무렵부터 삶에 회의를 느껴 학업을 게을리 하고 서클 '사색회'에 들어가 활동함.

1871 토목공학전공을 포기하고 아버지의 설득으로 변호사를 지망함.『에든버러 유니버시티 매거진』을 창간했다가 폐간함.

1872 친구와 독일, 프랑스를 도보로 여행함. 9월 친한 친구 여섯 명이 결합하여, L.J.R. 클럽이라는 비밀결사를 창설함. 허버트 스펜서, 틴들, 헉슬리의 책에서 사상적 자극을 받음.

1873 사촌누이의 집에서 스트웰 부인을 알게 되고, 부인으로부터 젊은 미술평론가 시드니 콜빈을 소개받음. 콜빈의 도움으로 최초의 에세이『길』을『포트폴리오』12월호에 필명으로 발표함. 난생 처음 원고료를 받음. 건강이 악화되어 남프랑스의 망통에서 요양함. 시인 앤드류 랭과 만남.

1874 건강이 회복되어 파리로 가서 지냄. 6월, 콜빈, 영 등의 추천으로 서빌 클럽에 입회하여 많은 작가와 편집자를 알게 됨.

1875 2월, 레즈리 스티븐의 소개로 에든버러에서 정양중인 W.E. 헨리를 만나 친분을 가짐. 그해 스코틀랜드 변호사 자격증을 취득함. 이후 프랑스의 퐁텐블로에서 지내며 에세이를 연달아 발표함.

1876 미국의 기혼 여성 패니 오즈본을 알게 됨. 그러나 부모님의 극심한 반대에 부딪힘.

1877 2,3년간 패니와 함께 런던, 파리 등을 전전함. 단편 첫 작품 『밤의 여관』을 잡지에 발표함. 이어 단편, 에세이 등 프랑스를 배경으로 한 작품을 발표함.

1878 패니와의 관계를 주제로 『젊은 사람들을 위하여』를 쓰기 시작함. 5월, 『내륙 카누 여행』 간행함. 루아르강 상류의 모나스티에에서 『신아라비안 나이트』를 탈고한 다음 나귀를 끌고 세벤 산중을 도보로 여행한 후 『나귀와 함께』라는 제목으로 다음해 6월에 책을 간행함. 겨울, 에든버러로 돌아감.

1879 미국 샌프란시스코의 빈민촌에 살면서 『풋내기 이민』을 씀.

1880 패니의 이혼이 성립되면서 그녀와 샌프란시스코에서 결혼함. 8월 영국에 돌아와 양친과 만나고, 가을에 함께 다보스에서 지냄.

1881 아내 패니와 함께 파리를 거쳐 귀국함. 그곳에서 『심술궂은 자넷』『명랑한 사람들』을 씀. 그해 『선박의 요리사』(보물섬의 첫 제목)를 쓰기 시작함. 10월 『보물섬』이란 제목으로 『영 포크스』지에 연재함. 에든버러 대학의 사학과와 헌법 교수에 지원했으나 탈락함.

1882 에든버러로 돌아와 단편 『프란셜의 보물』을 씀. 『오토 왕자』집필. 『사람과 책의 통속적 연구』 및 『신아라비안 나이트』 간행함.

1883 장편 『오토 왕자』를 완성함. 이어서 장편 『검은 화살』을 잡지에 연재함. 12월에 『보물섬』을 간행하여 이름을 날림.

1885 『유괴』를 쓰기 시작함. 『오토 왕자』, 시집 『어린이의 시동산』, 부인과의 합작 소설 『다이너마이트 당원』을 간행함.

1886 『지킬 박사와 하이드』를 간행하여 베스트셀러가 됨. 이어 『유괴』가 발표되면서 베스트셀러 작가로서 입지를 굳힘.

1887 아버지, 세상을 떠남. 8월 가족이 미국으로 거처를 옮김. 12월, 장편 『바란트레이가의 젊은 공자』를 쓰기 시작함.

1888 친구 W.E.헨리와 절교함. 6월, 가족이 모두 범선 캐스코호를 타고 마르케사스를 거쳐 타히티 섬으로 출발함. 『검은 화살』을 간행함.

1889 호놀룰루에 도착함. 캐스코호와 계약을 취소함.

1890 베아 산 중턱의 바이리마에 땅을 계약함. 2월 귀국하기 위해 시드니에 갔으나 발병함. 4월부터 마샬 등 여러 군도를 돌아봄. 그 여행은 『섬의 밤 이야기』에 묘사됨.

1892 사모아의 정쟁을 논한 『역사의 각주』 『대륙 횡단』을 발표함.

1893 10월, 장편 『카트리오나』를 쓴 후 『데이비드 벨포』란 제목으로 출판함. 단편집 『섬의 밤 이야기』 간행함.

1894 몸이 쇠약해져서 『섬의 밤놀이』와 『허미스턴의 둑』의 구술 전기에 전념함. 12월 3일 뇌일혈로 사망함.

유괴

초판 1쇄 인쇄 2008년 2월 20일

초판 1쇄 발행 2008년 2월 22일

저자 로버트 루이스 스티븐슨

역자 박미경

펴낸이 김형호

펴낸곳 아름다운날

주소 (121-837) 서울시 마포구 서교동 351-10 동보빌딩 103호

전화 02) 3142-8420   **팩스** 02) 3143-4154

출판 등록 1999년 11월 22일

E-메일 arumbook@hanmail.net

ISBN 978-89-89354-89-5 (03840)